O MARAVILHOSO AGORA

TIM THARP

O MARAVILHOSO AGORA

Tradução de

Juliana Romeiro

EDITORA RECORD
RIO DE JANEIRO • SÃO PAULO
2014

CIP-BRASIL. CATALOGAÇÃO NA FONTE
SINDICATO NACIONAL DOS EDITORES DE LIVROS, RJ

Tharp, Tim, 1957-
T346m O maravilhoso agora / Tim Tharp; tradução de Juliana Romeiro. – 1. ed. – Rio de Janeiro: Record, 2014.

Tradução de: The spectacuiar now
ISBN 978-85-01-40390-2

1. Ficção americana. I. Romeiro, Juliana. II. Título.

14-08538 CDD: 813
CDU: 821.111(73)-3

TÍTULO ORIGINAL EM INGLÊS:
The Spectacular Now

Texto revisado segundo o novo Acordo Ortográfico da Língua Portuguesa.

Editoração eletrônica: Abreu's System

Direitos exclusivos de publicação em língua portuguesa somente para o Brasil adquiridos pela
EDITORA RECORD LTDA.
Rua Argentina, 171 – Rio de Janeiro, RJ – 20921-380 – Tel.: 2585-2000,
que se reserva a propriedade literária desta tradução.

Impresso no Brasil

ISBN 978-85-01-40390-2

Seja um leitor preferencial Record.
Cadastre-se e receba informações sobre nossos lançamentos e nossas promoções.

Atendimento e venda direta ao leitor:
mdireto@record.com.br ou (21) 2585-2002.

Muito obrigada a Lilli Bassett, Shari Spain,
Emily, Michele, Katie, Clint e Paden.

E agradecimentos especiais a meus assistentes de pesquisa e
consultores, Rob, Dave, Brandon, Greg, Mark, Bill, Ricky, John,
Perry, Jon, Danny, Don, Billy, Robert B., Goober e Kal-Kak.

Capítulo 1

Bem, são quase dez da manhã, e estou começando a entrar no clima. Em tese, tinha que estar na aula de álgebra II, mas, na verdade, estou dirigindo até a casa de Cassidy, minha namorada gorda e bonita. Ela matou aula para cortar o cabelo e precisa de uma carona até o salão, porque os pais confiscaram as chaves do carro dela. O que não deixa de ser um pouco irônico, considerando que foi castigo por ela ter matado aula comigo na semana passada.

Enfim, tenho uma bela manhã de fevereiro pela frente e estou meio "Quem precisa de álgebra?". E daí se eu tinha que estar dando um gás nas notas antes de me formar, em maio? Não sou desses garotos que já têm tudo planejado para a faculdade desde os 5 anos. Nem sei os prazos de inscrição. Além do mais, não é como se minha educação fosse uma prioridade para meus pais. Eles pararam de tomar conta do meu futuro quando se separaram, e isso foi na Era Pré-Cambriana. Até onde sei, tenho certeza de que uma faculdade pública menor vai me aceitar. E quem disse que preciso de faculdade? Qual é a vantagem?

A beleza está em toda parte. E não é num livro de escola. Nem numa equação. A luz do sol, por exemplo: quente, mas não escaldante. Nem parece inverno. Aliás, igual a janeiro e dezembro. Foi impressionante — este inverno não deve ter tido mais do que uma semana de frio. Cara, esse negócio de aquecimento global é sério. Tipo o verão passado. O verão passado foi peso-pesado. Estou falando de um calor de fritar ovo no asfalto. É como a Cassidy sempre diz: aquecimento global não é para os fracos.

Mas, com esse sol de fevereiro, a luz fica completamente pura e torna as cores do céu, dos galhos nas árvores e dos tijolos das casas de subúrbio tão nítidas que só de olhar é como inspirar ar fresco. As cores entram no seu pulmão, na sua corrente sanguínea. Você é as cores.

Prefiro meu uísque com refrigerante, então encosto o carro numa loja de conveniência para comprar uma garrafa de 7UP daquelas de 2 litros, e nisso vejo um garoto de pé na frente de um orelhão. Um garoto mesmo, uns 6 anos talvez — só de moletom e calça jeans e todo descabelado. Não é um desses meninos arrumadinhos, com roupa de marca e cabelo de artista de TV, como se fossem um gigolô em miniatura. Claro que não teriam a menor ideia do que fazer com uma garota nem se ela viesse numa caixa com instruções na tampa como o Operando ou o Banco Imobiliário, mas eles têm que manter a pose.

De cara, viro para ele e digo:

— Ei, cara, você não tinha que estar no colégio ou algo assim?

E ele responde:

— Me dá 1 dólar?

— Pra que você precisa de 1 dólar, rapazinho?

— Pra comprar um chocolate pro café da manhã.

E é isso que me chama a atenção. Só uma barra de chocolate para o café da manhã? Meu coração fica todo mole pelo garoto. Ofereço pagar um *burrito*, e ele topa, desde que também ganhe um chocolate. Quando saímos da loja, dou uma olhada ao redor para avaliar o trânsito com que esse menino vai ter de lidar. Estamos logo ao sul de Oklahoma City — em tese, já é uma cidade completamente diferente, mas do jeito que elas crescem, não dá para saber onde começa uma e onde termina a outra —, então tem muito carro por aqui.

— Olha — falo com ele, que está deixando o ovo pingar no chão. — Esse cruzamento é muito movimentado. O que você acha de pegar uma carona comigo? Assim você não vai ser atropelado por um caminhão e ficar achatado feito um esquilo.

Ele me encara, me avaliando do mesmo jeito que um esquilo talvez fizesse, e decide se entocar de novo. Mas sou um cara que transmite confiança. Também não tenho estilo definido — estou só de calça jeans, tênis velhos e uma camiseta de manga comprida com um *Ole!* estampado na frente. Meu cabelo castanho é curto demais para precisar ser penteado, e tenho uma brecha entre os dentes da frente que me dão um ar simpático e de bom coração, ou pelo menos é o que dizem. A questão é que não boto medo em ninguém.

Então o garoto resolve arriscar e senta no banco do carona do meu Mitsubishi Lancer. Tenho o carro há um ano, mais ou menos — é prateado com o interior todo em preto, não é novo nem nada, mas é o máximo de um jeito bem básico.

— Meu nome é Sutter Keely — digo a ele. — E o seu?

— Walter — responde ele, com a boca cheia.

Walter. Isso é bom. Nunca conheci um menino chamado Walter. Parece nome de velho, mas acho que você tem que começar em algum lugar.

— Preste atenção, Walter, a primeira coisa que quero que você saiba é que não devia pegar carona com estranhos.

— Eu sei. A Sra. Peckinpaugh ensinou isso quando falou de Estranhos e Perigos.

— Que bom. Tenha isso em mente no futuro.

— É, mas como você sabe quem é estranho?

E isso me deixa sem ação. *Como você sabe quem é estranho?* Senhoras e senhores, essa é a cabeça de uma criança. Ele não entende que as pessoas podem ser perigosas só porque você ainda não as conhece. Provavelmente tem um monte de imagens sinistras de como um estranho deve ser: chapéu preto e torto, casacão comprido, cicatriz no rosto, unhas longas, dentes afiados. Mas, se você parar para pensar, aos 6 anos nem se conhece tanta gente assim.

Deve ser desconcertante ter que suspeitar de 99 por cento da população.

Começo a explicar a ele sobre os estranhos, mas sua capacidade de concentração não é tão boa assim, e ele se distrai me observando colocar uísque na garrafa de 7UP.

— O que é isso? — pergunta.

Respondo que é Seagram's V.O., e então ele quer saber por que estou colocando isso no meu refrigerante.

Olho para ele, e seus olhos grandes e redondos parecem realmente interessados. Ele quer mesmo saber. O que posso fazer? Mentir?

Então explico:

— Bem, porque gosto. É suave. Tem um sabor meio defumado. Costumava beber os bourbons do sul do país. Jim Beam, Jack Daniel's. Mas eles são muito pesados se o que você quer é uma onda tranquila, sem pressa e que dure o dia todo. E, em minha opinião, as pessoas notam no seu hálito com mais facilidade. Cheguei a experimentar o Southern Comfort, mas é doce demais. Não, agora meu lance são os uísques canadenses. Embora eu seja famoso por preparar um martíni excelente.

— O que é um martino? — insiste ele, e resolvo que é hora de encerrar as perguntas, antes que passe a manhã inteira dando aula de bartender para o moleque. É um bom garoto, mas minha namorada está me *esperando*, e ela não é das pessoas mais pacientes do mundo.

— Olha, não estou com muito tempo. Pra onde você está indo?

Ele coloca o último pedaço de *burrito* na boca, mastiga e anuncia:

— Flórida.

Não sei as distâncias de cabeça, mas estamos em Oklahoma, então a Flórida fica a uns bons cinco estados, no mínimo. Falo isso para ele, e ele me pede para deixá-lo na saída da cidade, que ele faz o resto sozinho. E está falando sério.

— Estou fugindo de casa — confessa.

Ah, esse garoto só melhora. Fugindo para a Flórida! Dou um gole no uísque com refrigerante e visualizo exatamente o que ele deve ter em mente: um sol enorme e laranja mergulhando no mar mais azul que você já viu, com palmeiras se curvando à sua grandiosidade.

— Olha, Walter. Posso perguntar por que você está fugindo de casa?

Ele fita o painel do carro.

— Porque minha mãe fez meu pai sair de casa, e agora ele está na Flórida.

— Ah, que droga. Sinto muito, cara. Aconteceu a mesma coisa comigo quando era garoto.

— E o que você fez?

— Fiquei puto, acho. Minha mãe não me dizia para onde meu pai tinha se mudado. Não fugi de casa, mas acho que foi mais ou menos na época em que taquei fogo na árvore do quintal. Não me lembro bem por quê. Mas foi uma visão e tanto.

Isso o deixou empolgado.

— Sério, você tacou fogo numa árvore inteira?

— Não vai inventar de me imitar. Você pode se encrencar feio se fizer uma coisa dessas. E você não iria querer deixar os bombeiros com raiva de você, não é?

— Não.

— Então, sobre esse negócio de fugir de casa, entendo perfeitamente. Você iria poder ver seu pai e ainda ter um monte de aventuras e tudo o mais. Nadar no mar. Mas pra falar a verdade, não acho que seja uma boa ideia. A Flórida é muito longe. Se você tentar ir a pé, não vai encontrar uma loja de conveniência em cada esquina. E aí, onde iria arrumar comida?

— Posso caçar.

— É verdade. Você tem uma arma?

— Não.

— Uma faca, um pedaço de pau, um anzol talvez?

— Tenho um taco de beisebol, mas está lá em casa.

— Pois então, você não está preparado. Talvez devesse voltar e pegar o taco de beisebol.

— Mas minha mãe está em casa. Ela acha que estou no colégio.

— Não tem problema. Eu falo com ela. Vou explicar tudo.

— Sério?

— Claro.

Capítulo 2

Faz cinco minutos que devia ter chegado à casa da minha namorada, mas dessa vez tenho uma justificativa legítima para estar atrasado. Cassidy — a própria Srta. Ativista — não pode reclamar porque resolvi intervir na situação desse menino. Estou praticamente dando uma de assistente social aqui. Posso até pedir à mãe de Walter para falar a meu favor.

Infelizmente, Walter não lembra direito onde mora. Nunca teve que andar da loja de conveniência até sua casa. Tudo o que sabe é que tem um furgão preto assustador sem pneus parado na entrada de uma casa na esquina da sua rua. Então saio para cima e para baixo pelo bairro residencial, procurando o furgão.

Para um garoto de 6 anos, até que Walter conversa bem. Ele tem uma teoria segundo a qual o Wolverine é o mesmo cara que coleta o lixo na rua dele. Há também um menino ruivo e grande em sua turma chamado Clayton que tem por passatempo pisar no pé das outras crianças. Um dia, ele cansou de ouvir o choro dos garotos menores e, para variar, pisou no pé da professora. A última vez que Walter viu Clayton, a Sra. Peckinpaugh o estava puxando pelo pulso ao longo do corredor enquanto ele ia arrastando a bunda no chão, igual a um cachorro se limpando.

— É — comento. — Escola é um negócio esquisito. Mas, lembre-se, diferente é bom. Aceite o diferente, cara. Aproveite, porque isso nunca termina.

Só para ilustrar meu ponto, conto a ele sobre Jeremy Holtz e o extintor de incêndio. Eu era muito amigo de Jeremy no fundamental, e ele era legal, a língua sempre afiada. Mas, no ensino médio, mais ou menos na época em que o irmão morreu no Iraque, ele começou a andar com a "galera do mal". Não que eu não ande com a galera do mal de vez em quando, mas eu sou assim, ando com todo mundo.

O Jeremy, no entanto, mudou. Ficou cheio de espinhas e começou a encher o saco dos professores. Um dia, depois que ele soltou um bocejo falso e exagerado na aula de história, o Sr. Cross disse que ele estava apenas demonstrando sua falta de educação. Aquilo foi demais para o Jeremy. Ele saiu da sala sem uma palavra. Um minuto depois, voltou com um extintor de incêndio, atirando de um lado para o outro do jeito mais casual possível. Era uma avalanche em pessoa. Acertou todo mundo na última fileira e mais um monte de gente num dos cantos da sala. O Sr. Cross tentou correr na direção dele, mas Jeremy mandou um jato forte para cima do professor, como quem diz: "Está vendo, Sr. Cross? Isso que é falta de educação."

— Mas o velho Jeremy me poupou — conto a Walter. — E você sabe por quê?

Ele nega com a cabeça.

— Porque eu aceito o diferente.

Não sei por quantas ruas passamos, mas finalmente encontramos o furgão preto assustador sem pneus. Não chega a ser um bairro decaído nem nada assim. É só que não dá para andar muito nesta cidade sem passar por um carro velho apoiado nuns blocos de pedra na porta da casa de alguém. Na verdade, a casa de Walter é uma casa de um andar perfeitamente decente, com um Ford Explorer na entrada, também perfeitamente decente.

Tenho que persuadir Walter a vir comigo até a varanda, e ele parece meio assustado quando toco a campainha. Esperamos um bocado, mas, por fim, a mãe dele abre a porta com uma expressão no rosto de quem acha que vou tentar vender um aspirador de pó ou convertê-la à religião mórmon. E tenho que admitir que a mulher é gostosa. Parece tão jovem que é difícil pensar nela como uma coroa enxuta.

Assim que vê o filho, abre a porta de tela e começa a lenga-lenga:

— Por que é que você não está na escola, mocinho?

Ele parece prestes a cair no choro, então interrompo e digo:

— Desculpe, senhora, mas acho que Walter está meio chateado. Eu o encontrei na loja de conveniência, e ele estava falando de ir para a Flórida.

É então que percebo a mãe de Walter olhando para a garrafa de 7UP.

— Espera aí — interrompe ela, estreitando os olhos. — Você andou bebendo?

Dou uma olhada para a garrafa como se fosse uma espécie de cúmplice me dedando.

— Ah, não. Não andei bebendo não.

— Andou sim. — Ela deixa a porta de tela bater atrás de si e para bem na minha frente. — Posso sentir no seu hálito. Você andou bebendo e dirigindo com o meu filho.

— Essa não é a questão. — Recuo um passo. — Vamos manter o foco em Walter.

— Quem você acha que é pra beber e chegar aqui dizendo como cuidar do meu filho. Walter, já pra dentro.

Ele me fita com uma expressão desamparada.

— Walter, agora!

Então protesto:

— Ei, não precisa gritar com ele.

E ela vem com:

— Eu posso muito bem chamar a polícia.

Minha vontade é de responder algo na linha de se ela soubesse mesmo o que pode e o que não pode fazer, seu filho não estaria tentando fugir para a Flórida. Mas não sou bobo nem nada. Desde que taquei fogo na árvore que não tenho problemas com a polícia, e não vai ser uma mãe malvada e gostosa de 25 anos que vai me criar um agora.

Em vez disso, digo algo como:

— Nossa, olha a hora. — E baixo a cabeça para o pulso, embora não esteja usando relógio. — Quem diria? Estou atrasado para a aula de religião.

Ela fica lá, de pé na porta, me olhando caminhar até o carro, deixando bem claro que está decorando a placa caso eu tente dar uma de engraçadinho. Mas não posso decepcionar o pobre Walter. Não é da minha natureza.

— Seu filho está magoado — falo, ao abrir a porta. — Sente saudade do pai.

Ela desce da varanda e faz uma cara ainda mais feia.

Entro no carro, mas não consigo ir embora sem baixar a janela para dizer uma última coisa:

— Ei, se eu fosse você, não deixaria Walter sozinho perto da árvore do quintal.

Capítulo 3

Certo, agora estou oficialmente atrasado para buscar Cassidy. Atrasado do tipo namorado ruim. Ela vai ficar com aquela cara feia de quem acha que sou um menino mimado, em vez de namorado dela. Tudo bem. Não sou do tipo que se acovarda diante da fúria da namorada. Ela sem dúvida é capaz de soltar umas pérolas quando fica com raiva, mas sei lidar com isso. E gosto do desafio. É como se esquivar de um punhado de estrelinhas ninjas. Além do mais, ela vale a pena.

Cassidy é a melhor namorada do mundo. Estou com ela dois meses mais do que qualquer outra. É inteligente, espirituosa, original e bebe mais rápido que um monte de caras que conheço. Mas, acima de tudo, é simplesmente linda. Um espetáculo em alta definição. Cabelos louros nórdicos, olhos azuis como dois fiordes, a pele branca como sorvete de creme ou pétalas de rosas ou cobertura de bolo — ou, na verdade, como nada disso, só a pele dela mesmo. Bonita de doer. Claro, ela acredita em astrologia, mas não ligo. Acho que é coisa de mulher. Penso nisso como se ela tivesse constelações e futuros girando dentro de si.

Mas o que realmente diferencia Cassidy é que ela é tão lindamente gorda. E, acredite em mim, não estou usando a palavra *gorda* de um modo pejorativo. Perto dela, as meninas das revistas de moda são esqueletos ressecados. Cassidy tem as proporções perfeitas. É como se você pegasse a Marilyn Monroe e aumentasse suas curvas uns três tamanhos com uma bomba de ar. Quando corro os dedos por seu corpo, me sinto o almirante Byrd ou o Vásquez de Coronado, desbravando territórios não mapeados.

Mas ela não atende a porta. Está lá dentro. Posso ouvir a música — alta e furiosa. Só porque estou uns trinta minutos atrasado, vai me fazer esperar no capacho, apertando a campainha. Depois de uns três minutos de pé, volto ao carro para pegar o uísque e dar a volta no quintal. Sentado à mesa do jardim, me refresco com a bebida e penso no próximo passo. A garrafa de 7UP está meio sem gás, mas, depois de um belo gole, tenho uma ideia. A janela do quarto dela no segundo andar tem sempre uma fresta aberta para a fumaça do cigarro. Cassidy é esperta, mas não tanto quanto eu.

Mas, veja bem, escalar até a janela dela não é fácil. Já fiz isso antes, mas não sem quase me jogar para a morte usando nada mais que um calção de banho. Por sorte, tenho uísque o bastante para firmar o equilíbrio.

Agora, a árvore — uma magnólia de galhos baixos — não é difícil de escalar, mas subir até o topo segurando um copo grande de plástico de 7UP com os dentes é outra história. É bem complicado. E aí tenho que me esgueirar por aquele galho raquítico e deixar meu peso dobrá-lo por sobre o telhado da casa. Por um instante, acho que vou cair de barriga na churrasqueira.

Mesmo depois de aterrissar no teto, ainda não estou completamente fora de perigo. O telhado é inclinado num ângulo absurdo. Eu diria quantos graus, mas não sou muito bom de geometria. Meus sapatos têm sola de borracha, então vou me arrastando até a janela sem nenhum escorregão catastrófico. Mas, às vezes, não consigo me contentar. Sempre tenho que ir além.

Tiro o copo dos dentes e dou um bom gole da vitória e — você não vai acreditar — deixo o copo cair. Ele vai rolando pelas calhas cinzentas, uísque e 7UP espirrando para todo lado.

Claro que minha reação natural é tentar pegar o copo, o que faz com que eu perca o equilíbrio e largue o parapeito. Quando me dou conta, estou de cara para baixo, deslizando pelo telhado, tentando me agarrar em algo, mas não há nada em que me segurar. A única coisa que me impede de seguir o 7UP é a beirada da calha. Eu teria ficado aliviado, mas, aparentemente, a calha não está em boa forma. Assim que recupero o fôlego, ela começa a ranger. E a ranger. Até o rangido se tornar um guincho e a calha se soltar da parede, e então não há nada que possa me salvar de mergulhar de cabeça.

O fim é iminente. Vejo meu caixão diante de meus olhos. Até que não me importaria se fosse vermelho. Ou xadrez. Ou quem sabe um com estofado de veludo. Mas, no último instante, acontece um milagre: dou um jeito de me agarrar à calha e escorregar até o quintal. Mesmo assim, bato de bunda no chão, machucando feio o cóccix e, ainda por cima, mordendo a língua. Quando abro os olhos, vejo Cassidy me encarando boquiaberta da porta dos fundos, os olhos arregalados.

Mas não está assustada por minha causa. A porta de correr se abre, e ela para diante de mim, as mãos nos quadris e aquela expressão "você é tão imbecil" no rosto. E eu digo:

— Ei, foi um acidente.

— Você ficou maluco? — grita Cassidy. — Não tem graça, Sutter. Não acredito. Olha o que você fez com a calha!

— Você não está nem um pouco preocupada se eu quebrei a coluna ou coisa assim?

— Quem me *dera*. — Ela dá uma olhada no telhado. — O que vou dizer pros meus pais?

— O que você sempre diz, que não sabe o que aconteceu. Assim eles não têm como colocar a culpa em você.

— Você sempre tem uma resposta, não é? O que você está fazendo agora?

— Estou pegando a calha. O que você acha que estou fazendo?

— Deixa aí. Talvez meus pais achem que soltou sozinha.

Largo a calha e pego o copo vazio.

— Não me diga que isso estava cheio de uísque.

— E um pouquinho de 7UP.

— Eu devia ter imaginado — fala, estreitando os olhos para a garrafa de uísque na mesa do jardim. — Mas, sério, você não acha que dez e meia da manhã é um pouco cedo, até para você?

— Ei, não estou bêbado. Só um pouco revigorado. Além do mais, não bebi nem um pingo na noite passada, então é como se estivesse começando tarde. Já pensou nisso?

— Você sabe que perdi a hora no salão por sua causa, não é? — Ela começa a andar de volta para a casa.

Pego a garrafa e vou atrás dela.

— Não sei por que você quer cortar o cabelo. Ele é bonito demais para cortar. Gosto do jeito como balança nas suas costas quando você anda. Gosto do jeito como cai em mim quando você está por cima.

— Nem tudo gira em torno de você, Sutter. Quero mudar. E não preciso da sua aprovação. — Cassidy senta num banco do balcão que separa a cozinha da sala. Os braços estão cruzados, e ela me encara. — Eles não gostam quando você falta, sabia? Custa dinheiro. Mas tenho certeza de que você não liga pra isso. Você só pensa em si próprio.

E aí está — a deixa para eu falar do Walter. Ao terminar, estou com dois drinques que preparei para nós e os braços dela descruzados. Ela se acalmou, mas ainda não está pronta para me perdoar, então coloco o copo dela na bancada, em vez de entregá-lo em sua mão. Não quero dar a chance de me rejeitar.

— Tá legal — cede ela. — Acho que pelo menos dessa vez você fez uma boa ação. Mas você podia ter me ligado pra avisar que ia se atrasar.

— Eu teria ligado, mas perdi o celular.

— De novo? É o terceiro telefone em um ano.

— Esses negócios são difíceis de se manter. Além do mais, você não acha que é meio *1984* demais sair por aí com um aparelho no bolso que permite que as pessoas achem você a qualquer instante? A gente deveria se rebelar contra os celulares. Você poderia ser o Trotsky e eu vou ser o Che.

— Isso é tão a sua cara — diz ela. — Sempre tentando transformar tudo em piada. Você já parou pra pensar o que significa estar num relacionamento? Você sabe alguma coisa sobre confiança e de compromisso?

Lá vamos nós. Hora do sermão. E tenho certeza de que está certa. É tudo muito inteligente e articulado e cheio daquelas qualidades que garantem uma nota alta em inglês, numa redação de cinco parágrafos, mas não consigo me concentrar com ela sentada ali do meu lado desse jeito.

As cores nela começam o ataque, varando minha pele, eletrificando minha corrente sanguínea, mandando faíscas pela minha barriga. Dou um longo gole no uísque, mas não consigo conter uma ereção. E só estou contando isso porque tenho uma teoria de que a ereção é o principal motivo para o sexismo na história da humanidade. É simplesmente impossível prestar atenção nas ideias de uma garota — não importa quão profundas e verdadeiras elas sejam — de pau duro.

É por isso que os homens acham que as mulheres são umas coisinhas fofas sem nada na cabeça. Mas não são as mulheres que não têm nada na cabeça. O cérebro dos homens é que escorreu pelas orelhas, então eles ficam lá, sentados, olhando para elas, sem a menor ideia do que estão dizendo, mas presumindo que deve ser algo fofinho. Ela poderia estar dando uma aula de física quântica, e o cara só ouviria algo como "guti, guti".

Eu sei, porque já aconteceu comigo um monte de vezes, e está acontecendo agora. Ela está ali fazendo um discurso perfeito sobre relacionamentos, e só consigo pensar em me aproximar e beijar seu pescoço e tirar seu suéter e beijar os seios até a barriga, deixando uma trilha de pontinhos vermelhos na pele branca como rosas florindo no meio da neve.

— E se você fizer *isso* — continua ela —, acho que pode dar certo. A gente pode ter um namoro legal de verdade. Mas já chega, Sutter. É a última que vez que toco no assunto. Você acha que pode fazer isso por mim?

Ah, não. Problema à vista. Como é que vou saber? Ela podia estar me pedindo para usar vestido de festa e salto alto. Mas agora não é hora de discutir minha teoria sobre sexismo e ereções, então respondo:

— Você sabe que eu faria qualquer coisa por você, Cassidy.

Ela estreita os olhos.

— Eu sei que você *diria* que faria qualquer coisa por mim.

— Ei, não acabei de escalar uma casa de dois andares por você? Arrebentei a bunda por sua causa. Olha, por você, eu plantaria bananeira e viraria esse uísque todinho, de cabeça pra baixo.

— Não precisa.

Ela ri e dá um gole na bebida, e sei que dessa vez consegui dobrá-la. Vou até a sala de estar, coloco o copo no tapete e planto uma bananeira perto do sofá. O que me deixa meio tonto, mas mesmo assim não tenho dificuldade de virar o uísque numa golada de cabeça para baixo. Infelizmente, não consigo manter o equilíbrio e tombo feito um arranha-céu daqueles que dinamitam para abrir espaço para outra coisa mais bonita.

Mas Cassidy está gargalhando agora, e é uma visão e tanto. Lanço meu famoso olhar, sobrancelha arqueada, grandes olhos castanhos, e ela dá um gole antes de falar:

— Você é mesmo um idiota, mas é o meu idiota.

— E você é uma mulher e tanto. — Pego o copo de sua mão, dou um gole e o coloco de volta no bar. Ela separa as pernas para que eu possa ficar de pé entre elas, tirar o cabelo de seu rosto e correr os dedos ao longo de seus ombros. — Seus olhos são um universo azul, e é como se eu estivesse mergulhando de cabeça neles. Sem paraquedas. Não preciso, porque nunca vou chegar ao fundo.

Ela agarra a parte da frente da minha camisa e me puxa para junto de si. Está vendo, este é o outro lado da moeda. A perdição das mulheres. É só o cara dar uma de babão e começar a falar feito um retardado que elas ficam doidas para cuidar deles. Ele é só um bobinho que não é capaz de nada sem ela. Ela se derrete toda, ele se derrete todo, e é isso.

A melhor maneira de descrever Cassidy na cama é *triunfante*. Se sexo fosse uma modalidade olímpica, na certa ela levaria medalha de ouro. E subiria no lugar mais alto do pódio, a mão no coração, para cantar o hino nacional aos prantos. E depois seria entrevistada sobre suas técnicas na TV, pelo Bob Costas.

Sei que sou um cara de sorte. Sei que estar com ela é como fazer parte das mais profundas engrenagens do universo. Mas, por alguma razão, sinto como se houvesse uma fissura se abrindo em meu peito. É tão fina quanto um fio de cabelo, mas definitivamente algo que você não iria querer que aumentasse. Talvez tenha sido por causa do ultimato que ela acabou de me dar. *Já chega. É a última que vez que toco no assunto.* Mas o que ela quer que eu faça?

É inútil se preocupar com isso agora. Estou deitado nos limpos e confortáveis lençóis de borboleta da cama de minha namorada gorda e bonita. Um uísque extraforte na cabeceira. A vida é maravilhosa. Esqueça os problemas. Tome um drinque e deixe o tempo levar os problemas para onde quer que seja.

Capítulo 4

Certo, tudo bem, talvez eu beba um pouquinho mais do que um pouco demais, mas não vá achando que sou um alcoólatra. Não é um vício nem nada parecido. É só um passatempo, um bom e velho jeito de me divertir. Uma vez falei exatamente isso para uma carola lá da escola, Jennifer Jorgenson, e ela respondeu:

— Não preciso de álcool para me divertir.

Então eu disse:

— Também não preciso andar de montanha-russa para me divertir, mas ando.

Esse é o principal problema com esses programas antiálcool e antidrogas que eles obrigam você a fazer no ensino fundamental. Ninguém admite que nada daquilo é divertido, e é aí que perdem toda a credibilidade. Todo mundo na turma — exceto as Jennifer Jorgenson da vida — sabe que é tudo mais falso que uma gostosa siliconada pregando na TV.

Já fiz aqueles questionários de internet para saber se você é alcoólatra: Você às vezes bebe de manhã, antes de qualquer outra coisa? Você se irrita quando as pessoas o criticam por causa da bebida? Você bebe sozinho? Esse tipo de coisa.

Primeiro, é claro que às vezes bebo de manhã, mas não porque *tenho* que beber. É só um jeito de quebrar a rotina. Estou celebrando um novo dia, e se não se pode fazer isso, então é melhor cruzar os braços em cima do peito e se distrair com a tampa do seu caixão. Segundo, quem não se irrita quando os outros enchem o saco? Você pode ter bebido uma cerveja só, mas sua mãe percebe o cheiro, e ela e seu padrasto começam com o interrogatório "policial bom/policial mau", só que sem o policial bom. E você ainda é obrigado a gostar disso?

E terceiro, por que beber sozinho é tão ruim assim? Até parece que sou um desajustado bebendo loção pós-barba barata sozinho, escondido atrás do ponto de ônibus. Vamos supor que você tenha ficado de castigo e esteja assistindo à TV ou ocupado com um jogo de computador no quarto — uns bons drinques ajudam a manter a sanidade mental. Ou talvez todos os seus amigos tenham que voltar cedo para casa durante a semana, e aí você vai para casa e bebe mais umas três ou quatro cervejas na janela, ouvindo seu iPod, antes de ir dormir. Qual o problema?

Sabe, a questão é a atitude que se tem com a bebida. Se você é do tipo que diz *Coitadinho de mim, minha namorada me deixou, acho que joguei pedra na cruz*, e entorna um quinto de uma garrafa de Old Grand-Dad até o pescoço ficar igual borracha e você não conseguir levantar o queixo do peito, então, sim, diria que você é um alcoólatra. Mas eu não sou assim. Não bebo para esquecer ou para esconder algo ou por fuga. Do que estaria fugindo?

Não, tudo o que faço quando estou bebendo é ser criativo, expandir meus horizontes. Na verdade, é bem educativo. Quando estou bebendo, é como se pudesse ver outra dimensão do mundo. Entendo meus amigos num plano mais profundo. Palavras e ideias que nem sabia que conhecia saem voando da minha boca como periquitos exóticos. Quando assisto à TV, invento os diálogos, e eles são muito melhores do que qualquer coisa que os roteiristas tenham sonhado. Sou misericordioso e engraçado. E me engrandeço na beleza e no senso de humor de Deus.

A verdade é que sou o bêbado de Deus.

Caso você não saiba, isso é uma música de Jimmy Buffett: "God's Own Drunk". É sobre um cara que fica tão chapado que se apaixona pelo mundo como um todo. E fica em harmonia com a natureza. Nada o assusta, nem a coisa mais perigosa, como um urso-pardo gigante e ladrão de uísque.

Meu pai — meu pai de verdade, e não Geech, o idiota do meu padrasto — adorava Jimmy Buffett. ADORAVA. "Margaritaville", "Livingston Saturday Night", "Defying Gravity", "The Wino and I Know", "Why Don't We Get Drunk and Screw" — todas essas, meu pai ouviu até cansar. Ainda sinto uma alegria toda vez que escuto uma música dele.

Aliás, a primeira vez que provei uma bebida alcoólica, estava com meu pai. Foi antes do divórcio, então não podia ter mais que 6 anos. Nós tínhamos ido a um jogo de beisebol de uma divisão menor no antigo estádio, perto do parque de diversões, antes de construírem o estádio novo em Bricktown. Éramos eu, meu pai e dois amigos dele, Larry e Don. Ainda me lembro perfeitamente dos dois. Eram engraçados. Grandes e gordos.

Meu pai também era grande — ele construía casas. Se era bonito? Meu pai era tão bonito quanto o George Clooney, só que com o mesmo espaço entre os dentes que tenho agora. Embora fosse pequeno, me sentia um homem junto daqueles caras. Eles xingavam o árbitro e debochavam do time adversário e chamavam os jogadores do Oklahoma City de seus "garotos". E tinham longnecks geladas nas mãos.

Cara, como queria um gole daquela cerveja. Queria beber cerveja e subir na cadeira e berrar com toda a força. O que iria berrar não tinha importância, só queria que minha voz se misturasse à dos homens. Por fim, enchi tanto a paciência do meu pai que ele me deixou provar.

— Só um golinho — alertou ele, e Larry e Don jogaram a cabeça para trás de tanto rir. Mas eu mostrei só a eles. Virei a garrafa e bebi quase metade antes do meu pai arrancá-la de mim.

Eles riram um pouco mais, até que Don disse:

— Você é duro na queda, hein, Sutter.

E meu pai completou:

— Ah, se é. Este é o meu garoto. — E apertou meu ombro, enquanto eu me inclinava contra ele.

Não posso dizer que fiquei bêbado, mas a sensação foi boa. Adorava aquele campo e todo mundo que estava nele, adorava Oklahoma City ao longe, os prédios altos pálidos e tranquilos sob a luz do crepúsculo. Só vomitei na sétima entrada do jogo.

E não é como se eu fosse uma espécie de Drew Barrymore, bebendo durante todo o ensino fundamental e cheirando cocaína em boates antes de ter pentelhos. Até o sétimo ano, quase não bebia, e depois não era como se estivesse bebendo todos os dias.

O que fazia era dobrar uma bolsa de papelão e enfiar na parte da frente da calça, então ia até o mercado, perambulava casualmente até o corredor de cerveja — em Oklahoma, eles vendem umas cervejas fraquinhas, de teor 3,2 no mercado — e, quando não tinha ninguém olhando, puxava a bolsa e enfiava um fardo de seis latas. Então era só abrir meu sorriso Huckleberry Finn mais angelical e sair pela porta da frente como se não estivesse levando mais nada além de uma sacola cheia de cereal e biscoitos.

Todo mês, eu e meu melhor amigo, Ricky Mehlinger, fazíamos isso. A gente surrupiava um fardo de seis cervejas, bebia perto da vala de concreto e fugia do dobermann. O dobermann era um cachorro grande e feio de olhar demoníaco. Ele cuidava do quintal de três casas. Um dia, estávamos quase acabando a cerveja quando o vimos no canto de um muro de tijolo, nos encarando como uma gárgula do mal. Uma fração de segundos antes de ele saltar, começamos a correr. E ele veio atrás, rosnando em nossos calcanhares. Literalmente senti os dentes na sola do tênis logo antes de pular uma cerca de madeira. Foi o máximo.

Depois disso, a gente sempre andava pela área dele depois de beber as seis cervejas, e era tiro e queda: ele aparecia do nada, os olhos selvagens, babando. Até que um dia apostei 5 dólares com Ricky que ele não era capaz de cruzar todo o quintal da casa do dobermann e tocar o portão de ferro da piscina. Ele virou o resto da cerveja e disse:

— Fechado.

Foi muito engraçado. Quando chegou à metade do caminho, o cachorro apareceu contornando os fundos da casa. Ricky fez uma careta de Macaulay Culkin e correu na direção do portão da piscina com o cachorro logo atrás. Ele tentou pular pelo portão, mas se enrolou todo com as pontas de ferro forjado. E foi aí que percebi. O dobermann continuou latindo e bufando junto do calcanhar de Ricky, mas não deu nem uma mordida. Ele podia ter arrancado a perna de Ricky com facilidade se quisesse, mas, lá no fundo, era igualzinho a nós — só estava a fim de se divertir.

E aquilo acabou com o encanto. Sabíamos que o dobermann não era mau de verdade, e ele sabia que sabíamos. Continuamos bebendo cerveja na vala de concreto, mas agora o cachorro sentava ao nosso lado e nos deixava acariciar sua cabeça. Era setembro, o mês do cachorro. Nossos pais não sabiam onde estávamos e não ligavam a mínima. Era maravilhoso.

Capítulo 5

Conheci Ricky no quarto ano, e somos grandes amigos desde então. Ele é alemalásio. A família do pai veio da Alemanha, e a mãe é da Malásia — Kuala Lumpur, acho. Eles se conheceram quando Carl estava na Marinha. Mas não é nada do que você está pensando — o alemão grande e sério cheio de ordens para cima da pequena e submissa esposa asiática. Na verdade, o pai é um sujeito baixinho como o Ricky, e parece meio gay. Não estou dizendo nada que o próprio Ricky já não tenha falado.

A mãe também é pequena — não deve ter mais que 1,50m —, mas está longe de ser submissa. Tem uma voz aguda, tipo um banjo desafinado, e ir à casa de Ricky significa ouvi-la reclamar de alguma besteira que o pobre Carl fez, como deixar a torneira aberta enquanto escova os dentes. E quando ela começa, não dá para entender uma palavra do que diz.

Ricky tem muito mais cara de asiático do que de alemão, e as meninas o acham a coisa mais bonitinha do mundo. Mas ele se convenceu de que elas não o veem como namorado em potencial. É verdade que elas podem ser bem condescendentes às vezes, como quando Kayla Putnam disse que queria pegá-lo no colo e carregá-lo dentro da bolsa, mas Ricky também tem muitas outras qualidades.

Por exemplo, é um dos caras mais engraçados que você jamais vai conhecer. E também é inteligente. Talvez suas notas não demonstrem isso o tempo todo, mas é só porque ele não se dedica. Se estudasse, teria média 100. Tenho sempre o cuidado de aprender pelo menos uma palavra nova por dia na internet só para acompanhar seu vocabulário.

E sempre o relembro de suas qualidades, mas você acha que por causa disso ele toma coragem e chama uma garota para sair? Não. Sempre tem uma desculpa — ou ela é alta demais ou muito metida ou é racista. Tudo bem, racista eu entendo, mas chega uma hora em que você tem que parar e dizer: "Ei, ainda estamos no colégio. Tudo o que preciso é de uma menina para sair, para praticar como é ter uma namorada."

Então, considerando o histórico de Ricky com as mulheres, é bem irônico quando ele começa a me dar conselhos sobre Cassidy.

— Cara — diz ele —, vê se não estraga isso. Falando sério, não pode ser muito difícil aparecer na hora para levar a namorada ao salão.

— Ei, não tem nada que eu possa fazer agora. É leite derramado. O que me preocupa é que não ouvi direito o que ela queria que eu fizesse para salvar o nosso relacionamento.

— Como assim, você não estava prestando atenção?

— Estava pensando em outra coisa.

Ricky balança a cabeça.

— Cara, se fosse eu, estaria ouvindo cada palavra. — E ele parece muito sério. Às vezes me pergunto se também não tem uma queda pela Cassidy.

— Não dá para prestar atenção em todas as palavras. É muita coisa acontecendo ao mesmo tempo. Tudo o que consigo fazer é assimilar a ideia geral.

Ricky abre mais uma cerveja. É sexta à noite, e estamos sentados no capô do meu carro, num estacionamento na 12th Street.

— Se tivesse uma namorada, ia ser que nem uma igreja quando ela falasse. Ela seria o pastor, e eu o rebanho.

— Você tá bêbado.

— Estou falando sério, cara. Sou o melhor ouvinte do mundo.

Ele não deixa de estar certo. Ricky já ouviu muita asneira da minha parte.

— Então por que você não chama Alisa Norman pra sair? Você gosta dela, não gosta?

Ele dá uma conferida no Mustang que passa por nós, um modelo maneiro e antigo, de uns trinta anos atrás.

— Acho que gosto um pouco, mas ela tá quase noiva de Denver Quigley.

— E daí? Chama pra sair assim mesmo. Olha, garotas são um ser transicional. Não terminam com um cara e ficam esperando que alguém as chame pra sair. Elas continuam com o namorado até saberem que existe outra pessoa interessada. E aí é babau para o namorado e beijinhos e abraços para o cara novo. Vai por mim.

— Tá. Você já viu o Quigley ultimamente? O cara é um homem das cavernas. Se eu trocar duas palavras com Alisa, ele me transforma em patê. Iam ter que me levar para o hospital numa espátula.

— Desculpas, desculpas. — Dou um gole na cerveja e um no uísque. — Sabe de uma coisa? Cansei das suas desculpas. É isso. A hora é agora. Você vai arrumar uma namorada.

— Não enche.

— É sério. Você acha que pode ficar de vela comigo e com a Cassidy para sempre? Isso é ridículo. Anda, entre no carro.

— Por quê? O que você está pensando em fazer?

— Garotas, estou pensando em garotas. Elas estão por toda parte. — Aceno com o braço na direção da rua. — É sexta à noite, cara. A rua é uma cornucópia de mulheres. Os carros estão todos cheios delas. Altas, magras, gordas, peitudas, sem peito, louras, morenas, ruivas, de bunda grande e bundinhas que cabem na palma da sua mão. E você sabe o que elas querem? Elas querem um cara, cara. É isso que elas querem. Agora, entre no carro.

— Peitos e bundas, é? Você é mesmo muito romântico, Sutter. Muito romântico.

Ele pode estar dando uma de sarcástico, mas entra no carro mesmo assim. Sabe que o Sutter aqui só tem o seu bem-estar em mente.

E a verdade é que sou um romântico. Estou apaixonado pela espécie feminina. É uma pena que se tenha que escolher uma só, mas como essa é a regra, sou muito grato pelo espécime que tenho, e tudo o que quero é que meu melhor amigo tenha a mesma coisa.

Capítulo 6

A 12th Street está bombando hoje. Eu também não estava exagerando — está cheio de mulher na rua. Mas sou exigente. Afinal de contas, estamos falando de uma garota para o Ricky, o cara com quem eu jogava Justice League no quinto ano. Ele cuidou de mim naquela época, agora é a minha vez.

— Você não vai me envergonhar, vai? — pergunta ele.

— Quando foi que envergonhei você?

— Quer que eu faça uma lista? — Ele puxa um baseado e acende o isqueiro.

— Cara, o que você está fazendo? — Não tenho nada contra maconha, só não vejo como um bom agente social.

— Você não tem que fumar se não quiser — responde ele, dando um longo trago.

— Só pega leve, tá? Não quero chegar num carro cheio de mulher para depois você ficar todo caladão, viajando nessa merda aí.

Ele solta uma baforada e diz:

— Não se preocupe. Eu vou ser divertido.

— OK, claro. Mas não sei o quanto elas gostam de divagar sobre a comercialização de Deus ou seja lá o que for que você estava falando no sábado passado.

— Era: O que aconteceria se descobrissem a existência física de Deus? Provavelmente haveria uma guerra sem noção para ver quem teria os direitos. Por exemplo, se Deus deveria ser transmitido por cabo ou via satélite. E eles teriam que lançar um plano de marketing também. E fariam comerciais: "Ligue agora e receba

Deus por 19,95 dólares por mês. Ou assine o pacote Pai, Filho e Espírito Santo por apenas 24,95!"

— É — digo, rindo. — E quando você não paga a conta, eles cortam sua conexão com Deus.

— Está vendo, cara — fala Ricky. — Posso ser divertido.

Tenho que admitir, ele tem razão.

— Mas, ainda assim, o que eu e você achamos divertido não necessariamente vai fazer sucesso com as mulheres.

— Eu sei. Você acha que sou burro?

Não temos tempo de debater a pergunta. De repente, uma SUV cheia de mulher emparelha com a gente. Não reconheço nenhuma delas, mas a loura no banco de trás baixa o vidro, mostra os peitos e cai na gargalhada.

— Cara, você viu aquilo? — pergunta Ricky.

— Vi. Fiz um sinal de positivo para ela.

— Bem, não deixe irem embora. Siga o carro.

— Relaxe, cara. Essas aí não são daqui.

— E daí?

— E daí que a gente pode segui-las a noite toda, mas elas não vão encostar o carro. Você sabe por que uma menina mostra os peitos, não sabe? Porque gosta de achar que os caras tão batendo uma por ela. Enfim, você precisa de alguém mais natural.

— Ela parecia bem natural para mim.

— Tinha o cabelo todo produzido.

— Cara, não estava olhando para o cabelo dela.

Ricky fica meio chateado porque decidi não seguir o carro, mas não muito. Conheço o cara. O único motivo por que quer que eu vá atrás das meninas é porque sabe que nada vai acontecer. É só fantasia — não há a menor chance de ele se dar bem ou levar um toco. Mas não vou deixá-lo se safar assim tão fácil, não dessa vez.

Subimos e descemos a 12th Street algumas vezes sem sucesso, até que vejo aqueles faróis piscando para mim no retrovisor — o

Camry dourado de Tara Thompson. No sinal, ela coloca a cabeça para fora e grita para eu entrar no estacionamento do posto de gasolina Conoco. Parece promissor. Conheço Tara bastante bem — estamos na mesma turma de inglês —, e embora ela não seja a garota certa para Ricky, sua amiga Bethany Marks é.

Tara e Bethany estão quase sempre juntas. São meninas medianas — não chegam a ser gostosas ou muito populares, mas estão acima da média da galera excluída. Jogam softball. Tara pinta o cabelo de louro e é meio atarracada, mas não de um jeito ruim. Bethany é morena e mais magrinha, e tem umas pernas compridas espetaculares e um tronco curto meio desproporcional. Peitos bonitos. O único problema é que o nariz parece sempre meio oleoso. Mas o jeito como ela se comporta ao lado de Tara me faz lembrar de Ricky. Perto da personalidade extrovertida da amiga, ela é a quietinha. E os caras não prestam muita atenção, mas é divertida. E, para duas atletas, ela e Tara até que gostam de uma festa.

Paro o carro ao lado do de Tara e abaixo o vidro.

— Sutter — diz ela —, é de você mesmo que estava precisando. Sabe onde a gente pode arrumar umas cervejas?

— Cerveja? Vocês não estão em época de treino?

— Estamos comemorando. Minha mãe finalmente expulsou meu padrasto de casa. — As duas riem.

Digo a elas para estacionarem que vou ver o que posso fazer.

— Deem um pulinho aqui no meu escritório, meninas. — E as conduzo até a traseira do carro, onde abro a mala para revelar o tesouro escondido que é a minha coleção de cervejas. Cobrimos a mala toda com plástico e colocamos gelo em cima, depois arrumamos fileiras e mais fileiras de cerveja e jogamos mais gelo.

— Vocês são o máximo — elogia Tara.

— A gente estava indo para Bricktown — explico, o que não é bem verdade, mas agora pode bem ser. — Por que vocês não vêm com a gente?

E Bethany diz:

— Estávamos indo para a casa da Michelle.

Então respondo:

— Cara, eu podia muito bem comemorar o fato de que um padrasto foi expulso de casa, já que a minha mãe não dá um jeito no meu.

E é tudo o que Tara precisava ouvir.

— Bem, então não fica parado aí. Me dá uma cerveja.

Passo uma garrafa para ela e não tenho nem que inventar um jeito de fazer Bethany sentar atrás com Ricky. Tara vai direto para o banco do carona, então não resta outra opção aos dois além do banco traseiro. Agora, você talvez achasse que Cassidy não iria gostar se visse a cena, mas ela está no cinema com as amigas, e, além do mais, a ideia é dar um jeito de Ricky e Bethany se pegarem.

— OK, vamos nessa — digo, girando a chave. — Para o alto e avante!

Capítulo 7

Bricktown é o bairro de entretenimento de Oklahoma City. O nome vem dos prédios e das ruas de tijolos. Antigamente, era algum tipo de zona de armazém. Agora é cheio de bares e restaurantes, casas de show e estádios, cafés, um cinema multiplex e um campo de beisebol. Você também pode fazer passeios de barco no canal que passa entre duas fileiras compridas de prédios, como um rio no fundo de um desfiladeiro. Andar de barco não é tão divertido, mas as meninas acham romântico. Tudo o que tenho que fazer é dar um jeito de colocar Ricky e Bethany juntos num barco enquanto levo Tara para outro lugar.

Tomo o cuidado de manter as meninas sempre com uma cerveja na mão por todo o caminho, e então dirigimos de um lado para o outro diante dos bares e restaurantes. A princípio, Ricky fica meio quieto. Ele é daqueles que parecem tímidos no começo, mas uma vez que você o conhece, é hilário. E é simplesmente o máximo em imitações — atores de cinema, professores, outros alunos. Depois que consigo que faça algumas, as garotas não param de rir. E Ricky faz uma imitação perfeita de Denver Quigley que faz Bethany gargalhar tanto que parece que vai se mijar.

— Ei, vamos andar de barco — sugiro, como se tivesse acabado de pensar nisso. Não preciso nem dizer duas vezes. As meninas adoram a ideia.

Depois de achar uma vaga a uns mil quilômetros do canal, descemos a rua, debochando das pessoas e, em geral, gargalhando. Quando chegamos ao local de onde saem os barcos, digo a Ricky para comprar dois bilhetes, um para ele e outro para Bethany, mas na minha vez, eu solto:

— Ih, esperem aí. Esqueci a carteira no carro.

O idiota do Ricky se oferece para me emprestar um dinheiro, mas eu respondo.

— Não, cara. Vocês dois vão na frente. Não gosto da ideia de deixar a carteira no carro num estacionamento escuro. A gente se encontra aqui em meia hora.

Ele me lança um olhar suspeito, mas agora já é tarde demais. O barco está pronto para sair. Bethany quer que Tara vá com eles, mas seguro o braço dela e protesto:

— Ah, não. Não vou andar esse caminho todo sozinho.

Assim que o barco parte, desejamos boa viagem aos dois, que formam um belo par, muito embora ela seja uns 7 centímetros mais alta que ele. Depois que saem, me ofereço para pagar um sorvete para Tara, e ela diz:

— Achei que você tinha esquecido a carteira.

E eu respondo:

— Acabei de lembrar que estava no outro bolso.

Ela olha para mim e sorri.

— Seu diabinho.

— Diabo, não. Sou o cupido. Eles formam um casal bacana, você não acha?

— É — concorda ela. — Acho que sim.

No caminho para o sorvete, mudamos de ideia e decidimos ir a um bar. Depois de sermos barrados em quatro lugares, concluo que não há nada a fazer além de voltar para o carro, pegar umas cervejas e beber na frente do Jardim Botânico.

— É seguro lá à noite? — pergunta Tara.

— Ei, você está comigo.

Coloco quatro garrafas num saco plástico, e seguimos para o Jardim Botânico. A noite está linda. O clima só pede um casaco leve. As luzes da cidade brilham diante de nós, a cerveja pesa de um jeito muito satisfatório, como uma promessa de fartura.

O único problema de estar aqui durante a noite é que sempre existe a chance de se esbarrar num mendigo, e claro que é exatamente isso que acontece. Tara agarra minha mão e caminha um pouco atrás de mim, mas não há nada de assustador nesse cara. Está usando o típico boné desbotado, as roupas baratas que mereciam uma boa lavada, e seu rosto parece ser feito com o couro de uma luva de beisebol.

Passo uma nota de cinco, e ele fica mais que agradecido, tocando a aba do boné e me olhando como se eu fosse uma espécie de jovem lorde ou coisa assim. Depois que se afasta, Tara diz que acha que eu não devia ter dado nada.

— Ele vai pegar o dinheiro e beber.

— O que faz muito bem.

— Era mais fácil ter dado logo uma cerveja.

— Você está brincando, né? A gente só tem duas garrafas por pessoa. Ele que compre a dele.

O Jardim Botânico consiste em vários caminhos que contornam um monte de árvores e plantas diferentes e se cruzam sobre riachos e lagos. Numa ponta, fica a Crystal Bridge, que não é só uma ponte, mas uma grande estufa em forma de cilindro para mais plantas exóticas. Eles até têm plantas grandes e fedorentas que só dão flor a cada três anos ou algo assim, e que têm cheiro de cadáver podre. Nunca estive aqui depois de anoitecer, mas quando se está com uma garota, deve-se agir como se já tivesse feito de tudo — não para impressioná-la, mas para ter certeza de que ela se sente segura.

Então estamos caminhando, bebendo e conversando, e ela começa a contar a história da mãe e do padrasto, Kerwin.

— Kerwin? — pergunto. — Ele se chama mesmo Kerwin?

— Dá para acreditar?

A história começa muito engraçada. Kerwin é uma figura. Para começar, é um desleixado, só se barbeia duas vezes por semana, fica assistindo a Food Network de cueca, tira as meias e joga mais ou menos na direção do quarto e peida quando as amigas delas entram na sala. É até famoso por já ter jantado comida congelada ao mesmo tempo que cagava.

— Sei não — digo. — Meio que gosto dele.

— Mas não gostaria se tivesse que morar com ele. — Tara dá um gole na cerveja.

— Meu padrasto é um robô.

— Kerwin não era ruim no começo. Acho que gostava dele. Os dois se casaram quando eu tinha 9 anos, então acho que era divertido que ele fosse meio largado. Eu ficava na cama com minha mãe, ele e minha irmãzinha, e ele contava histórias e então dizia: "Se escondam debaixo do lençol. Vou cuspir no ar." A gente se escondia, e ele soltava um pum. Minha mãe morria de nojo, mas minha irmã e eu ríamos como se fosse a coisa mais engraçada do mundo. Acho que quando era pequena, para mim ele era um sujeito e tanto. Além de soltar pum, fazia minha mãe rir. Éramos bem felizes.

Do lado da Crystal Bridge tem um pequeno anfiteatro com um palco no centro, bem no meio do lago. Descemos alguns degraus e sentamos com as cervejas.

— E o que aconteceu? Ele exagerou nos puns?

Ela ri.

— E como. — E então para e fita o palco vazio. — Mas o problema mesmo eram os analgésicos.

— Analgésicos? Tipo o quê, Vicodin ou algo assim?

— Muito pior. OxyContin.

— Cara, isso é pesado.

— Nem me diga. Ele começou com Loritab. Depois que sofreu um acidente de carro, seu pescoço doía muito. Agora tem uma meia cheia de OxyContin na gaveta... Como se eu e mamãe não soubéssemos de nada. Não é nem mais por causa da dor.

— Sei lá. Existem vários tipos de dor que não só a física.

— Acho que sim. Mas ele não tem autocontrole. Come demais, bebe demais, peida demais. E toma OxyContin demais, e sai trombando pela casa, dizendo coisas que você não entende e tentando abraçar e beijar você.

— Você quer dizer beijar de verdade, com língua e tudo?

Ela faz uma cara de nojo.

— Credo, não. É mais como se eu ainda tivesse 9 anos, e ele estivesse tentando me beijar na bochecha, e a gente se engalfinha igual fazia antigamente.

— Talvez ele goste de você.

— Fala sério. Ele é um desastre. Não consegue manter um emprego. Desmaia na porta do banheiro. No aniversário da minha mãe, acordou e tentou preparar um café da manhã para ela e quase colocou fogo na casa. Foi a gota d'água.

— Que pena.

— Nada dura para sempre — diz ela, e sua voz treme de leve. — Você acha que vai durar. E pensa "Taí algo com que posso contar", mas sempre se decepciona.

Obviamente ela não está tão feliz com a separação como quer aparentar. Tara pode não querer admitir, mas sei que tem uma queda pelo velho peidorreiro.

— É por isso que nunca vou me casar — decreta. — De que adianta?

Uma lágrima grande se espreme por entre suas pálpebras. Não achei que estivesse tão bêbada a ponto de chorar, mas talvez não seja preciso beber muito quando as emoções já estão abaladas.

Minha vontade é de reconfortá-la. De dizer: "As coisas certas duram. Você vai achar um cara legal, alguém que não solte muito pum, e vocês vão se casar e vai durar para sempre", mas nem eu acredito nesse conto de fadas.

Então é isso que digo:

— Tem razão. Nada dura para sempre. E não há nada com que contar. Nadinha. Mas tudo bem. Na verdade, isso é bom. É como os velhos morrendo. Eles têm que morrer para dar lugar aos bebês. Você não iria querer um mundo lotado de velhos, iria? Pense só no trânsito: os acidentes, os motoristas enrugados com óculos escuros gigantes, passeando de um lado para o outro num Buick LeSabres quatro portas de 20 anos, a uns 5 quilômetros por hora, pisando por engano no acelerador em vez do freio e acertando a vitrine da farmácia.

Ela ri, mas é uma risada com um ar de tristeza.

— É sério — insisto —, é bom as coisas não durarem para sempre. Olhe os meus pais, por exemplo. Se eles ainda fossem casados, meu pai, meu pai de verdade, ainda estaria preso naquele dois-quartos horroroso em que morava. E ainda estaria se esvaindo em suor, batendo prego numa construção. Em vez disso, hoje ele é mais que bem-sucedido. Está vendo o prédio Chase lá longe, o mais alto?

Ela faz que sim e dá um gole.

— O escritório do meu pai fica lá em cima. Está vendo a janela acesa bem no meio? É ele, virando noites no trabalho.

— Uau! — exclama ela. — Você já foi lá em cima?

— Claro. Vou o tempo todo. Lá do alto dá para ver até a cidade de Norman.

— Talvez a gente devesse ir agora.

— Não, agora não. Ele é muito ocupado. Tenho que marcar hora.

— O que ele faz?

— Finanças. Um contrato depois do outro.

E ficamos os dois ali, sentados, fitando a luz no alto do prédio mais alto de Oklahoma City. A noite está esfriando, e ouvimos um barulho no escuro. Tara agarra meu braço.

— O que foi isso?

— Nada — respondo. Mas por algum motivo começo a me sentir vulnerável, como se algo maligno estivesse se esgueirando atrás de nós, uma horda de mendigos zumbis babando ou talvez algo pior, algo que nem sei como chamar.

— Talvez a gente devesse voltar.

— É, já deve estar na hora.

Capítulo 8

Chegamos um pouco atrasados ao canal, mas Ricky não parece nem um pouco incomodado. Ele e Bethany estão sentados lado a lado num banco, fitando a água e sorrindo feito duas crianças num teatro de fantoches. E eu diria que os dois não estavam dando a mínima se iríamos voltar ou não.

No caminho de volta para casa, Bethany fala mais do que nunca. Está muito animada. E não para de contar sobre quando Ricky fez sua própria narração para o passeio de barco como se fosse uma atração da Disney, e como inventou histórias para as pessoas. Ela riu tanto que achou que fosse passar mal. Claro que inventar histórias para os outros é algo rotineiro para mim e Ricky — e algumas das coisas que contou para Bethany ele roubou de mim —, mas tudo bem. Meu plano está funcionando com perfeição. O Sutterman acertou de novo. Estou tão orgulhoso que a princípio não presto atenção nos faróis nos seguindo pela 12th Street.

Quando chegamos ao carro de Tara, Ricky e Bethany já são um casal. Mas não é como se Ricky fosse agarrá-la e lhe dar um beijo molhado no meio do estacionamento. No entanto, ele não pisa na bola.

— Foi muito divertido — diz. — Vamos repetir a dose um dia desses.

— Claro — responde ela, toda animada.

— Sexta que vem seria um ótimo dia para repetir a dose — acrescento. O garoto ainda precisa de ajuda para fechar o negócio.

— Sexta que vem está perfeito — concorda Bethany. — Acho que a gente se fala na escola, então.

— Ah, ele liga antes disso — acrescento, e dessa vez ele não perde tempo:

— É, eu ligo.

Ela abre um sorriso tímido e fala:

— Certo, ótimo. — E entra no Camry de Tara.

A uns 15 metros de nós, tem um carro parado, o mesmo que estava nos seguindo na 12th, mas não presto muito atenção nele. Em vez disso, dou um abraço gentil em torno dos ombros de Tara e digo que estou torcendo para que dê tudo certo com sua mãe. E, de repente, ela me agarra com os dois braços e me aperta feito um tubo de pasta de dente, grudando a bochecha em meu peito.

— Que bom que a gente se esbarrou hoje à noite — diz. — Obrigada pelas cervejas e por ouvir meus problemas idiotas e, você sabe, pelos conselhos e tudo mais.

Dou uma batidinha de leve em seu cabelo e digo:

— Sem problema.

E é aí que a porta do carro bate atrás de mim. Eu me viro e, é claro, lá está Cassidy. Era o carro da amiga dela, Kendra, o tempo todo.

— Oi, Sutter — diz Cassidy, e não é de um jeito amigável.

— Oi — respondo, me soltando dos braços de Tara. — Cassidy. Como foi o cinema?

Ela cruza os braços.

— Obviamente não tão bom quanto a sua noite.

— Hum, é. A gente só meio que emprestou umas cervejas para as meninas. — Não posso explicar o plano de juntar Ricky e Bethany, não com Bethany sentada no carro atrás de mim.

Cassidy está com AQUELA CARA.

— Sim, certo. Eu vi vocês se agarrando.

— Não, é sério. A mãe da Tara expulsou o padrasto de casa, e a gente estava comemorando e...

Cassidy ergue a mão e me manda parar.

— Não quero saber. Tudo o que pedi foi uma coisa muito simples: só pensar nos meus sentimentos quando estivesse fazendo alguma coisa. Só por uma vez, colocar os sentimentos de outra pessoa em primeiro lugar. Foi tudo o que pedi, uma única coisa. Mas você falhou miseravelmente.

Ah. Então era isso que ela queria que eu fizesse.

— Posso fazer isso — insisto. — Claro que posso.

Na verdade, não tenho tanta certeza, mas agora que sei o que ela quer, estou disposto a tentar.

Mas ela não quer saber.

— Tarde demais, Sutter. — E abre a porta do carro. — Você é um caso perdido.

— Não, não sou, não. Não sou mesmo.

Mas ela já entrou no carro, bateu a porta e fechou o vidro.

— Qual o problema dela? — pergunta Tara atrás de mim.

— Expectativas muito altas — digo. — Muito altas e na pessoa errada.

Capítulo 9

Meu emprego é razoável. Você sabe o que é um emprego razoável, não sabe? É um emprego que você só odeia parte do tempo, e não o tempo todo. Dobro camisas na loja Mr. Leon's Fine Men's Clothing, no Eastern. Na verdade, a parte de dobrar camisa é só para me manter ocupado. Eu deveria ser um vendedor, mas os clientes são escassos. Quem viria ao Mr. Leon's quando se pode ir ao shopping? No verão passado, eram quatro lojas na região metropolitana, mas agora são só duas. É só uma questão de tempo até o Mr. Leon's secar e acabar de vez. Morto e enterrado. Igual ao restaurante Indian Taco que ficava ao lado da loja.

Mas a falta de clientes não é o que me faz odiar o trabalho. Na verdade, tenho pânico do sininho no alto da porta. Sim, ainda temos um sininho no alto da porta. Mr. Leon's tem dois tipos de fregueses: velhos que querem coisas que saíram de moda há dez anos e jovens de 21, 22 anos que trabalham com vendas. O mais engraçado é que são os jovens que mais me dão nos nervos.

Uma vez vi um documentário sobre uma tribo primitiva na floresta tropical da América do Sul, e eles eram tão maneiros. Não usavam nada além de umas tanguinhas que mal cobriam o negócio lá embaixo — inclusive as mulheres — e andavam pela floresta, livres e selvagens, tecendo cestos, atirando em tucanos com zarabatanas e fazendo todo tipo de coisa legal. Aí a civilização começou a chegar, e, quando você menos esperava, eles estavam usando umas camisetas largas e umas camisas de poliéster de colarinho pontudo, parecendo uns bêbados. De partir o coração.

Bem, era isso que aqueles jovens me lembravam. Sabe, há um segundo eram adolescentes, livres e selvagens, fazendo acrobacias de bicicleta, cruzando as calçadas em seus skates, saltando das pedras para o lago Tenkiller. E agora entravam no Mr. Leon's usando seus uniformes de vendedores, e seus corpos ainda nem tinham se desenvolvido o bastante para ficar bem naquelas roupas — a bainha da calça se empilhando sobre os sapatos desajeitados e os colarinhos a uns 7 centímetros da nuca. De gel no cabelo, eram cheios de espinhas em volta do nariz e da boca por causa do estresse do primeiro emprego *de verdade* e de ter que pagar as próprias contas.

E você sabe o que mais? É ainda mais doloroso do que os índios da floresta tropical, porque sei que esse é o mundo que também me espera lá fora. Já tenho que usar a calça social, a camisa e a gravata só para trabalhar no Mr. Leon's. O mundo real está chegando, vindo na minha direção como um trator abrindo caminho na floresta tropical.

Mas sei vender. Se quisesse, poderia convencer nove entre dez dos fregueses mais jovens a comprar um daqueles ternos claros de lazer da década de 1970. A moda está voltando, eu diria. Você está igual ao Burt Reynolds. Só falta o bigode.

Mas não quero fazer isso. Não quero gastar meus dias fazendo as pessoas comprarem coisas de que não precisam. Talvez se encontrasse algo em que acreditasse — um produto novo e revolucionário capaz de salvar a camada de ozônio ou algo assim —, aí seria um vendedor e tanto.

No entanto, Mr. Leon's é o que tenho. Foi Geech, meu padrasto, quem arrumou o emprego. Eu queria trabalhar num manicômio, mas esses são difíceis de arrumar, e Geech se orgulha tanto das conexões que tem no mundo dos negócios que não ouviu nada do que eu estava dizendo.

— Comecei a trabalhar como vendedor aos 14 anos — vangloriou-se ele. — E já tinha meu próprio negócio de encanamento antes de fazer 35.

Encanamento. Grande coisa.

Enfim, dobrar camisas me dá dinheiro suficiente para pagar o carro e acumular uma verba decente para as festas. Além do mais, o trabalho não é de todo ruim. Basta olhar as coisas pelo lado positivo, é o que sempre digo.

Por exemplo, meu gerente, Bob Lewis, é um cara legal. Para ser sincero, adoro o cara. Ele tem sonhos. Está sempre falando que vai ficar rico. Dependendo do dia, vai desenvolver palestras motivacionais para bebês ou escrever um roteiro sobre dinossauros espaciais ou inventar uma dieta envolvendo sorvete de nozes e iscas de peixe.

Bob tem um monte de ideias para restaurantes temáticos, como lugares que sirvam comidas típicas de estados diferentes: Alaskan Al's, Wisconsin Willie's, Idaho Ida's. Acho que o de Idaho só iria servir batata. Mas meu restaurante preferido era o do golfe em miniatura. A cada buraco, um prato diferente, e o preço dependeria da sua pontuação no jogo. Dá para imaginar fregueses empanturrados ao final dos 18 buracos.

Nunca me canso de suas histórias. Eu o incentivo a contá-las. Sei que nunca vai fazer nenhuma dessas coisas. E você sabe por quê? Porque Bob não liga para enriquecer. Só gosta de sonhar. O que realmente importa para ele é a família: a esposa baixinha e gordinha e os dois filhos baixinhos e gordinhos. É aí que está o seu compromisso. É à família que dedica toda a sua energia.

A esposa não é atraente de um jeito óbvio, mas é bonita. É o máximo quando ela aparece na loja — seu rosto se ilumina, o rosto dele se ilumina, e tenho certeza de que o meu próprio rosto se ilumina só de ver os dois. O mesmo acontece com os filhos, Kelsey e Jake. Eles têm 5 e 7 anos e mal podem esperar para o pai levantá-los e jogá-los para cima. Toda vez que saem da loja, eu digo:

— Por que você não me adota, Bob?

Enfim, como Bob é o melhor marido e pai do mundo, achei que talvez pudesse me dar uns conselhos razoáveis sobre como lidar com meu desastre com Cassidy. Está no final da tarde, e faz duas horas que não entra um freguês, então estamos sentados com nossos refrigerantes, batendo papo. Bob está usando a camisa azul engomada de sempre, que a essa hora do dia expõe, religiosamente, suas manchas de suor. Parece um sujeito que um dia já teve um porte atlético — isso antes da época em que começou a jantar os filés de frango fritos da esposa.

É claro que vitaminei minha latinha de 7UP com uma dose de uísque, mas Bob não sabe disso. Antigamente, ele não se importava que eu fortalecesse minhas bebidas de vez em quando, desde que fosse ao final do dia. Mas acho que algum freguês velho sentiu o cheiro em meu hálito e reclamou. Então, agora disfarço a bebida para evitar colocar Bob numa situação desconfortável.

— Acho que não tem muito que eu possa fazer agora — digo sobre a situação com Cassidy. — Ela está decidida... *C'est la vie.*

— Não desista tão facilmente — recomenda ele.

— Por que não? Tem um monte de meninas aí. Estou meio de olho em Whitney Stowe. Cabelo castanho-claro, olhos azuis, longas pernas esculpidas. É uma espécie de rainha do gelo, diva do departamento de teatro, o que só significa que ninguém a chama para sair... Fica todo mundo intimidado demais. Mas eu não. Vou cair de cara, sem nem olhar para trás.

Bob balança a cabeça em reprovação.

— É o que você diz, mas aposto 100 dólares que não é o que você sente. Admita: você quer Cassidy de volta. Ela é especial. Para ser sincero, achei que seria ela quem iria tirar você do ponto morto.

— Do que você está falando? Não estou em ponto morto. Estou em marcha rápida.

— Certo, claro. Você ao menos tentou falar com ela?

— Tentei. Expliquei a história toda. Quero dizer, ela não atendeu o telefone, mas, na mesma noite, deixei uma mensagem comprida, totalmente detalhada, e ainda mandei um e-mail. Mas não tive nenhuma resposta. Nada. Um grande ovo de ornitorrinco. Na escola, ela passa direto por mim, como se eu fosse o homem invisível original.

— E você vai atrás dela?

— Não, não sou um cachorrinho.

— Pediu desculpas?

— Pra falar a verdade, não. Só expliquei que estava fazendo um favor pro Ricky, que, aliás, deu bastante certo, já que ele vai sair com a Bethany na sexta-feira. Pra mim, não tenho por que pedir desculpas. Foi só um mal-entendido.

Bob sacode a mão para mim.

— Não importa. Nunca é demais pedir desculpas. Nem ligo se foi ela que fez algo de que você não gostou. Vá lá e peça desculpas. É o sacrifício. Sempre demonstre que você a ama.

— É, mas aí ela vai poder apertar a coleira.

— Você tem que parar de pensar assim. Não se preocupe o tempo todo sobre quem tem o poder na relação. Se você a faz feliz, esse é o maior poder que você pode ter.

— Hum. Nunca pensei desse jeito.

Bob sempre tem bons argumentos. Não sei que sucesso teria com motivação de bebês, mas faria um excelente trabalho se tivesse uma coluna de consultor sentimental para adolescentes de coração partido.

— Meu conselho é: vá até a casa dela hoje à noite. Não ligue, nem mande mensagem. Não mande e-mail. Vá pessoalmente. Qual a flor preferida dela?

— Não sei.

Ele balança a cabeça e estala a língua.

— Então leve rosas. Diga que errou. Mas não entre numa de prometer que isso nunca mais vai se repetir. Em vez disso, diga que você andou pensando em como ela deve ter se *sentido* quando viu aquela outra menina abraçando você. Assim vai conseguir que ela comece a falar dos sentimentos dela. E aí, você tem que ouvir, com toda a atenção. Deixe claro que os sentimentos dela são importantes para você. Isso era tudo que ela queria.

— Nossa, Bob. Isso é *genial.* Você tinha que estar na *Oprah.* Sem brincadeira.

— Já pensei em escrever um livro sobre essas coisas — confessa ele. — Mas talvez tenha que fazer um doutorado em relações humanas antes.

Capítulo 10

O bom e velho Bob. Para um cara com pelo na orelha, ele parece muito sintonizado com o que as mulheres sentem. Uma pena que não possa trazê-lo comigo para dar uma de Cyrano de Bergerac.

Bem, este é o meu problema com seguir a regra de Cassidy, de colocar os sentimentos dela em primeiro lugar. Não que eu não queira fazer isso, mas não tenho a menor ideia do que se passa dentro da cabeça de uma garota depois que ela vira minha namorada. Sou capaz de entender garotas como se elas fossem uma torradeira com um manual de instruções, mas é só começar a sair com uma e parece que elas fecham o tal manual bem na minha cara. Nada de torradas pra mim.

Por exemplo, minha namorada antes de Cassidy, Kimberly Kerns. Quando a gente estava só de rolo, começando a se conhecer, ela me achava o cara mais engraçado do mundo. Eu fazia uma imitação de rapper que ela adorava:

Sou grande e poderoso
Na minha área sou famoso
Curto mesmo é provocar
E os seus peitos explorar
Abre o olho, eu sou o tal
Com as garotas, não tem igual
Sou um mestre fornicador
Em cópula, sou doutor
De cima a baixo, corpo inteiro
No Amor, sou o primeiro
É, sou o primeiro

Ela ria a ponto de doer. Mas depois de uns dois meses de namoro, eu mal podia soltar um verso, e ela já vinha dizendo que eu era grosseiro e imaturo ou outro sermão desses. Antes, me dizia que não havia ninguém no mundo igual a mim, e, de repente, tudo o que queria era me transformar em seu modelo de cara ideal. Por que você não conversa sobre assuntos sérios? Por que você não usa umas camisetas melhorzinhas? Por que você tem que sair tanto com os seus amigos? Ela chegou até a falar que eu devia deixar o cabelo crescer um pouco e fazer luzes. Dá para acreditar? Eu, de luzes?

Antes da Kimberly, foi Lisa Crespo, e antes dela, Angela Diaz, e antes, Shawnie Brown. E antes, no início do ensino médio, teve Morgan McDonald, Mandy Stansberry e Caitlin Casey. Eram todas meninas seguras à sua própria maneira, do tipo que olha você nos olhos; mas eu sempre deixava a desejar por um dos seguintes motivos:

Porque não parecia bom o bastante para as suas amigas de um jeito que fugia completamente à minha compreensão.

E porque — essa é ainda pior — elas esperavam que eu entrasse num ritmo que a minha máquina amorosa simplesmente não conseguia acompanhar.

Quando Lisa terminou comigo, disse que nunca se sentiu como se estivesse num namoro *de verdade*.

— Do que você está falando? — perguntei. — A gente sai quase todo sábado à noite. Você queria que eu pedisse você em casamento ou algo assim? A gente tem 16 anos, caramba.

— Não estou falando de casamento — respondeu ela, emburrada.

— Então qual é o problema?

E Lisa cruzou os braços.

— Se você não sabe, não sou eu quem vai dizer.

Deus do céu. Ela era tão divertida no começo.

Agora, pensando em minhas ex-namoradas, é como se estivesse olhando um canteiro de flores do outro lado de uma vitrine. São lindas, mas não posso tocá-las.

Não me arrependendo de nada, no entanto; não tenho nenhum rancor. Só me pergunto que diabos estava se passando na cabeça delas, no coração delas, bem num momento em que a gente deveria estar se aproximando mais e mais. Por que elas queriam um Sutter diferente daquele do início do namoro? Por que será que agora sou amigo de todas elas e a gente se diverte tanto quando se encontra? Por que as mulheres gostam de mim, mas nunca me amam?

São esses os pensamentos que giram em minha cabeça enquanto dirijo até a casa de Cassidy, depois do trabalho. Tenho todas as intenções de pedir desculpas como Bob aconselhou, mas, embora isso funcione como uma luva para ele, não tenho muita esperança de que vai dar certo comigo. E já estou me tranquilizando, dizendo para mim mesmo que tudo bem... nada dura para sempre. Além do mais, você sempre terá Whitney Stowe, a estrela de teatro de pernas bonitas. Certo, ela parece metida, mas vou amansar a fera. Tenho jeito para a coisa, pelo menos nos primeiros atos.

No caminho, paro em minha loja de bebidas preferida para me assegurar de que tenho fortificante suficiente para a tarefa. O cara atrás do balcão poderia ter sido o primeiro Hell's Angel do mundo, mas é meu camarada. Nunca pede identidade e diz que eu o faço se lembrar de seu filho há muito perdido. Ainda assim, quanto mais me aproximo da casa de Cassidy, o frio no estômago aumenta, mesmo depois de virar duas doses de uísque.

Quando chego à rua dela, passa um pouco das oito e meia da noite, e ainda estou usando as roupas de trabalho do Mr. Leon's. Os pais dela parecem gostar mais de mim quando estou de gravata.

Devem achar que fico com cara de quem tem algum futuro na vida, então talvez me deixem entrar — para o caso de Cassidy ter mandado me expulsarem.

É a mãe dela quem atende, o que é uma coisa boa. Sou melhor com mães do que com pais. Digo, com as mães dos outros, não com a minha.

Ela parece surpresa em me ver, então obviamente Cassidy já avisou do término do namoro. O que torna as coisas bem oficiais, mas ainda assim digo do jeito mais casual, como se nada tivesse acontecido, e eu estivesse ali para ver Cassidy, exatamente como tenho feito nos últimos seis meses:

— Oi, Sra. Roy, como vão as coisas?

Ela abre um sorriso falso e responde:

— Tudo bem, Sutter. Não esperava ver você aqui.

— É mesmo? Sem problema. Só passei para conversar um pouco com Cassidy, talvez sair para tomar uma Coca.

— Sinto muito, Cassidy não está. — Nenhuma menção ao término.

Tenho certeza de que o que ela quer mesmo dizer é: "Sabe de uma coisa, seu engravatadinho? Cassidy está bem no quarto dela agora, mas não quer ver você nunca mais, para todo o sempre, então por que você e essas suas calças ridículas do Mr. Leon's não desaparecem da minha frente?" É assim que os pais são. Não chegam a dizer esse tipo de coisa, mas todo mundo sabe que é o que estão pensando.

Só que também sei brincar.

— Bem, hum... — Olho para a garagem por sobre o ombro. — O carro dela está ali. Talvez já tenha voltado, e você não reparou.

— Não, tenho certeza de que ainda não voltou. Kendra passou aqui e a buscou. — Na mesma hora, seus lábios se enrijecem. Está na cara que acabou de liberar informações confidenciais, mas agora é tarde. Então respondo:

— Certo, diga a ela que passei aqui. Até mais. Tenho que ir pra casa daqui a pouco mesmo.

Mas estou certo de que, se a Sra. Roy for tão inteligente quanto acho que é, ela sabe que não estou nem perto de estar indo para casa.

Capítulo 11

O carro de Kendra não está estacionado na frente da casa, mas vou até a porta mesmo assim. A mãe dela é mais prestativa e me diz que as meninas foram à reunião dos atletas cristãos na casa de Morgan McDonald. Morgan era a minha namorada no início do ensino médio, mas isso já tem tanto tempo que parece que nunca fomos mais nada do que só amigos. O estranho é que Cassidy tenha ido a uma reunião com um monte de atletas religiosos. Ela não é uma coisa nem outra. Na verdade, despreza toda essa laia.

Laia. Adoro essa palavra.

Quando chego à vizinhança de Morgan, no norte da cidade, já tomei mais algumas doses de uísque, então não sinto mais o frio no estômago. Na verdade, a sensação é de que ele foi trocado por um monte de parafusos enferrujados sacudindo dentro de uma lata de alumínio.

Você precisa ver a fileira de carros parados no quarteirão por causa desse lance de atleta cristão. No mínimo seria de pensar que estavam distribuindo uns vales de saída do inferno grátis. Mas não vá achando que é algum tipo de evento arrumadinho e saudável, só com leite e sorvetinho de creme. Você não tem nem que ser atleta para frequentar esse tipo de coisa. Não, 99 por cento das pessoas que frequentam essas reuniões só estão aqui por um único motivo: a pegação. E taí a razão dos parafusos enferrujados em meu estômago. Quem será que Cassidy está planejando pegar?

Estaciono atrás do último carro e começo a andar em direção à casa de Morgan, pensando no que vou dizer quando a vir. Preciso de algo leve com que começar, algo divertido e espirituoso como:

"Quem diria, você aqui. Pegou carona com Jesus ou ele veio de jumento de novo?" E aí, quando ela sorrir, vou soltar o pedido de desculpas. "Eu errei", vou dizer. "Não pensei direito. Mas você sabe como sou, pensar não é a minha especialidade. Sou um idiota em termos de relacionamento. Preciso de uma professora particular para me ensinar. Alguém como você."

Logo adiante, vejo a silhueta de um casal sob a luz da rua. Pela altura do cara, é Marcus West, o garanhão do time de basquete, mas a menina está tão agarrada a ele que não consigo ver muito mais além do fato de que tem o cabelo meio curto. "Então, Marcus arrumou uma namorada nova", penso comigo mesmo. "O que significa que LaShonda Williams está liberada. Sempre gostei dela." Mas assim que a ideia me vem à cabeça, trato de afastá-la. Não vim aqui atrás de outras garotas.

Então, à medida que me aproximo, Marcus gira o corpo para poder se apoiar em um carro, virando a garota e se abaixando para um beijo demorado. Nessa posição, posso ver a curva da bunda dela perfeitamente, e não há dúvida sobre a quem pertence. É o bundão maravilhoso e perfeito de Cassidy. Os parafusos em meu estômago se transformam em martelos enferrujados.

Conheço um monte de caras que olhariam para o tamanho de Marcus West e dariam meia-volta, mas não eu.

— Então — digo, a uns 10 metros de distância —, pelo jeito o espírito de Jesus se apossou de vocês?

Cassidy se vira para mim.

— O que você está fazendo aqui?

— Ei, você cortou o cabelo.

Ela leva a mão ao cabelo por um segundo.

— Pareceu uma boa hora pra mudar.

Faço que sim e coço o queixo como se fosse um especialista em moda.

— Ficou foda.

E Marcus dá um passo em minha direção.

— Você está bêbado ou alguma coisa assim, Sutter?

Sorrio o máximo que posso.

— Se *bêbado* equivale a A e *algo assim* equivale a B, podemos dizer que a resposta com certeza não é B.

Ele franze a testa, e, surpreendentemente, não é de raiva, mas de simpatia.

— Escuta, cara, sei que as coisas não estão muito boas pra você. Talvez fosse melhor se eu te levasse pra casa.

— Eis que ele chegará! E Marcus West falará até com os humildes. — Tenho que fazer muita força para pronunciar as palavras.

E Cassidy solta um:

— Ai, meu Deus, Sutter.

Mas ergo um dedo para demonstrar que ainda não terminei.

— E sua bênção cairá como uma maldição sobre os infiéis. E assim será, senhoras e senhores, que o biscoito da comunhão se tornará farelo.

Marcus caminha na minha direção e tenta segurar meu braço.

— Ei, cara, vamos até o meu carro.

Mas eu me afasto.

— Excelência, isso não será necessário. Sou um indivíduo imparcial que entende perfeitamente o significado da expressão "chutado para escanteio". E, portanto, eu vos desejo uma boa noite. — E me curvo só o suficiente para não perder o equilíbrio. — E uma vida longa de felicidade conjugal, já que agora estou livre para iniciar minha épica busca da alma gêmea ideal.

Assim que dou as costas para os dois, Marcus tenta falar:

— Sutter, olhe...

Mas Cassidy o interrompe.

— Deixa. Esse aí não seria capaz de dirigir se não estivesse semibêbado.

— Obrigado pelo voto de confiança! — exclamo sem olhar para trás. — Você é mesmo muito compreensiva. Em tudo, menos no amor. — E essa teria sido a conclusão perfeita se eu não tivesse tropeçado numa pilha de sacos de lixo e derramado a bebida na parte da frente da calça.

Capítulo 12

Mais uma tarde maravilhosa. O tempo está incrível. Claro que isso significa que o verão provavelmente vai ser cruel de novo, mas isso não me preocupa agora. Nunca fui muito de pensar no futuro. Admiro quem é capaz disso, mas nunca foi a minha praia.

Eu e Ricky estamos mais uma vez sentados no capô do meu carro, num estacionamento junto à margem do rio, no meio da cidade. Ofereço um gole da minha garrafa de uísque de bolso, mas ele recusa, dizendo que está cedo demais. Cedo demais? São duas da tarde. De uma sexta-feira! Mas não sou o tipo de cara que pressiona as pessoas a fazer o que não querem. Cada um na sua, é o que digo.

Dou um gole e falo:

— Olhe, daqui dá para ver o prédio Chase. Lá no alto...

— É, já sei. O escritório do seu pai.

— Que tipo de negócios será que ele está fechando hoje?

— Sabe — comenta Ricky —, eu iria com você hoje à noite se pudesse.

— Eu sei. Não é nada demais. É só que odeio ir à casa da minha irmã sozinho. O marido dela e os amigos às vezes me dão vontade de vomitar. Se acham tanto. E têm certeza que todo mundo que não seja amigo deles é ralé. Não ligo de ser ralé. Mas me irrita quando as pessoas consideram isso uma coisa ruim.

— Não posso faltar ao encontro com Bethany. Ela planejou tudo.

— Sem problema.

— Além do mais, achei que você fosse chamar a Whitney Stowe para ir com você.

— Eu chamei.

— Ah é? E por que não me contou?

— Não deu muito certo. Ela disse que não sai com gente festeira e vazia.

— Ela falou isso?

— Falou.

— Nada a ver.

— Você acha?

— Cara, você não é festeiro nem vazio. Qualquer um que dissesse isso não sabe nada a seu respeito. Nunca ouviu uma de nossas conversas.

— Mas você conhece a Whitney... Ela é uma *artiste*.

— Não sei por que você não chama a Tara para sair. Ela está a fim. Foi o que Bethany falou. Além do mais, eu vi o jeito como olhou para você quando a gente estava voltando de Bricktown.

— Cara, não posso sair com Tara.

— Claro que pode. Pensa só. Ela e Bethany são grudadas uma na outra. A gente podia sair os quatro juntos. E fazer piqueniques no lago, hambúrguer com cerveja, um baseado. Ia ser o máximo.

— Tenho certeza que sim — concordo, imaginando a cena. — Mas não, isso não pode nunca acontecer. Não posso chamar Tara para sair. Nunca. Porque, se fizesse isso, Cassidy iria achar que estava certa. E iria dizer: "Olhem aquele filho da mãe. Primeiro veio me dizer que não tinha nada com a Tara, e agora eles estão lá, debaixo de uma árvore, dando de comer batata frita na boquinha um do outro."

Ricky solta uma risada.

— Sabe de uma coisa? Não acredito que ela já esteja com Marcus West. Não consigo visualizar os dois juntos. Ela vive zoando os atletas.

— Ah, eu consigo. — Dou outro gole da garrafinha de bolso. — Sabe aquele lado Greenpeace da Cassidy? Habitat para a Humanidade, Orgulho Gay, essas coisas... E aí você tem o Marcus, que é praticamente o próprio Exército de Salvação em pessoa. E está sempre fazendo alguma coisa: organizando jantares de Ação de Graças para os sem-teto, trabalhando com os garotos dos Jogos Olímpicos Especiais, apoiando delinquentes. Vamos combinar, é difícil zoar o cara.

— É verdade. Ainda mais com essa história do pau gigante.

— O quê?

— Ah, você sabe, dizem que negros têm paus enormes, tipo de elefante.

— Besteira. Não acredito em estereótipos racistas.

— Também não — concorda. — Mas deve ser difícil não pensar nisso.

Viro para ele e balanço a cabeça em reprimenda.

— Bem, não era até você levantar o assunto.

— Foi mal.

Dou um longo gole da garrafinha.

— É uma cena e tanto. Já ia ser ruim o bastante ter que ir à casa da minha irmã, agora vou ficar com essa imagem na cabeça a noite inteira.

— Aqui — diz Ricky, me passando um baseado gordo que tirou do bolso interno do casaco. — Leve com você. A parada é forte. Vai ajudar a enfrentar a noite.

Capítulo 13

Tenho que trabalhar das três às oito horas, e, pela primeira vez, não estou com a menor vontade de ir embora. Por mim, poderia ficar até muito depois de a loja fechar. Vou fazer o inventário até dez da noite, sei lá, qualquer coisa que me impeça de ir à festinha na casa da minha irmã. Infelizmente, lá pelas sete, Bob aparece e diz que posso sair mais cedo.

— De jeito nenhum. Vai que a loja enche e você fica aqui sozinho.

— Olhe, sei que você andou bebendo, e, sabe, a gente não pode correr o risco de um cliente ligar para o escritório central por uma coisa dessas.

Começo a negar a história da bebida, mas não consigo mentir para o Bob, então digo que posso engolir um enxaguante bucal ou mascar outro chiclete. Mas ele não quer conversa.

— Pode deixar que dou conta da última hora sozinho. Vá para casa, durma mais cedo. Vou dar um desconto, Sutter. Sei que você é um cara legal. E também sei que a semana foi pesada com essa história entre você e a Cassidy.

— Ei, já esqueci isso. Pode acreditar, sem drama. Sou um homem livre. É só virar a esquina e vai ter alguém para mim.

— Certo. Tudo bem. Mas não é na loja de roupas masculinas que você vai encontrá-la. Então vá para casa. Vou ficar bem. Amanhã a gente conversa.

Ir para casa, porém, não é uma opção. Minha mãe vai me mandar direto para a casa de Holly. Não, a única saída é parar para comprar uma garrafa de 7UP e rodar por aí e então, quem sabe, pegar o caminho mais longo até a casa dela, para não ter que passar muito tempo sozinho com o seu marido, Kevin, enquanto minha irmã prepara a salada ou sei lá o quê. Sabe, em geral sou um cara positivo, abraço as diferenças, mas não consigo deixar de ser meio cínico quanto a esses dois, ou talvez um pouco mais que "meio", esta noite.

Holly e Kevin moram num bairro de bacana logo ao norte do centro da cidade, numa rua cheia de casas antigas para profissionais de alto escalão. Só para constar, Kevin não pronuncia seu nome do jeito que uma pessoa normal falaria, *Quévin*. Ele fala *Quivin*. E é algum tipo de executivo metido a besta de uma empresa de energia. Os dois estão bastante bem, especialmente se você levar em conta que Holly tem apenas 25 anos. Kevin é uns 15 anos mais velho e tem uma ex-mulher que Holly diz que devia estar num cartaz com tudo o que pode dar errado em cirurgia plástica. Minha irmã era assistente administrativa da empresa, mas é claro que já subiu de cargo.

Eu não me surpreenderia se minha mãe, na verdade, amasse Kevin mais do que Holly ama. Aliás, Holly veio com um papo furado de que não chamou os pais dele para o jantar, então ela também não podia chamar os dela. Tenho certeza de que contaram a mesma história para os pais dele. Por que ela tinha que me chamar eu não sei, mas minha mãe pareceu ter ficado com ciúme.

No que diz respeito à minha mãe, Kevin é o menino de ouro. Ele nunca erra. De certo modo, ela deve se sentir responsável pelo fato de Holly ter desencavado um diamante de 50 quilates como ele. Afinal de contas, foi mais ou menos o que ela fez com Geech. Ela começou como secretária dele, e acho que a imagem de si própria em sua grande casa de dois andares acabou falando mais alto, e, de uma hora para a outra, Geech estava se separando, e minha mãe passeando com ele no Cadillac verde.

Mas, mesmo com todo o dinheiro, Geech não passa de um diamante falso se comparado a um executivo da região norte que gasta 60 dólares num corte de cabelo como Kevin. Você tinha que ver mamãe tomando sol na piscina deles de sandália dourada. É como se achasse que é da família real. Agora, nem sequer toca o dedão do pé na piscininha que Geech construiu no nosso quintal.

Com oito anos de diferença entre nós, minha irmã e eu nunca fomos muito próximos. Holly costumava dizer que ela foi o motivo por que nossos pais se casaram e eu fui o motivo por que eles se separaram. Se tivessem um filho só, não teriam todos aqueles problemas financeiros a respeito dos quais brigavam tanto. Não ligo. Ela só estava tentando revidar o fato de que eu sempre zombava dos peitinhos do tamanho de nozes que ela tinha. Isso foi antes da cirurgia, claro.

Então, o que quero dizer é que estou desconfiado de que ela tenha algum pretexto para ter me convidado hoje à noite. Holly é igual à mamãe. As duas querem que eu estabeleça conexões, sabe. "Tudo depende de quem você conhece", minha irmã gosta de me dizer. O que quer dizer com "tudo", ela nunca explica, e eu também não pergunto. Você poderia pensar que ela só quer me ajudar a alcançar alguma coisa, mas minha teoria é que na verdade ela quer me tornar uma espécie de adereço para seu estilo de vida. Um irmãozinho prodígio para exibir para suas amigas ricas.

O único carro que reconheço diante de sua casa é um esportivo vermelho. É de um amigo do Kevin, Jeff alguma coisa, que é dono da Boomer Imports em Norman, a uns 2 quilômetros da Universidade de Oklahoma. Agora entendi. Eles querem que eu vá para a universidade de Kevin enquanto trabalho de vendedor de conversíveis vermelhos para homens divorciados de meia-idade que sofrem de delírios sobre se tornarem playboys.

Dentro da casa, minha irmã me joga um beijinho de longe do jeito que deve imaginar que os ricos fazem e me conduz até a sala de estar, onde estão todos sentados com um copo na mão. Claro que ela não me oferece nada para beber, e foi por isso que trouxe meu 7UP comigo.

Além de Jeff e a esposa, há cinco pessoas que não conheço, e esqueço seus nomes assim que Holly me apresenta. Exceto por uma menina — que descubro ser filha de Jeff — aproximadamente da minha idade e com os cabelos ruivos mais maravilhosos que você jamais iria querer ver. Seu nome é Hannah, e, à primeira vista, sua pele de biscoito amanteigado envia eletrochoques por minha corrente sanguínea.

Será possível que Holly esteja pensando em me arrumar algo mais do que só um emprego?

Se não fosse por Hannah, teria ficado tentado a mandar um simples aceno de longe e me sentado no canto, mas falo com todos eles, apertando suas mãos, um por um, até chegar a ela na ponta do sofá. E me demoro um pouco mais segurando sua mão.

— Onde eu estava esse tempo todo, que só encontrei você agora? — digo, abrindo meu irresistível sorriso com sua brecha entre os dentes da frente.

Ela não diz nada. Apenas baixa a cabeça com um sorriso tímido e então ergue o rosto novamente, o verde dos olhos prestes a me dividir em dois.

Capítulo 14

Numa situação como esta, você tem que ir devagar. Não dá para simplesmente se apertar no sofá e ficar babando em cima da menina. Portanto, primeiro dou a volta para beliscar um queijo chique que Holly serviu, e então sento num banco no bar do outro lado da sala. Talvez lance um ou dois olhares na direção de Hannah, mas em geral simulo interesse pela conversa.

Entre os homens, ela segue mais ou menos assim:

— Como foi o golfe em Tahoe?

— Excelente!

E entre as mulheres:

— Você viu a lojinha nova de antiguidades na Havenhurst com a Hursthaven?

— Não, é boa?

— Excelente!

Juro que nunca vou organizar uma festa dessas, não importa quão velho fique. É assim que são as amizades depois que você sai da faculdade? Não consigo entender nem como se pode chamar essas pessoas de amigos, ao menos não de acordo com a definição da palavra que tenho experimentado até agora na vida.

Acho que as coisas mudam quando você cai no mundo e não tem mais as mesmas vivências todos os dias como acontecia quando estava na escola. Mas essas pessoas nem sequer têm piadas internas ou histórias antigas ou teorias sobre como o universo funciona nem nada parecido. Não existe nenhuma conexão mais profunda. É como se mal se conhecessem.

Por um tempo, testo meus poderes psíquicos tentando convencer Hannah a ir até a mesa de queijos chiques para poder começar uma conversa com ela, mas não devo ter sido agraciado nesse departamento — ela só fica lá, a postura ereta feito um prego, as mãos entrelaçadas no colo e os lábios congelados num sorriso educado. Bom, com a minha cabeça trabalhando do jeito que trabalha, em geral não fico entediado facilmente, mas, a esta altura, estou começando a achar que se algo de interessante não acontecer logo, talvez eu desmorone desse banco de bar e desmaie no chão. E então me lembro do baseado que Ricky me deu hoje de tarde. Isso deve agitar um pouco as coisas.

O banheiro do segundo andar — na suíte de Holly e Kevin — parece o lugar perfeito para acender o bagulho, mas o que acontece quando chego lá em cima? Vejo uma garrafa de Macallan 30 anos em cima da imensa cômoda do quarto. Trinta anos! Coisa do Kevin. Por mais que adore impressionar as pessoas com nomes de marca, não está disposto a compartilhar seu uísque escocês de 300 dólares numa festinha dessas. O chefe dele nem está aqui.

Nunca fui muito de uísque escocês, mas meu 7UP está começando a ficar meio ralo, e, além do mais, quantas chances na vida se tem de provar um negócio desses? Uma vez li um artigo na internet sobre uma garrafa de Macallan 60 anos ter sido vendida por 38 mil dólares! E que diferença faz se ela ainda está lacrada? Não é como se eu fosse beber metade do uísque ou algo assim.

Mas preferia abrir a garrafa de um jeito que Kevin não desconfiasse. Isso vai ser um problema. Mesmo que consiga soltar o lacre com o maior cuidado possível, vai ser complicado colocá-lo de volta no lugar. Examino-o de todos os ângulos, levanto a beiradinha com a unha do polegar, giro para um lado e para outro, mas nada.

Por fim, decido seguir em frente e acender o baseado, imaginando que talvez um pouco de maconha me ajude a pensar numa solução. Depois de uns dois tragos longos, minha mente começa a se expandir e logo me vem uma ideia: eu podia quebrar o pescoço da garrafa na cabeceira da cama e beber o uísque e os cacos de vidro aos goles. Assim, quando vomitasse, iria sair tudo em garrafinhas em miniatura!

É por isso que não fumo tanto baseado quanto Ricky — minha imaginação é muito descontrolada para aguentar mais que uma tragada ou duas.

De qualquer forma, a imagem que me vem à cabeça é muito engraçada, e mal consigo conter o riso, imaginando outra cena: Kevin entrando no quarto, e eu apontando a garrafa quebrada para ele, como numa briga de bar de um filme antigo. Dessa vez, a gargalhada sai em voz alta.

E então ouço a escada ranger. Tem alguém subindo. No mínimo é o Kevin, preocupado com seu uísque de 300 dólares. Isso é que é paranoia. Nem para confiar no irmão da própria mulher.

— Sutter? — É o próprio. — Você está aí? Por que não desce e conversa com Hannah um pouco?

Ele está vindo na minha direção. E então — chapado do jeito que estou —, acho que a coisa mais natural a se fazer é me esconder no closet até ele ir embora. Qualquer um faria a mesma coisa, tento me convencer. De pé em meio a ternos e paletós, pela fresta entre a porta e a dobradiça, posso vê-lo procurando por mim como se eu fosse um gatuno experiente e ele simplesmente soubesse que eu estava prestes a aprontar alguma.

Ele fita a cômoda. “Merda”, penso comigo mesmo, “por que não coloquei a garrafa de volta antes de me esconder?”

— Sutter? — chama ele, olhando ao redor.

Cheguei a falar que o cabelo dele parece peruca? Não é peruca, mas é igualzinho. Ele começa pelo banheiro.

— Você viu minha garrafa de Macallan?

Essa me faz balançar a cabeça. Ele acha mesmo que vim aqui para roubar o uísque dele? Minha vontade é descer, sair pela porta dos fundos e nunca mais voltar para essa merda de casa.

Só tem um problema: o baseado de Ricky ainda está aceso em minha mão. E o que acontece? Ele chega perto demais da capa de plástico de lavanderia que protege um dos ternos de mil dólares de Kevin, e o negócio pega fogo bem na minha frente. Parece uma labareda do filme *Guerra dos mundos*. Só me resta sair do closet e rolar no chão, para o caso de eu também estar pegando fogo. É isso que eles ensinam nas aulas de como agir em incêndios.

Agora, se você acha que Kevin se importa se estou pegando fogo, é porque não tem ideia de como ele é. Não, ele só pensa em apagar o fogo de seu precioso terno batendo nele com um travesseiro. Filho da mãe. Ele é assim, mais preocupado com um monte de tecido costurado do que com um ser humano.

No final das contas, só um terno se estragou. Os outros provavelmente vão ficar com um cheiro esquisito, coisa que qualquer lavanderia é capaz de resolver. Ele, no entanto, fica furioso comigo. E claro que, quando entra no quarto, Holly fica do lado do marido. É uma das piores cenas que já vi: o jeito como ela se enfurece e então chora feito uma maluca como se a gente estivesse num daqueles canais femininos de TV a cabo. O episódio inteiro é mais feio do que a vez que minha mãe e Geech exageraram comigo por causa do caminhão de lixo, quando saí com o carro deles sem carteira.

— Sutter, por que você tem que ser assim? — reclama Holly. — Por que você não pode agir feito gente normal? Por que você não acorda?

Para o diabo com aquela merda de jantar sofisticado e etiqueta de gente rica.

— Olhem — digo. — Já passou pela cabeça de vocês que estive a um centímetro de virar carvão? Eu praticamente era o espetinho do churrasco.

— E de quem foi a culpa? — devolve Holly, o rímel escorrendo pelas bochechas.

— Isso aí na sua mão é a minha garrafa de Macallan? — acrescenta Kevin.

— É — respondo, entregando-a a ele. — Fica frio, não abri. Estava só olhando.

E os dois começam tudo de novo, mas eu respondo:

— Ei, me desculpem. É só o que posso dizer. Foi um acidente. Por que vocês não esquecem isso? Vai ser melhor do que gastar o pulmão gritando comigo a noite inteira.

E com isso, saio do quarto com os dois tagarelando atrás de mim. Lá embaixo, todo mundo gira a cabeça para me observar enquanto vou embora. Paro por um segundo e encaro Hannah, tentando convencê-la telepaticamente a vir comigo, mas ela fica me olhando espantada como se eu fosse um lobisomem ou o Leatherface ou algum outro maníaco.

— Boa noite a todos — cumprimento, lançando um aceno empolado na direção de Hannah. — Por motivo de força maior, é hora de eu me retirar e encher a cara em outro lugar.

Capítulo 15

— Ninguém me ama! — berro pela janela enquanto acelero pelas ruas. — Eu tenho um carro maneiro. Eu tenho o pau grande. Mas ninguém me quer!

Para o caso de você achar a cena patética, deixe-me explicar que estou sendo sarcástico. Na verdade é uma citação de um cara com quem trabalhei uma vez no terminal de cargas da empresa de encanamento de Geech. Ele se chamava Darrel. Estávamos sentados no terminal, suando sob o sol, e sua mulher tinha acabado de lhe dar um pé na bunda. E foi isso que ele disse: "Ninguém me ama! Eu tenho um carro maneiro. Eu tenho o pau grande. Mas ninguém me quer!"

Darrel estava falando sério. Foi de partir o coração e me fazer morrer de vontade de rir ao mesmo tempo. Você tem que tentar gritar isso um dia. É libertador.

É só me afastar uns dois quarteirões e percebo o prédio Chase me encarando. Podia chegar lá em dois minutos, mas de que adianta? Em vez disso, paro num estacionamento e fico lá, fitando as janelas apagadas através do para-brisa. Depois de um gole de uísque, digo:

— E aí, pai? Fazendo sucesso? Ganhando milhões? Vai provar como a mamãe estava errada? Fazê-la implorar que você volte depois de todos esses anos?

Dou mais um gole.

— Desce aqui, pai! — grito para o para-brisa. — Volta logo aqui pra baixo, porra!

Mas não vale a pena. É besteira ficar largado e melancólico. Hoje é sexta-feira. Estou maravilhosamente livre. Tenho a noite inteira pela frente. Que se danem a minha irmã, o terno chamuscado de Kevin e os olhos verdes de Hannah. Que se danem Cassidy, o Mr. Leon's, a aula de álgebra e o dia de amanhã. Vou cair na noite e aproveitar cada minuto dela, até ficar só o bagaço.

Em Bricktown, estaciono no prédio perto do estádio de beisebol e caminho pela calçada com o que me resta de uísque na garrafinha de bolso, lançando meus melhores olhares para todas as meninas bonitas. Paro um pouco para conversar com um sujeito que está sempre tocando um violão chinês esquisito na esquina. Tento estimular o negócio, desafiando os transeuntes a jogar mais algumas moedas. Sou bom vendedor, igual ao cara que eles usam para atrair as pessoas durante a feira anual do estado de Oklahoma, mas o sujeito do violão não parece gostar da ideia, então continuo andando.

Tento entrar nos bares, mas sou barrado em todos até encontrar um que não tenha segurança na porta. O lugar está cheio de mauricinhos, então me espremo até os fundos para avaliar meu próximo passo. É o máximo. Mal posso esperar para fazer 21 anos. Vou sair todas as noites.

Perto da parede, há uma mesa com um grupo de meninas, provavelmente estudantes universitárias, duas louras e duas morenas, todas lindas, mas de jeitos diferentes, como uma embalagem que incluísse todos os seus biscoitos preferidos. "Isso, Deus está do meu lado", digo a mim mesmo. Deus não vai me deixar afundar.

A princípio, não vão muito com a minha cara, mas sorrio e solto a história da queda do telhado da casa de Cassidy. Elas riem e me convidam a sentar. Nós nos apresentamos, e elas dizem que são da Universidade de Oklahoma. Eu poderia tentar mentir e dizer que também estou na faculdade, mas tenho o espírito livre demais para isso, e, além do mais, as meninas ficam encantadas ao descobrir que um garoto ainda no colégio está num bar porque levou um pé na bunda.

Então me deixam beber sua cerveja e riem de todas as histórias que conto. Seus olhos dançam e seus cabelos revoam. Estou simultaneamente apaixonado por todas. Duas me beijam nas bochechas ao mesmo tempo, e uma corre os dedos por entre meus cabelos. Por um segundo, contemplo a ideia de ir com elas até a república em que moram e todos nós brincarmos nus numa cama redonda com lençóis de seda vermelhos. Vai ser igual a um filme da *Girls Gone Wild*, só que comigo no meio.

É claro que isso não acontece. Elas têm outros bares a ir, e não sou convidado. Uma por uma, todas me abraçam e se despedem. E apertam minhas bochechas, apertam até a minha bunda, mas é tudo de um jeito fraternal. Deve ser assim que Ricky se sentia com as mulheres antes de eu colocá-lo na fita da Bethany.

Mas minha noite ainda não acabou. Caminho ao longo do canal e vou até o cinema para ver quem pode estar andando por lá. Não há muito acontecendo, então volto para o estacionamento, só que não consigo lembrar onde parei o carro. O que não me incomoda — só me dá a chance de conhecer mais algumas pessoas enquanto o procuro, e sei que Deus vai acabar me levando até ele, porque sou o bêbado de Deus. O único problema é que minha garrafa está ficando meio leve.

Claro que Deus não me abandonou. Milagrosamente, meu carro aparece, e a apenas cinco minutos a oeste, perto da rodovia, há uma sequência de lojinhas de conveniência e paradas de caminhoneiros cheias de cerveja 3,2. Tudo o que tenho que fazer é achar uma que não ligue para conferir identidade ou persuadir alguém a comprar para mim.

Na segunda parada de caminhões que entro, vejo uma menina com uma saia jeans microscópica. Ela me olha e me lança um sorriso. Tem uns 21 anos, mais ou menos, e é bem bonita, exceto pelos dentes. Deve ser uma prostituta viciada em metanfetamina.

Por mim, tudo bem. Não desprezo ninguém, exceto talvez os arrogantes, e mesmo deles dá para sentir pena. Conversamos um pouco, e ela parece uma pessoa espirituosa. Chama-se Aqua — pelo menos, é o nome que me diz — e, embora queira "se divertir comigo", não se importa de ganhar 10 dólares para comprar um fardo de 12 cervejas para mim.

— Volte sempre, Sutter — diz ao me entregar a cerveja. — Para você, eu faço um desconto.

Beijo a ponta dos dedos e os levo até o seu rosto.

— O dia em que quiser sair para um encontro de verdade, é só me avisar que estarei na porta da sua casa em dois tempos.

Talvez seja um pouco tarde para abrir um fardo de 12 cervejas, mas não estou com pressa de chegar a lugar nenhum — principalmente de voltar para casa. Sem dúvida, Holly já ligou para contar à mamãe sobre o imbecil que eu sou. Amanhã eu lido com isso. Agora, tenho muita coisa a ver e muita música alta para ouvir.

Não tenho ideia de quanto tempo passo dirigindo, mas, de repente, me vejo no meio de um bairro que não conheço, as janelas abertas, a brisa fria batendo em minhas roupas. A princípio, as casas não parecem ruins, mas então elas vão ficando cada vez piores, até eu estar cercado por casebres tortos que parecem feitos de ripas de madeira. Telhados desnivelados, entradas de concreto, árvores raquíticas, gramados cheios de falhas. Aqui e ali, vejo um triciclo, ou algo que parece um pônei de plástico com rodinhas, largado num canteiro sem flores e coberto de mato. As famílias se apertam dentro dessas caixas frágeis — exatamente como eu e minha família fizemos um dia.

Essas são pessoas que entendo. Pessoas que amo.

— Vocês são lindos! — grito para o vento. — Vocês são abençoados!

De repente, tenho vontade de subir no meio-fio e dirigir pela grama.

— Abaixo o rei! — exclamo. — Abaixo esse rei filho da puta!

É a última coisa de que tenho lembrança antes de acordar debaixo de uma árvore morta com uma menina loura e de olhos azuis olhando para mim.

Capítulo 16

Ela dá um pulo para trás, assustada de ver que estou me mexendo.

— Você está vivo — diz. — Achei que tivesse morrido.

E eu respondo:

— Não, acho que não morri. — Não que eu consiga ter certeza de qualquer coisa, no estado em que estou agora. — Que merda de lugar é esse?

— O meio do quintal. Você conhece alguém nessa casa?

Eu me sento e olho para a casa: um casebre feio de tijolos rosados e com um aparelho de ar condicionado na janela.

— Não, nunca vi na vida.

— Você sofreu um acidente?

— Não que eu saiba. Por quê? Cadê o meu carro?

— É algum daqueles? — E aponta para a rua, onde vejo dois carros parados junto do meio-fio e uma picape branca do outro lado da rua. A picape está com o motor ligado, então imagino que seja dela.

— Não, é um Mitsubishi. Meu Deus, devo ter dormido. — Olho ao redor, tentando me acalmar. Um olmo retorcido se eleva sobre nós, e mal dá para ver a lua por entre os galhos. No meio do quintal, há uma cadeira de praia e, a meio metro de distância, duas latas de cerveja. Recordo vagamente de sentar naquela cadeira em algum momento, mas não consigo me lembrar de como cheguei aqui.

— Então você não sabe onde deixou o carro?

— Me dá um segundo pra pensar — peço, mas minha cabeça não está muito boa. — Não, não sei. Não lembro onde está o carro. Talvez tenha deixado em casa e saído para caminhar.

Ela faz que não com a cabeça.

— Não, acho que você não é dessa área, Sutter.

O que me dá um susto tremendo.

— Como você sabe o meu nome? A gente estava conversando ou qualquer coisa assim?

— Somos do mesmo colégio — explica ela, mas sem qualquer insinuação de que eu seja um idiota. Tem uma voz gentil, e olhos gentis. E me olha como se eu fosse um passarinho de asa quebrada que acabou de encontrar.

— Fazemos alguma aula na mesma turma?

— Não neste ano. Tivemos uma aula juntos no segundo ano do ensino médio. Você não se lembraria de mim.

Seu nome é Aimee Finecky, e ela tem razão, não me lembro do seu rosto, muito embora finja que sim. Pelo que Aimee me diz, são cinco da manhã e ela está aqui porque o lugar fica no seu caminho de entrega de jornais.

— Na verdade, eu e minha mãe fazemos as entregas juntas — acrescenta Aimee —, mas, ontem à noite, ela foi com o namorado ao cassino indiano em Shawnee, e deve ter ficado tarde demais, e os dois resolveram passar a noite num motel ou algo assim. Às vezes acontece.

A entrega de jornais me dá uma ideia. Considerando que ela tem que dirigir por aí de qualquer jeito, talvez pudesse me levar junto. Na certa, meu carro está em algum lugar por aqui. No estado em que estava, provavelmente não andei muito antes de sentar para descansar.

Aimee acha a ideia genial. Afinal de contas, normalmente é a mãe dela quem dirige a picape enquanto ela joga os jornais pela janela. Ela acha que posso ser um entregador e tanto, se aprender o movimento para arremessar os jornais.

Na traseira da velha picape, há três pilhas de jornais abertos e a cabine está lotada até o teto com jornais dobrados, novinhos em folha.

— Qual o tamanho da sua rota de entregas? — pergunto à medida que nos afastamos do meio-fio.

— Praticamente todo este lado da cidade — responde ela, e eu digo:

— Deus do céu, não tinha ideia que entregar jornais envolvia tanto trabalho. Você deve ganhar uma nota.

— Minha mãe ganha. Ela me dá uma mesada com o dinheiro.

— Não parece justo.

— Não?

— Claro que não. Se você faz metade do trabalho, tem que ganhar metade do dinheiro. Talvez até mais, já que você tem que fazer tudo sozinha enquanto ela torra a grana num cassino indiano.

— Não tem problema. Ela paga a maior parte das contas.

— A maior parte?

— Às vezes tenho que ajudar.

— Ela sabe enrolar você direitinho.

E assim, seguimos pela rua, andando a passo de tartaruga, visto que ela tem que me indicar em quais casas jogar um jornal. Logo aprendo o movimento — você tem que girar o braço para fora, meio de lado, como se estivesse arremessando um *frisbee*. Antes de terminar o quarteirão, já consigo aumentar a distância do arremesso e fazer os jornais chegarem até quase a entrada das casas. Nasci para isso.

Ainda estou um pouco desnorteado, mas, aos poucos, a tonteira vai passando, o que não é necessariamente uma coisa boa. Começo a imaginar o que minha mãe e Geech vão dizer sobre eu ter passado a noite toda fora. Não é difícil prever: Geech na certa vai vir com alguma boa e velha ameaça de milico. Ele deve ter o texto gravado num chip e instalado naquela cabeça de robô.

E minha mãe vai vir com aquele papo sobre o que os vizinhos iriam pensar se me vissem me arrastando para dentro de casa numa hora dessas. O que quero saber é por que ela se preocupa tanto.

Minha mãe nem gosta dos vizinhos. Mas isso não importa. Ela se preocupa mais com o que as pessoas pensam do que qualquer outra pessoa no universo. E eu sempre dou um jeito de envergonhá-la. Acho que devo ter puxado ao meu pai.

Mas o que não sei é por que tenho que explicar alguma coisa para alguém. Por que não posso fazer exatamente o que estou fazendo? É o máximo estar na rua tão cedo de manhã, antes mesmo de o sol nascer. É uma sensação de se estar supervivo. É como saber um segredo que todas as pessoas caretas dormindo dentro de casa ignoram. Ao contrário delas, você está alerta e ciente de que existe, bem aqui, neste exato momento, entre o que aconteceu e o que ainda vai acontecer. Tenho certeza de que meu pai já esteve aqui. E minha mãe talvez já tenha estado. Mas Geech? Robôs não têm ideia do que é estar vivo de verdade nem nunca terão.

Capítulo 17

Depois de completarmos três ruas, acabam-se os jornais já enrolados, e nem sinal do meu carro. Aimee encosta a picape e traz mais uma pilha da traseira para a gente preparar. Ela me ensina a dobrar e a enrolar os jornais, e então a passar o elástico, mas depois que começa, não consigo acompanhá-la de jeito nenhum. Suas mãos são mágicas. Ela dobra uns três jornais antes de eu conseguir terminar um.

— Quantos jornais você já dobrou na vida? — pergunto, enquanto ela joga mais um deles enrolado no piso, junto do meu pé.

— Sei lá. — As mãos dela não param de se mover. — Acho que uns 100 milhões.

Pergunto se sua mãe trabalha de dia, mas ela diz que não, as entregas são seu único trabalho. O namorado está afastado por invalidez, por causa de um problema que tem nas costas. Ele pega o dinheiro da pensão e compra e vende coisas no eBay. Isso quando não está de bobeira em casa, vendo TV de moletom. Um monte de gente demonstraria rancor ao tocar no assunto, mas Aimee não. Sua voz é gentil, como se estivesse descrevendo um paciente terminal.

Trocamos alguns casos sobre nossos pais. Para mim, a mãe é viciada em jogo — cassinos indianos, loteria, bingo, qualquer coisa que dê dinheiro rápido. Só que ela quase nunca ganha coisa alguma. Tem a mesma sorte que um tatu tentando cruzar uma rodovia de seis faixas. Ainda assim, Aimee não a julga. Perder o dinheiro da conta de gás no jogo é algo corriqueiro para ela. Na certa, acha que acontece com todo mundo.

Falo algumas coisas a respeito de minha mãe e de Geech, e sobre o escritório do meu pai no alto do prédio Chase. Nada muito profundo, embora tenha a impressão de que possa dizer qualquer coisa a Aimee, e ela não me julgaria. Sua voz continuaria suave e tranquila, como um travesseiro em que recostar a cabeça depois de um dia cheio.

É bonita também, de um jeito meio nerd. Você deve saber do que estou falando — óculos escorregando pelo nariz, pele branca de quem passa muito tempo dentro de casa, a boca ligeiramente aberta de quem não respira pelo nariz. Mas seus lábios são cheios e delicados, sobrancelhas louras e um pescoço fino. O cabelo não é tão puramente claro como o cabelo escandinavo de Cassidy — está mais para louro escuro, além de ser um tanto escorrido. E também não tem os olhos azuis de fiorde — são mais pálidos, mais para piscina pública. Ainda assim, tem um jeito que me faz querer fazer algo por ela. Não *com* ela. *Por* ela.

— Sabe de uma coisa? Mesmo que a gente encontre meu carro, vou ajudar você a terminar de entregar os jornais.

— Você não tem que fazer isso — diz Aimee, mas seus olhos me dizem que é tudo o que ela quer.

— Eu sei. Mas quero.

Depois de dobrarmos uma boa quantidade de jornais, continuamos as entregas. Nem sinal do meu carro, mas quanto mais longe vamos, melhor trabalhamos juntos. Começo a chamá-la de Comandante e digo para me chamar Agente Especial Perigo. Em vez de apontar a casa dizendo algo tedioso como "aqui" ou "essa", convenço-a a gritar "Disparar torpedo, Agente Especial Perigo!" Depois de um tempo, estamos varando as ruas quase que no limite de velocidade, e não erro nenhum arremesso.

— Sabe de uma coisa? — comenta ela. — Acho que é a primeira vez que me divirto fazendo isso.

— Somos um bom time.

— Você acha? — Vejo um lampejo de esperança em seus olhos.

— Claro.

E, de repente, lá está — o meu carro, parado de lado no meio de um jardim. O jardim de um dos clientes de Aimee.

— Meu Deus! — exclamo. — Não acredito que andei esse caminho todo. Deve ser quase 3 quilômetros.

— O que o carro está fazendo no jardim? — pergunta ela.

Por um instante, me vem uma imagem, eu dirigindo pela grama e gritando com toda a força.

— Não sei. Parece um lugar bem seguro de se deixar um carro. Mas é melhor tirar antes que as pessoas acordem ou a polícia apareça.

Acontece que o carro está sem combustível, o que é um alívio. Odiaria achar que não tinha um bom motivo para tê-lo largado ali. E assim, tirar o carro parece uma ideia simples, mas de difícil execução. Aimee assume no volante, e eu empurro. O problema é que o gramado está muito úmido, então tenho que fazer muita força. Quando conseguimos parar o carro num lugar decente, junto do meio-fio, a sensação é de que vou desmaiar.

— Acho que é melhor eu arrumar gasolina — digo, assim que Aimee salta do carro.

— Acho que sim — concorda ela, olhando por sobre o ombro para o carro como se fosse uma pessoa irritante que acabou com a nossa diversão. — Tem uma loja de conveniência a poucas quadras daqui. Eu levo você.

— E as entregas?

— Pode deixar. Termino sozinha. Tenho certeza de que você precisa voltar para casa.

Mas eu solto:

— De jeito nenhum, Comandante. Eu disse que iria ajudar, e o Agente Especial Perigo sempre cumpre sua palavra. Entendido?

E seus olhos brilham novamente.

— Legal.

— Não, você tem que dizer “entendido”. Diga “Entendido, Agente Especial Perigo”.

Ela baixa a cabeça, os cílios claros cobrindo os olhos.

— Entendido, Agente Especial Perigo.

Levamos mais uma hora para terminar as entregas, e eu a mantenho animada a maior parte do tempo, mas, ao final da rota, ambos vamos perdendo o pique, principalmente porque sabemos que o tempo está acabando. Ela vai ter que voltar para a casa vazia, e eu vou ter que lidar com a ira de minha mãe e Geech.

Paramos na loja de conveniência para comprar uns galões de gasolina, e eu compro rosquinhas e sucos de morango com goiaba para nós dois. Depois de abastecer o carro, ficamos parados no meio da rua, ela com aquele olhar tímido no rosto, de quem está num primeiro encontro, se perguntando se vou beijá-la.

— Sabe de uma coisa, Aimee Finecky? Minha noite ontem foi um desastre até você aparecer e me achar.

Ela parece querer dizer alguma coisa, mas não consegue encontrar as palavras certas.

Então eu falo:

— Onde você almoça nas segundas-feiras?

— Na cantina. — Que é, claro, onde qualquer nerd que se preze almoçaria.

— Ah não, a cantina é tão caída.

— Ah, é?

Dá para ver que ela está se sentindo como se tivesse dito algo idiota, então acrescento:

— Não que seja caído que você coma lá. Só acho a comida ruim. Fala sério. Comeria na cantina todos os dias se a comida fosse melhor.

— Segunda é dia de pizza.

— Ah, é? — digo, como se fosse a melhor notícia do ano. — Adoro pizza. Por que a gente não se encontra na porta sul, aí a gente almoça pizza e revive os melhores momentos da entrega dos jornais?

— Sério? — Ela me olha como se eu estivesse tramando uma pegadinha.

— Estarei lá depois da aula de álgebra.

— Eu também — assente ela. — Quero dizer, não depois da aula de álgebra, mas depois da aula de cálculo... não, de francês. Me confundi.

Aperto a mão dela e digo.

— Me deseje boa sorte para quando eu chegar em casa. Vou precisar.

— Boa sorte — responde ela, e parece tão sincera que fico tentado a acreditar que a frase pode me ajudar.

Capítulo 18

Por que chamo meu padrasto de Geech? Simples. Seu nome na verdade é Garth Easley, então, é claro que comecei a chamá-lo de Geasley, e aí acabou virando Geast, e depois Geechy, e agora é só Geech. O que é perfeito, porque parece o som de como você se sente quando fica perto dele por mais de 15 segundos. *Geeeech*. Meio como ter ânsia de vômito.

Ele apareceu quando eu tinha 8 anos, e, pode acreditar, não fiquei nem um pouco feliz quando a gente juntou tudo e veio morar com ele. Holly achou a coisa mais espetacular que poderia acontecer. Era como se nem sentisse falta do nosso pai. Estava satisfeita só de ter uma piscina no quintal para poder convidar toda aquela gente metida do colégio que nunca foi com a cara dela.

Mamãe mudou depois que casou de novo. Começou a gastar uma fortuna com cabelo e maquiagem. Abandonou o cabelo comprido e a calça jeans, passando a se vestir como uma perua de revista o tempo todo. Mas nem acho que goste dele tanto assim. Você nunca vai vê-la deitada junto dele no sofá, correndo os dedos por entre os fios de cabelo que ainda lhe restam na cabeça, ou abraçando-o por trás e apertando aquela bunda magra, ou dançando no quintal sob o luar ao som de Jimmy Buffett. Tudo isso se foi quando ela chutou papai para fora de casa.

Nesta manhã, no entanto, ela vai estar do lado de Geech. E eles vão formar uma frente unida contra mim. Por sorte, ainda tenho duas cervejas do fardo de 12 que comprei ontem à noite. Estão quentes, mas tudo bem. Hoje não bebo para me refrescar.

Quando chego em casa, já faz um tempo que o sol nasceu. Foi um dia longo, ou dois ou sei lá quantos. Hora de usar o enxaguante bucal que guardo no porta-luvas. Não existe a menor chance de eu entrar em casa despercebido, mas tento mesmo assim. Silencioso como um ladrão experiente, abro e fecho a porta da frente quase sem fazer barulho e subo até o segundo andar sem um ruído sequer. A segurança do meu quarto fica ao final do longo corredor, mas chego a ele sem problemas, e estou começando a tirar os sapatos quando a porta é escancarada.

É minha mãe quem começa:

— Por onde você andou, mocinho? E nem me venha com a desculpa de que passou a noite na casa de um amigo. Já liguei para todo mundo, incluindo todos os hospitais entre a casa da sua irmã e a nossa.

Para alguém de pijama cor-de-rosa, ela consegue muito bem manter o olhar de pit bull. Mas, na verdade, foi muito legal da parte dela me avisar sobre já ter ligado para os meus amigos, porque essa era exatamente a desculpa que eu tinha em mente. Tudo bem. Algo mais próximo da verdade vai funcionar melhor.

— Fiquei dirigindo por aí — respondi. — Aí ficou muito tarde, e acabou a gasolina, então...

— Sua irmã ligou. — Minha mãe para de falar para me deixar absorver o horror de tal informação. Mas concluo que é melhor ficar calado até saber quais acusações pesam sobre mim. E ela continua: — Não sei o que fazer, Sutter. O que eu faço com um garoto que tenta roubar uma garrafa cara de bebida do cunhado e então quase incendeia a casa da própria irmã, depois de todo o trabalho que ela teve para consegui-la?

Todo o trabalho? Não sei de onde minha mãe tira essas coisas — a menos que considere que colocar silicone seja uma espécie de trabalho, porque foi basicamente isso que fez Holly descolar o casamento com Kevin e se mudar para uma mansão. Claro que agora não é hora de argumentar uma coisa dessas, então tudo o que posso dizer é que jamais tentei roubar a garrafa.

Porém, ninguém me ouve. Em vez disso, Geech diz:

— Eu vou dizer o que fazer com um garoto desses: colégio militar.

Dessa vez, ele não perdeu tempo. Em geral, tenho que ouvir um bocado antes de ele cuspir essa história de colégio militar para cima de mim.

— Ele precisa entender o significado de disciplina — insiste, usando a terceira pessoa como se eu não estivesse bem ali na frente dele. — Precisa entender o valor dos bens dos outros. Um bom sargento vai dar jeito nisso.

— Desde quando sargentos ligam para os bens das pessoas? — pergunto. — Achei que eles só estavam preocupados em acabar com a sua individualidade.

Isso faz sua veia na testa saltar de um jeito preocupante.

— Não venha com gracinhas para cima de mim, rapaz. Não vou tolerar esse tipo de coisa dentro da minha própria casa. — E se vira para mamãe. — Isso é outra coisa que o colégio militar daria jeito: respeito pelas autoridades.

Não é fácil encarar um sujeito baixinho, careca, de óculos e cara vermelha como uma figura de autoridade, mas também não preciso levantar a questão neste momento. Já conheço suas ameaças de colégio militar — é tudo da boca para fora. Mamãe nunca demonstrou aprovar a ideia. Estamos em guerra, afinal de contas. Ela não está disposta a mandar o único filho para Bagdá.

Ou pelo menos era isso que eu achava.

— É disso que você precisa, Sutter? — pergunta ela, mas não se importa em esperar pela minha resposta. — Porque estou começando a achar que é. Você pode muito bem terminar o semestre no colégio militar de Tulsa e ir direto para o treinamento básico. Vamos ver como você vai encarar um passeio pelo exterior. Isso deve dar jeito em você.

E ela parece decidida. Está com tanta raiva que é capaz de me mandar para os loucos dos homens-bomba. No entanto, acho que não é de se surpreender, considerando a forma como se livrou do meu pai.

Mas vou dizer *quem* está surpreso: Geech. Ele realmente não estava esperando um apoio tão veemente da minha mãe.

— Ah, bom — diz ele. — Certo. Colégio militar. Isso deve dar um jeito em você. A primeira coisa que vou fazer na segunda de manhã é ver o preço da mensalidade

E, na mesma hora, sei que não vai dar em nada. Toda vez que Geech fala que vai ver o preço de alguma coisa, acabou. Mesmo com todo o dinheiro do negócio de encanamento, ele é tremendamente mão de vaca.

Por ora, no entanto, fico sem as chaves do carro e de castigo por tempo indefinido. E ainda tenho que dar 50 dólares por mês a Kevin até conseguir pagar o terno. O que dá uns dois anos de servidão. Tudo bem, entendo a parte do terno, mas tento argumentar que eles não podem me tirar a chave do carro, como sou eu quem paga por ele.

Você acha que eles ligam para isso? Não. Só dizem que são eles que pagam o seguro. Vou ter que arrumar alguém para me levar para o colégio — ou pegar o maldito ônibus —, mas eles aceitam que têm que me deixar ir de carro para o trabalho. O que significa que, como os dois trabalham de tarde, vão ter que deixar as chaves do carro comigo, afinal de contas.

— Sabe, Sutter — diz minha mãe. — Vai demorar muito até que a gente possa confiar em você de novo.

— Sinto muito, mãe. Vou tentar recompensar.

Também sinto muito que ela tenha ligado para os meus amigos e para os hospitais, mas conheço minha mãe. Confiar em mim não está no topo de sua lista de prioridades. Uma boa ida ao salão na semana que vem, e ela já vai ter esquecido tudo.

Capítulo 19

Certo, tive um dia ruim. Mas não vou deixar isso me abater por muito tempo. Nem vou pensar a respeito. Ter que pegar carona com Ricky até o colégio não é o pior castigo do mundo. E que tipo de castigo é esse se nem minha mãe nem Geech estão em casa de tarde? Claro que eles dizem que vão ligar e conferir o que estou fazendo, mas só acredito vendo.

— Olha se não é o incendiário — diz Ricky, assim que entro em seu carro na segunda de manhã. — Andou queimando mais algum terno de mil dólares?

— Muito engraçado, seu maconheiro. Sabia que nada disso teria acontecido se você não tivesse me dado aquele baseado?

Ele ri.

— Certo. Era o meu plano desde o início. E você caiu direitinho.

Mas, como disse, não quero nem pensar naquela noite, então mudo de assunto para o encontro de Ricky e Bethany. É claro que já repassamos tudo por telefone, mas imagino que ele não vá se importar de falar mais uma vez.

— Cara — começa Ricky. — Estou falando. É ela, Bethany é *a* garota. Foi tudo perfeito. Menos quando tive que pedir um dinheiro emprestado, mas ela foi maneira até nessa hora. Quero dizer, quem diria que um jantar e um cinema custavam tanto?

— Ah, todo mundo que já teve um encontro na vida, só isso.

Ele me ignora e continua.

— A melhor parte foi que a gente podia falar de qualquer assunto. Não só das coisas mais superficiais. Tivemos uma conversa profunda sobre religião.

— Beija bem?

— Demais.

— Língua?

— Cara, ela poderia ganhar um prêmio com aquela língua.

Eu me sinto tentado a tomar o crédito por ter descolado a Mulher Maravilha para ele, mas não fiz isso para não me vangloriar. Então, passo para o assunto seguinte: onde vamos almoçar hoje.

Ele fica quieto.

— Qual o problema?

— Cara, hoje não vai dar. Bethany e eu vamos almoçar juntos.

— E você não pode me levar?

— Está muito no começo da relação para eu levar alguém.

— É, acho que sim — concordo, mas estou pensando em todas as vezes que ele ficou de vela comigo e Cassidy.

— Além do mais, você não disse que ia almoçar com a... Como é o nome? A menina dos jornais!

— Ah é. Aimee. Tinha esquecido completamente. Obrigado por me lembrar. Odiaria furar com essa. Ela é tão... não sei dizer... tão inocente ou delicada, sei lá.

Ricky desvia os olhos da rua e me examina por um segundo.

— Você sabe o que está acontecendo, não é?

— O quê?

— É a crise do final de namoro, cara. Pelo que me falou, você não tem nada a ver com essa menina. E está só atirando na coisa mais fácil que apareceu na sua frente. Eu realmente não vejo vocês dois juntos. Ela é o exato oposto da Cassidy.

— Cara, você não podia estar mais errado. Primeiro, ela não é o exato oposto de Cassidy. O exato oposto de Cassidy teria cabelo preto e olhos castanhos. E, além do mais, não tenho o menor interesse em *ficar* com Aimee. Nenhum.

— Então por que vai almoçar com ela?

— Apoio moral. Ela está precisando. Está deixando a família passar por cima dela. Dá para ver nos olhos da menina. É como se achasse que não é importante o suficiente para se impor.

— Então, o que você vai fazer? Uma transformação igual à que eles fazem nos filmes, fazer a garotinha nerd virar uma gostosona?

— Não. Não tem nada a ver com transformá-la numa gostosa. Ela jamais seria uma gostosa. Não tem a atitude, a chama interior. Dá para ver só pelo jeito como anda. Uma gostosa tem toda uma postura e um caminhar: ombros para trás, a bunda rebolando. Tem que saber que é gostosa para ser uma gostosa. E tem todo o processo de treinamento. Primeiro, as outras meninas fazem de tudo para ficar amigas dela. E, em todo lugar que vai, tem um monte de caras seguindo feito uns cachorrinhos, e, acima de tudo, provavelmente aos 12 anos, já percebeu que nem os adultos conseguem se conter quando ela passa por eles. Estou falando, cara... Você poderia tirar os óculos de Aimee, colocar um pouco de volume no cabelo e enfiar uma minissaia vermelha que deixasse quase tudo de fora, e, ainda assim, ela iria caminhar com os ombros caídos e uma expressão nos olhos como se o mundo estivesse prestes a lhe dar um soco na cara.

— Então o que você vai fazer, salvar a alma dela?

— Talvez. Nunca se sabe.

Capítulo 20

Um monte de gente deve achar a aula de álgebra II com o Sr. Aster — também conhecido como Sr. Asterchato — o lugar mais tedioso do planeta, mas a minha teoria é que o tédio é coisa de gente tediosa, sem imaginação. Claro que se eu prestasse atenção ao tom monocórdio do Sr. Asterchato, também ficaria entediado, mas não há a menor chance disso acontecer.

Uma das minhas diversões preferidas é a motojet — uma moto brilhante e prateada que voa e tem umas metralhadoras maneiras e lança-foguetes. Quando você precisa de mais velocidade, é só disparar o jato, e *vruuuum!*, você vai embora.

É como se tivesse um jogo de video game dentro da cabeça, e em vez de estar na aula de álgebra, estou salvando o universo, ou pelo menos o colégio. Não sei quantas vezes resgatei Cassidy das mãos de terroristas, gângsteres ou senhores do crime. É claro que às vezes bato de um jeito espetacular, e a motojet cai no meio da noite, arrancando a tampa de uma caixa d'água e se espatifando nos holofotes de um campo de futebol enquanto vou rolando no meio do campo na frente de todos os alunos.

E quando finalmente paro perto da trave, você tem que ver as meninas correndo de olhos arregalados até onde estou caído, numa pilha impressionante de escombros fumegantes. Até minha mãe está lá. "Não se preocupe", digo a elas enquanto a poeira assenta sobre meu corpo fraturado. "Está tudo bem. Está tudo ótimo!"

Hoje, minha missão motojet é interrompida a todo instante por imagens de Aimee. Não acredito que quase esqueci o nosso almoço. Agora, em vez da motojet, visualizo Aimee de pé sozinha na porta da cantina, checando o relógio e olhando os outros passarem por ela.

"Sutter", digo a mim mesmo, "você não pode decepcionar essa menina".

Enfim, a aula acaba. Pego a mochila e vou até a porta, planejando chegar logo à cantina para que Aimee não tenha que esperar nem por um segundo. Não é fácil, no entanto. Antes de conseguir escapar, o Sr. Asterchato me chama até sua mesa.

— Sente-se — manda ele, apontando a carteira diante da mesa. — Sr. Keely, eu notei que mais uma vez você não fez seu dever de casa de segunda-feira.

— Foi um fim de semana complicado — respondo a ele. E ele retruca:

— É, bem, parece que seus fins de semana são sempre complicados. — Quando se trata do Sr. Asterchato, tudo *parece* alguma coisa. Nunca simplesmente *é*.

Infelizmente, em vez de berrar comigo ou algo assim, ele decide que é uma boa hora para me testar sobre o assunto da aula de hoje. Não preciso nem dizer que não vou muito bem, então ele começa a divagar sobre como parece que eu não ouço direito na sala de aula. Confiro o relógio, pensando que talvez ainda consiga chegar à cantina na mesma hora que Aimee.

Mas o Sr. Asterchato ainda não terminou. Agora está falando sobre como só quer o melhor para mim e que, se eu fracassar, é porque ele também fracassou. Para ele, parece que para ter qualquer esperança de entrar numa faculdade, preciso entender ao menos o básico do que ele está tentando ensinar em sala de aula.

Concordo de coração. Explico que tenho tentado me ajustar. Vou me dedicar muito até o final do semestre. Você poderia achar que isso bastaria ao Sr. Asterchato, mas não, ele tem que me dar um problema para eu tentar resolver, só para ver o quão ruim eu sou. E pelo visto, eu sou *bem* ruim.

Ele me fita por sobre os óculos. É um olhar de reprovação, só que sem o tsc-tsc.

— Deixe-me mostrar como se faz, Sr. Keely — diz ele. — Olhe com atenção.

E por dentro estou: Arrrrrrrrg! Não acredito. Minha primeira visão de Aimee sozinha na porta da cantina está prestes a se tornar realidade. Posso até ouvi-la dizendo para si mesma: "Eu devia ter imaginado que ele não viria. É exatamente assim que todo mundo me trata."

— É assim que se faz, Sr. Keely — declara o Sr. Asterchato, por fim. — Parece fazer algum sentido para você?

— Sim, senhor. Com certeza. Parece fazer muito sentido.

Quando finalmente consigo sair, estou no mínimo 15 minutos atrasado, então desato a correr. A Sra. Pescoço de Girafa coloca a cabeça para fora da sala de aula de história, mas já estou longe demais para que possa gritar comigo. Alguns amigos — ou, na verdade, quase amigos — berram:

— Que pressa é essa, Sutter?

— Incêndio ou festa?

Mas não tenho tempo para piadas agora.

Quando chego à cantina, mal posso acreditar em meus olhos. Aimee está de pé, sozinha junto à porta. Ela esperou. Esperou por mim. Essa menina confia em mim. Confia no Sutterman.

Diminuo o passo e digo, tentando recuperar o fôlego.

— Ei, você está aqui. Desculpa o atraso.

— Tudo bem — diz ela, e me pergunto quantas vezes teve que dizer isso para as pessoas de sua vida que a deixaram na mão.

— Não. Nada disso. Mas não foi minha culpa.

Capítulo 21

Ao entrarmos para pegar nossa pizza, explico a situação com o Sr. Asterchato. Ela também teve álgebra II com ele, mas isso foi há milênios, visto que agora está em cálculo avançado.

— Você provavelmente passou por álgebra com o pé nas costas — digo.

E ela responde:

— Mais ou menos.

Sua voz é tão suave. Se fosse comida, seria marshmallow.

— Talvez você pudesse me ensinar.

— Tudo bem — concorda ela, com um quase sorriso no rosto, como se achasse que algo de bom pudesse de fato lhe acontecer, mas ainda não conseguisse acreditar inteiramente nisso.

A cantina não é o lugar mais popular de se almoçar — quero dizer, eu nunca almoço aqui —, então não temos qualquer dificuldade para encontrar uma mesa. Na verdade, é meio esquisito, como um universo paralelo com um monte de alunos que eu nem sabia que existiam.

Você poderia pensar que Aimee e eu não teríamos muito do que falar, mas sou capaz de conversar com qualquer um. Começo com uma história só para aliviá-la do peso de ter que pensar em algo para dizer. É uma das minhas preferidas, de quando Ricky e eu descemos o rio Tuskogee de canoa no verão passado.

Não éramos nem um pouco especialistas em canoagem e prestamos muito mais atenção nas piadas do que na navegação, então as capotagens eram inevitáveis. Em uma das vezes, caímos os dois numa correnteza semifuriosa. A canoa começou a girar rio abaixo, mas o que eu e Ricky fizemos? Nadamos os dois na direção do isopor. Salvar a cerveja a todo e qualquer custo! Éramos assim. Por sorte, a canoa ficou presa na margem do rio, e deu tudo certo.

— Vocês são malucos! — exclama Aimee, mas dá para ver que ela também queria ser um pouquinho maluca de vez em quando.

— Isso não foi o pior. O pior foi quando decidimos pular da ponte.

— Vocês pularam de uma ponte?

— Claro. E não foi qualquer ponte, não. Foi uma daquelas pontes de ferro com uma estrutura que vai até lá em cima. Deve ter mais de mil metros até a água. É tão alto que você tem que tomar cuidado com aeronaves. Vimos outros caras pulando, então pensamos, por que não? A gente também pode tentar. Já tínhamos bebido um bocado de cerveja nesse dia.

Aimee me fita de olhos arregalados, tão atenta como se fosse todos os 12 apóstolos numa pessoa só.

— Então, começamos a subir a ponte. — Olho para o teto da cantina, apenas para indicar quão alto tínhamos que ir. — Mas a questão é que quanto mais alto você sobe, mais começa a se perguntar se é mesmo boa ideia. De alguma forma, quando você está na ponte, ela parece mais alta do que quando você está do lado de fora, olhando lá para cima. Mas o que se pode fazer? Depois que começa, não pode mais parar sem parecer uma bichinha.

Ela faz que sim com a cabeça, embora eu não tenha tanta certeza se as meninas entendem totalmente o dilema de se "parecer uma bichinha".

— Enfim, vou dando uma de Homem-Aranha até o topo e sento sob a brisa. E, olhe, a vista é fenomenal, desde que você não olhe para baixo, e é óbvio que é justamente isso que faço. Mas, como falei, não dá mais para voltar atrás. Então respiro fundo... — Demonstro a ela como respirei fundo. — E caio.

— De cabeça?

— Tá brincando? Não sou tão maluco assim. Não, de pé. E sabe de uma coisa? No caminho, descubro que você tem muito tempo para pensar enquanto está caindo. Então, lá estou eu, e me vem uma ideia: e se passar uma canoa no rio bem agora? Eu posso acertá-la em cheio e quebrar o pescoço de alguém. Sabe, não me importaria de perder a vida sozinho, mas jamais me perdoaria se levasse alguém no processo.

— Seria terrível — concorda ela.

Olho para o teto novamente.

— Lá estou eu, no meio da queda, olhando por entre os dedos dos pés, e é como se o rio estivesse vindo na minha direção e *vuuum!* Acerto a água. — Bato as palmas das mãos, e Aimee dá um pulo para trás. — Agora, me deixe explicar uma coisa aqui. Quando um cara pula na água de um lugar alto, ele tem sempre que se lembrar de fechar bem as pernas na hora do impacto. Caso contrário, vai doer horrores. Sei por experiência própria.

Ela faz uma cara de dor. Aimee é a melhor plateia do mundo.

— Além do mais, não estou levando em conta que se você pular de um lugar muito alto, vai afundar na água em grande velocidade. Estou falando de fundo mesmo. E também não pensei em pegar um fôlego extra antes de afundar. Então, ali estou eu, submerso pelo que parecem dez minutos. Meus olhos estão esbugalhados. Estou batendo os pés e os braços, e tudo o que vejo é um teto cinzento de água sobre minha cabeça. E imagino uma manchete de jornal: ADOLESCENTE IDIOTA MERGULHA PARA A MORTE NA PONTE TUSKOGEE. Então eu vejo: um círculo pálido de luz brilhando na água. E sei que vou conseguir. Coloco a cabeça para fora d'água e encho o pulmão de oxigênio maravilhoso. São e salvo!

Nesse ponto, me recosto na cadeira.

— Quando cheguei à margem, já estava praticamente sóbrio, e vi Ricky pulando da ponte como uma flecha. "Feche as pernas", gritei. Mas ele não me ouviu. — Bato as mãos de novo, e ela se sobressalta mais uma vez. — Enfim, nós dois vivemos para contar a história, mas não sei se ainda poderemos ter filhos.

Seu sorriso é o maior que já vi até hoje.

— Uau! — exclama ela. — Acho que é a história mais fantástica que já ouvi.

Capítulo 22

— Então — digo, pegando uma fatia de pizza. — E você? Tem alguma história legal?

Ela pensa por um instante.

— Bem, eu me lembro daquela vez, no segundo ano, quando a gente estava na mesma turma de inglês, e a Sra. Camp teve que sair da sala, então você foi lá para a frente e deu uma aula sobre o simbolismo daquele filme antigo, *Debi & Loide*. A turma inteira morreu de rir, mas a Sra. Camp não pareceu muito feliz quando voltou.

— É. *Debi & Loide* é um dos meus filmes preferidos de todos os tempos.

— E teve também a vez que vi você surfando no teto de um carro, e ele subiu no meio-fio, e você voou por cima da cerca. Eu pensei: Meu Deus, ele morreu! Mas você pulou de volta e entrou no carro. Lembra disso?

— Lembro, vagamente. — É um tanto lisonjeiro que ela se recorde dessas coisas, mas não estava querendo mais histórias a meu respeito. — E você? Tem alguma história para contar?

Ela coça o nariz e responde:

— Sou uma pessoa sem graça.

— Não, claro que não. Pense um pouco. Você é provavelmente a única pessoa do colégio que está por aí rondando as casas dos vizinhos às cinco da manhã todos os dias, mesmo nos dias de escola. Muito impressionante.

Ela sorri.

— Bem, acho que já aconteceram coisas interessantes durante as minhas entregas. Teve uma vez, não sei se deveria contar isso...

— Você pode me contar qualquer coisa.

— É meio nojento. Aconteceu quando eu tinha 12 anos.

E estou reprovando a ideia de a mãe dessa menina a explorar desde seus anos de pré-adolescência.

— Naquela época, minha irmã mais velha ainda ajudava nas entregas, então minha mãe me deixava com uma sacola, e eu fazia a minha parte a pé, enquanto ela e Ambith cobriam outra área. Só quando completei 14 anos é que ela passou a me deixar dirigir de vez em quando. Enfim, lá estava eu, caminhando, sonhando acordada — ou talvez estivesse meio dormindo mesmo —, quando, de repente, sai um homem completamente pelado de detrás de uma cerca!

— Meu Deus! O que você fez?

— Larguei a sacola e saí correndo. Corri uns quatro quarteirões até ver a picape, e fiquei no meio da rua acenando para que minha mãe viesse me buscar.

— Ela chamou a polícia?

— Não, na verdade, não. — Aimee fita sua fatia mole de pizza. — Ela me fez voltar, pegar a sacola e terminar as entregas.

Não acredito. Que beleza de mãe!

— Você deve ter ficado muito assustada de ter que andar por ali com um maníaco pelado escondido no meio do mato.

— Fiquei. A todo instante achava que podia ouvir alguém se esgueirando atrás de mim. Depois o vi passando pelos fundos de uma casa, mas dessa vez ele entrou num carro e foi embora. Era um Lexus. Sempre achei isso esquisito.

— Da próxima vez que isso acontecer, não deixe sua mãe mandar você voltar.

— Da próxima vez? Você acha que vai acontecer de novo?

— Bem, não, talvez não exatamente da mesma forma.

Estou prestes a explicar algumas das minhas teorias sobre a prevalência do esquisito na vida cotidiana, quando sou interrompido por uma garota, que não me lembro de jamais ter visto antes, que chega se intrometendo e fala para Aimee:

— Ah, então ele finalmente apareceu, é?

Aimee afunda a cabeça entre os ombros e diz:

— Oi, Krystal.

Eu me levanto, do jeito que todo cavalheiro deve fazer, e estendo a mão.

— Meu nome é Sutter Keely. Prazer em conhecê-la.

Ela não aperta minha mão.

— Eu sei quem você é.

E Aimee anuncia:

— Esta é Krystal Krittenbrink.

E Krystal:

— Somos amigas desde o segundo ano do fundamental. — E de alguma forma ela faz isso soar muito arrogante, como se eu fosse um inseto insignificante no plano glorioso de sua amizade. Conheço bem o tipo: a vida toda foi mimada pelos pais e ouviu que era a "coisinha fofa mais especial do mundo" e nunca percebeu que o resto do universo não necessariamente concorda com eles.

A questão é que se trata de uma menina gorda que não é nem um pouco bonita. Enquanto Cassidy é voluptuosa e dona de curvas monumentais, Krystal Krittenbrink é o que você chamaria de criatura amorfa, uma bolha. Ela tem as feições pequenas no meio de uma cabeça grande e rosada. A boca é do tamanho de uma moeda de 10 centavos. Mas a cereja do bolo é o cabelo castanho escorrido e preso num rabo de cavalo bem no alto da cabeça. Deve se olhar no espelho todos os dias de manhã e achar que está no auge da moda.

Porém, é amiga de Aimee, então a convido a se sentar conosco. Ela, no entanto, apenas se vira para Aimee e fala:

— Anda logo. A reunião vai começar em cinco minutos.

— Ah, que tipo de reunião é essa? — pergunto, tentando demonstrar interesse.

Mas Krystal me corta logo:

— Clube de estudos de francês. Nada a ver com você.

Então Aimee sugere:

— Por que você não vai na frente, Krystal? Eu posso me atrasar um pouco.

— Deixe de ser idiota — retruca Krystal. — A reunião não dura mais que cinco ou dez minutos.

Aimee parece um tanto ofendida, mas dá para notar que está habituada a ser chamada de idiota por Krystal.

— É, acho que você tem razão — concorda, e então se volta para mim: — Na verdade, acho que tenho que ir. Tinha me esquecido da reunião. Desculpe.

— Mas você não terminou a pizza.

— Ela pode levar para a reunião — diz Krystal.

— É, acho que posso levar para a reunião.

— Não se esqueça de que você vai me ensinar álgebra.

Aimee abre um sorriso, mas Krystal dispara:

— Isso seria total perda de tempo.

Apenas ignoro-a e fixo os olhos em Aimee.

— Por que você não me dá o seu telefone?

— Meu telefone?

— Isso, seu telefone.

— O de casa?

— É. Ou o celular. — Aimee parece estar tendo dificuldade para entender o conceito. Talvez nenhum cara jamais tenha pedido seu telefone antes.

— Vai ter que ser o de casa. Não tenho celular. — Ela começa a mexer na mochila, procurando um pedaço de papel e uma caneta, enquanto Krystal fica junto de seu ombro, murmurando:

— Anda, vamos logo.

Aimee anota o telefone apressada e me passa o pedaço de papel. Depois dos números, desenhou uma carinha feliz.

— Eu ligo para a gente marcar uma hora — digo. — Quando você vai estar em casa?

— Só Deus sabe — responde Krystal, praticamente arrastando Aimee consigo. — Ou você acha que tudo que ela tem a fazer é ficar em casa esperando a sua ligação?

Capítulo 23

Por incrível que pareça, minha mãe realmente telefona para casa por volta das 2 da tarde, para saber se estou cumprindo as diretrizes do meu magnífico castigo. Está toda séria, falando *mocinho* para cá e *mocinho* para lá. Não sei por que chamar alguém de *mocinho* deveria realçar a seriedade de uma situação, mas a tática parece muito comum entre os adultos.

Tenho que ser honesto: dessa vez, ela realmente parece determinada. De novo vem com o papo do colégio militar. Foi mesmo meio estúpido da minha parte tacar fogo no terno do Kevin. Mas não é como se tivesse sido de propósito.

Ricky permanece deitado na espreguiçadeira a menos de 2 metros de distância durante toda a ligação. Quando desligo, ele diz:

— Cara, seus pais realmente acham que você está comprando esse papo de colégio militar? Quero dizer, faltam três meses para a formatura. Mesmo que conseguissem colocar você num colégio militar, de que adiantariam três meses?

— É, eu sei. Não faz sentido. Acho que é só o jeito deles de deixar claro o quanto acham que sou um desastre.

Caminho até o bar. Não tenho que trabalhar hoje, então parece uma boa hora para preparar uma jarra de martíni.

— Sabe de uma coisa? — pergunta Ricky. — Eles não iam ficar tão satisfeitos se você entrasse no Exército de verdade e acabasse no Iraque, explodindo igual ao irmão do Jeremy Holtz.

— Sei lá. Eles gostam de botar uma banca de patriotas. Se eu explodisse na guerra, seria a melhor coisa que poderia acontecer a eles. Iriam se lamentar por anos a fio. Talvez até aparecessem no jornal, fingindo chorar em cima do meu caixão enrolado na bandeira nacional.

E Ricky responde:

— Ah, tá. Como se isso fosse muito patriota. Gente assim age como se o fato de você querer paz fosse uma espécie de antiamericanismo, como se você fosse uma corja antimilitarista traidora. Para mim, parece muito mais pró-militarista querer evitar que americanos morram. Cresci cercado de militares: meu pai, meus tios. Não quero vê-los nem sair da cidade se não tiverem um bom motivo. Essa merda de guerra me deixa puto da vida. Sabe o que é isso?

— Um atoleiro?

— Ah, é um atoleiro ao extremo, cara. Um pântano de esgoto. Com excrementos do tamanho de um pufe. É isso que os políticos pensam de nós, que a juventude de hoje não é nada além de um ímã para bombas para as invasões fraudulentas deles? Meu pai era da Marinha, e eu não me importaria de me alistar, mas não vou fazer isso agora. A coisa toda é gerida por vampiros, cara. Vampiros atômicos mutantes. E o chefe deles é aquele sugador de sangue cabeçudo chamado Generalíssimo Hal E. Burton. Deus do céu. Você pensa, será que estou lutando numa guerra de vampiros atômicos? Dá um tempo. Prefiro o movimento de protesto. Mas cadê ele? Não existe. É como se todo mundo estivesse com preguiça demais. Ou tivesse feito lavagem cerebral.

— Cuidado. Melhor parar com esse papinho, seu hippie de uma figa. Vai que o Generalíssimo Hal grampeou essa sala. Quando menos se espera, somos mandados para alguma prisão em Cuba com grilhões e sem nenhum advogado à vista.

— Cara, seria engraçado se não fosse tão verdadeiro.

Quando termino de preparar a jarra de martíni, ofereço um copo a Ricky, mas ele recusa:

— Estou de olho na cintura — responde, com sarcasmo.

Levo o copo até perto de seu rosto e digo:

— Vamos lá. Você sabe que quer.

— Sério, cara. Estou diminuindo a bebida.

— Tudo bem. Sobra mais para mim. — Sento e ligo a TV.

— É a minha resolução — explica Ricky. — Nada de festa durante a semana.

— E a erva?

— Também estou diminuindo.

Eu o analiso por um instante.

— Olhe só para você — começo. — O rei da erva. Um encontro, um fim de semana no telefone, um almoço de segunda, e Bethany já remodelou você por inteiro.

— Não tem nada a ver com isso, cara. Só estou meio cansado. Ficou velho. Preciso de uma mudança.

Ergo o copo diante da luz e digo.

— Um martíni perfeito nunca fica velho.

— Estou falando sério. Ficar só nessa o tempo inteiro não está funcionando mais para mim. Quando era novidade, era maravilhoso. Tudo é maravilhoso quando é novo. Igual a quando você é criança. Tudo é um espanto para você.

— É. — Dou um longo gole no martíni. — A infância é um país fantástico de se viver.

— Sem dúvida — concorda Ricky. — Me lembro de ir a um banco com meu pai quando tinha uns 4 anos. E, sabe de uma coisa, hoje em dia, saguão de banco é o lugar mais tedioso do mundo, empatando só com as agências de correio, mas naquela época era algo mágico. Eles tinham uma piscininha com um chafariz no meio. Mal podia acreditar. Uma piscininha, dentro do prédio! E então chamei meu pai para mostrar a piscina, e ele respondeu algo como: "É, um chafariz." Como se não fosse nada de especial. E então olho de novo e vejo que não é só uma piscina, tem moedas lá dentro. E digo: "Olhe, pai, tem dinheiro!" E ele: "É, as pessoas jogam moedas em chafarizes e fazem pedidos." Pedidos! Cara! Só melhora. É um chafariz *mágico*. Estou completamente embasbacado. E lá está o meu pai, preenchendo um talão de depósito sem a menor ideia de como o mundo é maravilhoso.

— É. Tive um momento desses com minha mãe e uma vaca morta no acostamento.

— E aí, o que acontece? Você faz 11 ou 12 anos, e tudo fica velho. Eles acabam com o milagre para você, mas você não aceita. Você quer o milagre. Quer que as coisas continuem novas. Então, quando toma aquela bebida ou fuma aquele baseado, é como se tivesse aquela sensação de novo.

— Há que se amar o milagre — comento. — Isso significa que você vai querer um gole, afinal de contas?

— Não, cara. Estou dizendo que isso também fica velho. Tem sua obsolescência programada, como tudo na vida. É assim que o nosso sistema funciona. Um grande conto do vigário. A coisa fica velha, e você tem que comprar outra, que fica velha, e mais outra. Toda a sociedade é um campo de treino para viciados.

— Você acha, professor? — Adoro incentivar suas teorias.

— Claro. Aposto um milhão de dólares que alguém já inventou uma máquina de moto-contínuo, mas os vampiros atômicos sabotaram. O mesmo para tecidos que não desbotam.

— É, aposto que existem tacos de golfe que nunca quebram e árvores de cachorro-quente.

— Você pode estar brincando — diz Ricky —, mas é provável que esteja certo.

— Vou sentir falta quando você parar de fumar maconha e não tiver mais teorias como essas.

— Não preciso da erva para minhas teorias, cara — zomba ele. — Está tudo bem diante do seu nariz. A MTV, por exemplo! — Ele aponta a TV. A tela está repleta de meninas e rapazes universitários sarados, em trajes de banho, rebolando ao som de uma música de quinta categoria. Transformaram até o nosso corpo em produto, cara. Abdominais, peitos, glúteos e peitorais. Você tem que comprar o novo equipamento de ginástica ou livro de dieta ou sei lá o quê. Ou tem que ir ao cirurgião plástico e esculpir a barriga ou tirar a gordura da bunda.

E eu concordo:

— É, isso é esquisito, cara. Mas aceite o diferente.

Ele, porém, responde:

— Essa merda eu não aceito. Você não está vendo? Estão transformando a gente em produto, cara. E são os mesmos vampiros atômicos que estão por trás disso. Eles mandam seus serviçais hipnotizarem você com a última cantora pop que na verdade é mais uma stripper, ou o último video game, ou celular, ou filme de ação nos cinemas multiplex. E aí, quando conseguem, atraem você para o seu castelo megaelétrico

— Castelo megaelétrico? Maneiro.

— Não, não tem nada de maneiro. Porque uma vez que você está lá dentro, eles o colocam numa máquina parecida com essas de tomografia computadorizada chamada desalmador, e, quando você sai do outro lado, não é nada além de um produto.

— E como chama o produto?

— *Vazio*, cara, é assim que se chama. E eles o vendem de novo e de novo pelo resto da vida, até o final, quando o embalam uma última vez e o enterram no chão.

— Uau! Tem certeza de que não fumou nem um pouquinho hoje?

— Nem uma tragada. — Ele nega de leve com a cabeça. — Estou falando sério, cara. Preciso de uma mudança. Cansei desses vampiros atômicos. Não quero ser um produto deles. Não quero ser o sacramento da Santíssima Trindade deles. Sabe qual é a Santíssima Trindade deles?

— Cerveja, vinho e uísque?

Ele faz que não.

— Não, cara, a Santíssima Trindade dos vampiros atômicos consiste no deus do sexo, o deus do dinheiro e o deus do poder. O deus do sexo venera o deus do dinheiro, e o deus do dinheiro venera o deus do poder. O deus do poder destrói tudo. Os outros estariam muito bem sozinhos, mas ele é um filho da mãe. É ele quem envia os serviçais que nos hipnotizam com O Último Lançamento da Semana. Mas esse não tem nada de miraculoso. É só um substituto para o milagre. E é uma merda. Agora, não estou dizendo que nunca mais quero me divertir. Só quero encontrar algo que dure, para variar.

Fico calado para ter certeza de que ele terminou de falar e então ergo meu copo.

— Amém, irmão Ricky! Foi um sermão do cacete.

— É verdade ou não é?

— Absolutamente verdade. Todo mundo quer algo que dure. — Mas não falo nada que *querer* é algo completamente diferente de acreditar que de fato se pode conseguir.

— Bem. — Ele ergue um copo imaginário no ar. — Outro amém, irmão Sutter!

— Amém, irmão Ricky, amém!

— Aleluia, irmão, aleluia.

Estamos os dois gargalhando agora. Dou outro gole no martíni e comento:

— Sabe de uma coisa, depois de hoje, vou me juntar a você: nada de bebida durante a semana. E aí a gente faz uma farra no final de semana.

— Achei que você estivesse de castigo.

— Isso nunca me impediu antes. Tenho uma janela no quarto, sabia?

Ele não responde nada por um tempo, mas por fim acaba soltando que vai a um show com a Bethany na sexta-feira e que irá jantar com os pais dela no sábado.

— Jantar com os pais dela? Fala sério, cara. Você está passando pela remodelação completa.

Ele dá de ombros.

— Só quero estar perto dela, igual a você e Cassidy.

— É, mas eu não queria ficar grudado nela o fim de semana inteiro, todas as semanas.

— Por que você não chama sua amiga de entregas de jornal para sair na sexta e no sábado? Você não tem que ligar para ela hoje de tarde de qualquer maneira?

— Ei, já falei, não vou chamá-la para sair. Vou repetir: não estou interessando nela pelo sexo. Nem agora, nem no futuro. Não vou transar com ela dentro de um carro. Não vou transar com ela num bar. Não vou transar com ela numa árvore. Não vou transar com ela num banheiro público. Não vou transar com ela numa cadeira. Não vou transar com ela em lugar nenhum.

— Tá legal, tinha esquecido. Você só quer salvar a alma dela. Um aleluia para o irmão Sutter e o seu complexo messiânico.

— Meu o quê?

— Complexo messiânico. Significa que você acha que tem que sair por aí salvando todo mundo.

— Todo mundo, não. Só essa.

— Aleluia, irmão!

Capítulo 24

Às vezes, tenho problemas para dormir. É estranho, me sinto exausto, mas, ainda assim, fico deitado acordado, olhando para cima, um monte de ideias me bombardeando como pelicanos mortos. Essa noite, por exemplo, me pego pensando que a proposta batida de Geech sobre o colégio militar talvez não seja uma ideia tão terrível afinal de contas.

Talvez devesse ter me alistado aos 14 ou 15 anos, trabalhado duro por um ano — marchando 15 quilômetros por dia, correndo por pistas de obstáculos, me espremendo sob arame farpado com um rifle de madeira nas mãos. E então voltado para casa cheio de músculos, tinindo e afiado como um facão de açougueiro. De que outro jeito se sabe quando se deixa de ser criança nessa sociedade?

Lembro-me de ler na escola sobre rituais primitivos de iniciação. Tinha um em que levavam o garoto para o meio do mato, e ele tinha que voltar sozinho, sem armas ou instrumentos. E tinha que usar as próprias mãos para colher raízes para comer, além de fazer fogueiras com pedras e pedaços de pau. Quero dizer, ele poderia morrer de fome ou ser comido por um leão da montanha ou algo assim, mas tudo isso era parte do teste. Ao voltar, era um homem. E não era só isso, ele encontrava o Espírito Guia. Isso que é aceitar o diferente.

Mas hoje eles não fazem mais nada além de deixar você sozinho em casa com a cozinha cheia de batata de saquinho e refrigerante. E então, no seu quarto, você tem TV, video game e internet. O que eles esperam conseguir com isso? Um grande caso de *não dou a mínima*?

Hoje, os garotos têm que arrumar o próprio ritual de iniciação ou criar a própria guerra pessoal em que lutar, pois as guerras que os vampiros atômicos inventam são difíceis demais de se acreditar. É como Ricky disse: toda vez que eles tramam uma coisa nova, fica pior ainda.

Se eu estivesse no comando, seria muito diferente. Você não teria que ir para o colégio militar ou ser largado no meio do mato ou lutar numa guerra. Em vez disso, você iria para o que eu chamaria de Corpo Teen. Igual ao Corpo da Paz, só que para adolescentes. Você sairia por aí distribuindo sacos de areia para proteger casas contra furacões e replantando árvores em regiões desmatadas e ajudando o pessoal do interior a receber atendimento médico, e por aí vai. E faria isso durante um ano, e então, quando voltasse, teria direito ao voto e a comprar bebida alcoólica e tudo mais. Seria um adulto.

Quando o sono chega, tenho todos os detalhes do plano delineados na cabeça.

Infelizmente, na manhã seguinte, o entusiasmo desapareceu. Agora já é tarde demais para mim. Se eu fosse um sonhador como Bob Lewis, daria um jeito de virar político e fundar o Corpo Teen para a próxima geração ou o que fosse, mas, como sempre digo, sou um cara mais imediatista. E, neste instante, já tenho meu microprojeto de ajuda humanitária: ir à casa de Aimee para estudar álgebra.

Pois é, minha ajuda vai ser deixar que ela me ajude. Ela vai ganhar autoconfiança, e eu, a satisfação de levar autoconfiança a alguém que precisa disso mais do que um cantor pop precisa de reabilitação. Ei, talvez não mude o mundo, mas nós dois só temos a ganhar.

O problema é: como estou oficialmente de castigo, tenho que convencer minha mãe durante o café da manhã. Em geral, ela evita falar comigo de manhã, exceto talvez um "pegue você mesmo", mas quando venho com a proposta de estudar com Aimee, ela rebate com uma barricada de perguntas que supostamente devem soar como se ela estivesse tentando estabelecer o caráter de Aimee.

Mas sei o que está fazendo. O que realmente quer saber é se Aimee tem algum tipo de conexão social importante. Se estivesse preocupada com caráter, tenho certeza de que não veria problema algum em me deixar ir à casa dela. Mas, claro, como a mãe de Aimee não passa de uma rainha das entregas de jornal e do cassino indiano, minha mãe suspeita que eu tenha algum outro motivo escondido na manga.

— Então — diz ela —, como posso saber que você não está tentando fugir do castigo a tarde inteira?

E eu respondo:

— Hum, se você não acredita em mim, por que não liga e pergunta para ela?

E ela:

— Porque, até onde sei, ela é só uma garotinha com quem você quer sair e que vai dizer qualquer coisa que você mandar.

— Acredite em mim, não quero sair com essa menina.

Por que todo mundo tem que automaticamente achar que tem a ver com sexo?

Mamãe ainda não está convencida, então digo a ela para ligar para o Sr. Aster e perguntar se preciso de ajuda. Isso resolve. Ela nunca vai ligar para ele. Sei muito bem que minha mãe não gosta de se envolver com minha vida escolar se puder evitar. Deve ter acontecido alguma coisa na infância dela para deixá-la com medo de professores.

Então, fazemos um acordo. Ainda não posso dirigir para o colégio, mas posso dirigir para a casa de Aimee de tarde. E Geech vai conferir o nível do combustível no carro toda noite para ter certeza de que não estou rodando por aí. Como se eu não pudesse simplesmente abastecer o tanque se quisesse. Deus do céu.

Capítulo 25

Naquela tarde, no caminho até a casa de Aimee, minhas intenções são boas, mas tenho que admitir que a menina vai ser um desafio. A julgar pela forma como os pais e a melhor amiga a tratam, ela deve ser o maior saco de pancada que já existiu desde Kenny Hoyle.

Pobre Kenny. Ele me lembrava um personagem de conto de fadas. Morava mais adiante na mesma rua que eu, com o padrasto e três irmãos de criação. A mãe cometera suicídio. E os irmãos de criação eram uns brutamontes. Enquanto os três ficavam pela rua, vandalizando placas de trânsito ou inalando tinta spray, o magrelinho Kenny de 8 anos ficava em casa limpando as janelas ou arrancando ervas daninhas do jardim ou empurrando o cortador de grama gigante de um lado para o outro pelo gramado íngreme, sob um sol de 40 graus. No entanto, você sabia que não havia fada madrinha nenhuma prestes a transformá-lo em príncipe encantado. E tudo o que eu podia fazer era ir até lá de vez em quando ajudá-lo a cortar a grama antes que ele fosse sugado pelo cortador e cuspido do outro lado feito hambúrguer processado.

Enfim, estava esperando que Aimee morasse num verdadeiro barraco, mas o lugar parece bastante com a casa em que eu vivia antes de Geech aparecer: na prática, um cubo pequeno de tijolo com um telhado cinzento que precisa de telhas novas e um quintal simples e malcuidado sem árvores, arbustos, flores nem nada parecido. Pelo menos minha casa antiga tinha uma cerca viva que crescera além da conta e uma árvore-de-judas em que escalar, mas esta não tem nem um dedinho de personalidade.

Depois de um gole de uísque e um bochecho de enxaguante, vou até a entrada e dou uma batida leve e ritmada na moldura da porta. Ouço uma voz aguda gritar lá dentro:

— Aimee! Seu namorado chegou!

Que é então seguida pela de Aimee, falando:

— Por favor, Shane, não me envergonhe, tudo bem?

Um segundo depois, uma tranca se solta e a porta se abre.

— Sutter — diz ela, com um sorriso cauteloso. — Você veio.

— Bem na hora.

Há algo de diferente em Aimee. Levo um tempo para notar, mas então percebo que está de batom. Em geral, não usa maquiagem alguma, e, cá entre nós, não ficou melhor.

Quanto ao interior da casa, é um chiqueiro completo: roupas largadas no encosto do sofá desbotado e da poltrona, sacos de fast-food abertos na mesa de centro, fitas obsoletas de VHS emporcalhando o chão. E, no meio de tudo isso, seu irmão mais novo largado no sofá, contraindo-se em espasmos enquanto atira em alienígenas de olhos arregalados e dentes afiados num PlayStation milenar.

— Hum, este é meu irmão, Shane — anuncia Aimee. — Ele tem 11 anos.

— Oi, Shane.

Ele nem se dá ao trabalho de olhar para mim.

— Mamãe disse que você tem que ir ao mercado comprar uma garrafa grande de Dr. Pepper — fala ele, as mãos ainda girando e atirando para o video game.

— Depois eu vou — responde Aimee. Mas ele insiste:

— Melhor ir logo. Randy pode ficar com vontade daqui a pouco.

— Tudo bem. Ainda tem um pouco na geladeira.

— Só estou dizendo o que mamãe falou.

— Sabe, Shane. — E me aproximo do sofá. — Você mesmo podia comprar. Tem uma loja de conveniência logo aqui, no final do quarteirão.

Shane responde fazendo um barulho de pum com a boca.

Aimee dá uma risada nervosa e me olha com uma expressão que diz algo como "Meninos...".

Em geral, eu teria dado um belo de um passa-fora no garoto — o que sou perfeitamente capaz de fazer —, mas isso não ajudaria Aimee em nada, então só repreendo:

— Isso não é jeito de tratar as visitas, mocinho.

E ele:

— Você é visita da minha irmã fedorenta, e não minha.

Aimee fica vermelha até a pontinha da orelha. E até que lhe cai bem, melhor do que o batom.

— Por que a gente não vai lá para o quarto estudar? — sugere, apontando na direção do corredor.

— Primeiro as damas — respondo. Ela parece merecer um pouco de cavalheirismo para variar.

— É melhor fazerem silêncio — aconselha Shane. — Randy está tentando dormir.

Randy é o namorado pensionista por invalidez da mãe.

— Não se preocupe — diz Aimee. — Um dia, Shane armou um foguete numa garrafa dentro do banheiro, e Randy nem se mexeu.

Depois de vencer a bagunça no chão da sala de estar e no corredor, fico embasbacado quando Aimee abre a porta de seu quarto. É como naquela cena do *Mágico de Oz* em que Dorothy abre a porta de casa e vê a terra de Oz pela primeira vez, só que em vez de mudar de preto e branco para imagem em cores, aqui a mudança é de pocilga completa para uma arrumação fantástica e quase geométrica.

Bem-vindo ao mundo de Aimee.

O imenso mapa na parede é tão liso que é de imaginar que Aimee tenha passado a ferro, e o mesmo vale para o pôster da Via Láctea e os desenhos a lápis pendurados nas outras paredes. A escrivaninha parece comprada numa loja barata, e o computador é praticamente do século passado, como o videocassete, mas tudo — canetas, cadernos e gatinhos de cerâmica — está arrumado com perfeição. A cômoda é igualmente barata e organizada, mas o que mais me impressiona são os livros.

Numa das paredes, alinham-se estantes de plástico de montar, com fileiras e mais fileiras de edições de bolso ocupando todas as prateleiras. E, muito embora ela tenha ficado sem espaço nas prateleiras e tenha sido obrigada a empilhar mais uma centena de livros contra a parede, esses estão tão bem organizados quanto os outros.

— Você deve gostar muito de ler — digo, admirando as pilhas de livros.

— A maioria é de ficção científica. — Ela fita os livros com imenso carinho. — Alguns são de mistério, e tenho vários clássicos, como *O morro dos ventos uivantes* e *Jane Eyre*.

Pego um exemplar com um nome mais ou menos como *Os androides de NGC 3031*. Na capa, uma mulher androide com um corpaço foge de espaçonaves voando baixo e atirando raios laser cor-de-rosa na direção dela.

— Esse parece legal — comento, mas o que estou pensando mesmo é: "Uau, Aimee, ficção científica?! Não tinha nada mais nerd que isso? Qual a próxima surpresa, desenho japonês?"

— Gosto de pensar no espaço — diz ela, como quem pede desculpas.

— O espaço é legal.

— Um dia, quero trabalhar na NASA. — Ela soa meio sem jeito, como se estivesse com medo de que eu achasse que é uma ambição estúpida ou algo assim.

— Seria o máximo. Acho que você deveria investir nisso.

— É — concorda ela, com um novo brilho de entusiasmo nos olhos. — E depois de trabalhar uns cinco anos lá e economizar um dinheiro, vou comprar um rancho.

— Não vejo o que poderia ser melhor que isso. Acho que é por isso que você tem esses desenhos de cavalo nas paredes. — Caminho ao redor e examino os desenhos mais de perto. Na verdade, os cavalos parecem mais com cachorros, mas não tem por que mencionar isso agora. Estou certo de que, para ela, desenhá-los é muito mais importante do que a aparência final deles.

— É você nos cavalos?

— Hum, não. É a Comandante Amanda Gallico, dos livros *Planetas Brilhantes*.

Ela está do meu lado agora, e sei que vê muito mais nos desenhos do que eu.

— Qual a história dela?

— Ela é a comandante da nave Neexo Ark 451. Eles estão escapando da Galáxia Negra e tentando voltar para o sistema dos Planetas Brilhantes.

Nos desenhos, a Comandante Amanda Gallico parece grande demais para os cavalos, ou pelo menos seu corpo parece. Trata-se de uma super-heroína atlética, mas a cabeça é meio pequena, e ainda acho que tem o rosto de Aimee, sem os óculos.

— Você deve gostar muito dela.

— Gosto — confessa ela, com aquele jeito arrastado e pouco comprometido com que diz qualquer coisa positiva. — Acho que ela meio que é a minha heroína.

É de partir o coração. Quero dizer, passei da fase dos super-heróis quando entrei no quinto ano. Essa menina precisa de ajuda, e rápido.

Então falo:

— Sabe de uma coisa? Você é que vai ser minha heroína se conseguir me ajudar com esse negócio de álgebra. Onde vai ser?

No instante em que nós dois olhamos para a pequena cama arrumada com o edredom xadrez, percebo que minhas palavras talvez tenham soado um tanto sexuais. É o único móvel no quarto grande o suficiente para duas pessoas. E tudo o que ela consegue dizer é:

— Hum...

No que eu sugiro:

— Sempre faço o dever de casa no chão, onde consigo espalhar todas as minhas coisas.

Parece bom para ela, então sentamos no chão. Assim que começamos, ela entra num estado mais autoconfiante. Mas é uma espécie de autoconfiança suave, gentil. Aimee poderia facilmente dar uma de superior ou até me ridicularizar por minha incapacidade matemática, mas não chega nem perto disso. E não precisa. Aqui, no domínio dos livros, ela se sente segura. E tem um pouco do controle que lhe falta lá fora. E, sabe de uma coisa? Se eu fosse um ouvinte melhor, tenho certeza de que ela seria capaz de me fazer entender algumas das coisas que o Sr. Asterchato jamais sequer chegou perto.

Capítulo 26

Depois de terminarmos meu dever de casa — ou, acho que devo dizer, depois que *ela* termina meu dever de casa —, Aimee começa a me explicar uns conceitos mais básicos que preciso dominar para terminar o semestre. É uma boa ideia, mas minha capacidade de concentração não é muito boa, então decido mudar de assunto.

— Quer saber? — pergunto, recostando contra sua cama e fitando os livros na estante. — Depois de ler tanto, você deveria tentar escrever um livro.

Ela me examina por um segundo, como se não estivesse certa se estou zombando dela ou não.

— Estou falando sério — insisto. — Tenho certeza de que você poderia escrever um romance de ficção científica que venderia um milhão de exemplares.

Ela baixa a caneta e diz bem baixinho:

— Um milhão de exemplares eu não sei, mas estou escrevendo um livro. Já tenho umas duzentas páginas, e provavelmente vai acabar com umas seiscentas.

— Caramba. Seiscentas páginas?

— É... — responde ela. Estou começando a perceber que seus "é" quase sempre se estendem por duas sílabas, uma para "é", e outra para "mas não sei se vai dar certo".

— Que legal. Sobre o que é? — pergunto, embora tenha uma leve suspeita de que esteja abrindo uma caixa de tédio.

— Quer mesmo saber, é?

— É. — Uma sílaba só.

Ela começa dizendo que vai contar só um resumo, mas acaba se envolvendo com a história. E, por incrível que pareça, não é nem um pouco tediosa. A ideia central é uma menina que acaba sendo sugada num raio de luz para o interior de uma nave espacial quando estava entregando jornais, e a tripulação — formada por uma raça de cavalos superinteligentes — a recruta para ajudar a conduzir a nave de volta ao seu planeta de origem. A grande sacada é que, na verdade, o planeta deles é a Terra do futuro, onde cavalos superinteligentes e humanos convivem em pé de igualdade, e a menina — que, de alguma forma, era uma descendente de terráqueos — estava o tempo todo vivendo em meio a alienígenas no planeta Gracknack.

À medida que vai contando a história, eu percebo: é assim que ela escapa. Ela foge para o seu quarto perfeitamente arrumado e desaparece em galáxias distantes. Aposto que é a mesma coisa com os trabalhos do colégio, porque, até onde posso ver, Aimee não recebe qualquer incentivo da família nesse sentido.

O irmão, a mãe e Randy, o namorado desempregado, são gracknackianos. Jamais irão compreendê-la. E a melhor amiga, Krystal Krittenbrink, é uma grande nerd de marca maior que a trata como uma empregada numa fábrica nerd gracknackiana. Mas este quarto é a nave espacial de Aimee, e ela é uma viajante intergaláctica, vencendo todas as batalhas que encontra pelo caminho.

Ou quase todas. Quando está prestes a chegar ao final da história, uma voz rouca a chama do quarto ao lado.

— Aimee! Ei, Aimee! Me dá um Dr. Pepper.

É Randy. Ele acordou e agora quer seu serviço de quarto. Os ombros de Aimee murcham.

— Já volto.

Depois de uns dois minutos, a voz de Randy explode de novo.

— Que diabos é isso? Você sabe que gosto do meu copo azul alto. Esse negócio parece um dedal.

Se Aimee responde, não dá para ouvir, mas Randy fala alto e claro:

— Bem, desce lá e compre mais. O que você andou fazendo a tarde toda?

Então Aimee se esgueira de volta até o quarto e diz que sente muito, mas vai ter que ir até a loja de conveniência. Nem passa pela sua cabeça que posso levá-la de carro. Quando me ofereço, ela diz:

— Não precisa. É minha culpa. Eu deveria ter ido logo depois do colégio.

— Do que você está falando? Vai levar menos de dois minutos. É claro que levo você.

Isso a anima um pouco, mas qualquer traço da autoconfiança que mostrara mais cedo foi reduzido até ficar do tamanho de um plâncton. E fica ainda pior depois que voltamos com o refrigerante. Olhando pelo para-brisa do carro para a entrada da casa, a expressão em seu rosto é como se sua nave tivesse acabado de colidir e ela estivesse de volta a Gracknack.

Então, do nada, estou abrindo a boca e soltando as seguintes palavras:

— Sabe de uma coisa? Vai ter uma festa esse sábado. Acho que você deveria ir comigo.

Foi uma espécie de ato reflexo. Tinha que dizer algo. O que mais poderia fazer, deixá-la voltar para aquela casa sem nada?

Como não poderia deixar de ser, sua resposta é uma surpresa.

— Eu?

— Isso. Você e eu.

— Uma festa? — Como se eu estivesse falando mongol ou gracknackiano, talvez.

— É, uma festa. Sábado à noite. Você e eu. Pego você lá pelas oito e meia. O que você acha?

— Hum, tudo bem?

— Isso é uma resposta ou uma pergunta?

— Não — diz ela. — Quero dizer, é, eu vou. — E desta vez é um "é" de uma única sílaba.

— Certo. Fantástico. A gente vai se divertir.

E, enquanto ela caminha de volta para casa, de cabeça erguida, a garrafa de Dr. Pepper pendendo casualmente de uma das mãos, sinto-me muito satisfeito comigo mesmo. Foi uma medida drástica, mas tinha de ser. E não é como se eu a tivesse convidado para um encontro ou algo assim. Só achei que ir a uma festa seria bom para ela. Para mim, ao menos, vai ser.

Capítulo 27

É sexta à noite, e estou de castigo. Poderia sair de casa numa boa, claro. Descer da minha janela no segundo andar é muito mais fácil do que subir até a de Cassidy, e nem me lembro da última vez que minha mãe ou Geech vieram ao meu quarto à noite. Provavelmente têm medo de me pegar dando um trato no meu poderoso ciclope em algum site pornográfico. O que tenho certeza de que já aconteceu com Geech muitas vezes durante sua estupendamente tediosa adolescência, quando pornografia era algo que se podia esconder debaixo do colchão.

Mas o problema é que vou ter que fugir amanhã à noite por causa da festa, então concluo que passar a noite de sexta na privacidade do meu quarto até que vai ser uma boa quebra de rotina. Afinal de contas, tenho minha TV, meu computador, meu telefone, minhas músicas, sem contar a caixa térmica azul, cheia de 7UP e uísque. Enfim, estou preparado.

A primeira ordem do dia é colocar um pouco de Dean Martin para dar um clima. Não há introdução melhor para uma sessão com a garrafa marrom. Dino é o cara. Tenho todas as músicas importantes — "Everybody Loves Somebody Sometime", "You're Nobody 'Til Somebody Loves You", "Love Me, Love Me", "Little Ole Wine Drinker, Me" e minha música tema: "Ain't Love a Kick in the Head". Só coisa fina.

Certo, sei que já falei como odeio as roupas que tenho que usar e vender no Mr. Leon's, mas se pudesse usar um smoking o tempo todo como Dino, é o que eu faria. Acho que é o único estilo que valeria a pena ter. Dino era de longe o mais descolado dos caras do Rat Pack, um grupo de cantores playboys ultrassofisticados de antes da época em que as bandas hippies mudaram tudo: Dean Martin, Frank Sinatra, Sammy Davis Jr. Esses sabiam se divertir. Viraram Las Vegas de cabeça para baixo.

Assisti a uma biografia de Dino na TV, e teve uma mulher que disse: "Frank Sinatra achava que era Deus. Dino tinha certeza." Dá para acreditar? O sujeito tinha presença. Também disseram que o copo de uísque que carregava enquanto cantava, na verdade, estava cheio de suco de maçã, mas nunca acreditei nisso.

Então, aqui estou — sexta à noite —, com meu próprio copo de uísque (nada de suco de maçã) e cantando com Dino, enquanto Jennifer Love Hewitt exibe os peitos espetaculares na tela da TV. Poderia estar pensando em um milhão de coisas, e, por algum motivo, a Comandante Amanda Gallico é o que me vem à mente.

Como se trata da grande heroína de Aimee, acho que devo entrar na internet e dar uma pesquisada na intrépida comandante para termos algo sobre o que conversar no sábado à noite. Veja bem, isso faz parte do meu grande plano para transformar Aimee. Ela precisa saber que seus sonhos são importantes. E não estou de brincadeira. Viagens intergalácticas, cavalos superinteligentes, trabalhar na NASA, ter a própria fazenda — há que admirar alguém com sonhos como esses.

Também já sonhei alto. Ficção científica não era muito a minha praia, mas quando era garoto e ainda muito ligado em beisebol, costumava fingir que era Rocky Ramirez, o maior ganhador do prêmio Jogador Mais Valioso de todos os tempos. O Rockinator não era um jogador de beisebol de verdade. Era fruto da minha própria imaginação: jogava na defesa e tinha superpoderes. Por exemplo, Rocky podia correr a 150 quilômetros por hora e até voava, se fosse preciso. E mais, seu taco pesava 400 quilos. Nunca passou pela minha cabeça que ele provavelmente seria banido da liga profissional, muito embora não tomasse esteroides como todo mundo.

Mas minha maior fantasia era que meus pais iriam ficar juntos de novo. Sonhava com isso com tanta intensidade que às vezes tinha que dar uma olhada no armário para ver se as coisas dele não estavam lá. Então, fomos morar com Geech, e, droga, meu coração se despedaçou no carpete quando vi as camisas listradas ridículas e as calças baratas penduradas onde a jaqueta jeans e a calça Levi's do meu pai deveriam estar.

Esse tipo de sonho só fica gasto com o tempo, como uma velha camiseta preferida. Um dia, não passa de um farrapo, e tudo o que você pode fazer é descartá-lo na pilha de trapos, junto com os outros. Ainda assim, não consigo deixar de pensar de vez em quando em como eram as coisas.

As noites de verão no quintal, todos juntos. Eu deveria ter uns 3 ou 4 anos, e meu pai me segurava pelos pulsos e me girava no ar. Quando me colocava de volta no chão, eu saía cambaleando por causa da tonteira. Amava aquilo.

E uma vez fizemos um forte com as cadeiras do jardim, cobrimos com lençóis e ficamos sentados lá dentro, enquanto papai contava histórias de lobisomem e mamãe se recostava nele, olhando-o como se fosse o homem perfeito. É como se sempre fosse verão nas minhas memórias daquela época. Quando as lembranças frias — das brigas — começam a se esgueirar pela minha mente, é hora de mudar de assunto.

Capítulo 28

A Comandante Amanda Gallico não é nenhum desafio para o Google. Você se surpreenderia com a quantidade de sites que existem sobre ela. Nunca tinha ouvido falar antes, mas muita gente por aí já ouviu. Antes de abrir as páginas de fãs, dou uma olhada nos sites mais oficiais — livrarias, a página da autora, revistas de ficção científica, até um verbete da Wikipédia. Quanto mais leio, mas gosto dessa garota espacial.

Tudo bem, ela é corajosa e peituda e tudo mais, mas é também uma filósofa. De acordo com a Wikipédia, Amanda acredita que a humanidade gastou energia demais na busca por poder. Eles cometeram o erro de achar que poder sobre os outros e liderança são a mesma coisa.

À medida que vou lendo, praticamente posso ouvir a voz de Aimee, macia feito marshmallow, me explicando a respeito. Estamos navegando juntos pelo ciberespaço, e ela está me contando que, de acordo com a Comandante Amanda, o ímpeto de poder não é tão superevoluído quanto o ímpeto de bem-estar. E, lá no fundo, as mulheres sabem disso. Cuidar dos outros é o seu trabalho natural. E elas já viram como poderes extremos transformam babacas ditadores — como Rolio Blue, um sujeito da Galáxia Negra tipo o Hitler — em maníacos paranoicos, cruéis e babões, enquanto todo e qualquer conceito de bem-estar escapa pela escotilha da nave espacial.

Por outro lado, um líder de verdade como a Comandante Amanda não busca o poder sobre os outros. Sua intenção é conduzi-los à prosperidade, tanto interna quanto externamente. Então, em vez de pirar na maionese como aquele imbecil do Rolio Blue, ela se fortalece internamente e de forma progressiva. Livro após livro, vai tornando-se mais impressionante em sua busca pelo sistema de Planetas Brilhantes, onde vai construir toda uma nova sociedade superevoluída que é como uma única, grande e próspera família.

E, cara, para mim, isso é tudo muito profundo. Queria ter um baseado para queimar enquanto leio. Talvez quase pudesse acreditar que Amanda Gallico existe de verdade e estivesse vindo me resgatar e salvar a Terra de seus próprios Rolio Blues.

Não tenho ideia de quantas doses de uísque já virei e de quanto tempo passei navegando por sites de fãs, murais de mensagens, blogs e por aí vai. Assim é o mundo on-line — não existe tempo no ciberespaço. É quase como se tudo o que é físico evaporasse e restasse somente a sua mente e os diversos sites flutuando no nada. Por alguma razão, isso me faz sentir muito próximo de Aimee. Sei que sua mente já viajou dezenas de vezes por esses mesmos sites. Ela sabe tudo sobre a Galáxia Negra e o sistema dos Planetas Brilhantes, de trás para a frente. Posso senti-la aqui — sua presença real e gentil —, exatamente como a Comandante Amanda Gallico, em busca de um lugar em que prosperar.

De repente, levo um susto ao ouvir uma voz retumbante:

— Você tem uma nova mensagem!

Por um segundo, me sinto como se tivesse sido interrompido no meio de algo muito privado. Mas logo depois penso: "Não iria ser louco se fosse um e-mail de Aimee?" Mas não é. É de Cassidy.

Quase tenho medo de ler. Definitivamente não preciso levar bronca de uma namorada que nem é mais minha namorada. Depois de uma longa pausa, abro o e-mail, e, quem diria, é o exato oposto de uma bronca. Na verdade, ela está toda sentimental, falando da falta que sente de como nós nos divertíamos, das loucuras que fizemos, a espontaneidade. Cassidy quer que sejamos amigos de novo.

É, tá bom. *Amigos.*

Não é preciso um *CSI Oklahoma* para saber o que está acontecendo aqui. Marcus West — o Sr. Perfeitinho — está começando a petrificar os neurônios de Cassidy com o tédio. Todo mundo sabe o sonífero que a perfeição pode ser. Aposto que ele nunca falta aula. Jamais faz nada que não tenha planejado com uma semana de antecedência. Você nunca verá Marcus West caindo do telhado da casa dela no meio de um dia útil. O cara nem bebe. Que graça pode ter?

Não, tenho certeza de que Cassidy está atrás de mais do que só amizade. Mas o Sutterman aqui vai segurar a onda. Com a magistral indiferença de um Dean Martin, digito uma mensagem rápida dizendo que por mim tudo bem. Sim, sempre é bom ter mais um amigo. Mas, ao final do e-mail, não consigo me segurar e acabo acrescentando uma pequena observação de que vai rolar uma festa amanhã à noite no lago. Eu estarei lá. Vai ser divertido. Cerveja barata.

Meu dedo paira sobre o mouse por um instante, um microssegundo, talvez, e então clico em *Enviar.*

Capítulo 29

É sábado à noite na beira do lago, e está mais do que um pouco gelado. Assim é Oklahoma. Calor em fevereiro, e então vem o mês de março, e com ele uma frente fria. No entanto, não está nem perto do frio necessário para o casaco que Aimee está usando. É praticamente um monstro roxo com enchimento de pena de ganso, que a faz parecer uma bola de sinuca gigante. Deve ser a única menina que já conheci que ainda não aprendeu a sacrificar conforto em nome da moda. Ela chegou a se dar ao trabalho de passar batom de novo, mas colocar batom em uma bola de sinuca não a torna mais atraente.

Aimee realmente não está colaborando. Como vou arrumar um par para ela entre esses ratos de festa se ela não fizer a sua parte?

O plano é o seguinte: Aimee precisa de uma vida social que envolva mais do que Krystal Krittenbrink. Ela precisa de um cara, alguém como eu, só que não eu. Cody Dennis, por exemplo. Cody é divertido, mas não é o que se poderia chamar de avançado no departamento sexual. A última coisa de que Aimee precisa é de um tarado babando em cima dela.

Só tem um problema: Cody é ainda menos habilidoso do que Ricky quando se trata de falar com uma garota. Mas vou dar um jeito de conduzir a conversa até eles se conhecerem melhor. E então vou sair de fininho bem na hora em que Cassidy chegar, elegantemente atrasada, e — *bum* — tudo estará em ordem no universo novamente.

Veio uma galera boa, exatamente como sabia que aconteceria. Alguém incendiou um colchão velho — sabe-se lá de onde tiraram isso —, e agora todo mundo o está cutucando com galhos mortos. As chamas se refletem no lago com as estrelas. O cheiro de fumaça é agradável.

Já chegaram umas vinte pessoas. Alguém colocou um barril de cerveja em uma das mesas de concreto para piquenique, e Gerald, o gênio da dança, está mandando ver ali perto. Eu juro, o cara se mexe como se não tivesse osso.

— Viu alguém que você conheça? — pergunto a Aimee.

Ela olha ao redor.

— Hum, sei o nome de um monte de gente, mas não conheço ninguém.

— Logo, logo vai conhecer.

Estendo a mão para apertar de leve sua nuca, mas a gola gigante do casaco estufado me atrapalha.

Começando por prioridades, vamos primeiro até o barril. Mas tenho que admitir que, no caminho, várias pessoas me cumprimentam com um tapa nas costas e apertando minha mão. De um lado a outro, ouço coisas como: "E, aí, Sutter, tudo certo? Pronto para mais uma noitada?" Alguém pergunta se vou virar uma cerveja de cabeça para baixo, mas disfarço, como se nunca tivesse ouvido falar naquilo. E o próximo diz:

— Sutter, meu caro, quero ver você atravessar essa fogueira.

Mas eu o dispenso com um aceno de mão.

— Isso é passado.

Perto do barril, os três caras na fila se viram para me cumprimentar. Acho que sou exatamente o tipo de cara que as pessoas gostam de ver em uma festa.

É claro que, assim que abro a torneira, Aimee diz que não bebe. Digo a ela que não tem problema, tudo o que tem que fazer é segurar uma cerveja e ao menos passar a impressão de que talvez esteja se divertindo. Isso dito, viro minha cerveja e imediatamente pego outra para começar com o pé direito.

A má notícia é que não vejo Cody Dennis em lugar algum. E a notícia ainda pior é que Jason Doyle está vindo na nossa direção.

— Fala, Sutterman — diz ele, daquele jeito característico em que finge dar uma de puxa-saco, muito embora seja *exatamente* isso que esteja fazendo. — Acho que agora que você chegou, podemos chamar isso de festa.

— Pode ser.

Ele se vira para Aimee, avaliando o casaco estufado.

— Sabe de uma coisa, Sutter? É melhor segurar esse balão antes que saia voando por aí.

Por sorte, Aimee não parece entender a piada.

— Bem, valeu por vir falar com a gente, Jason. Agora pode ir se cuidar. Vai pela sombra.

— Ei, cara — retruca ele, me segurando pelo braço. — Qual a pressa? Não vai me apresentar?

Bom, deixe-me explicar aqui que Jason Doyle é a última pessoa que gostaria de apresentar a Aimee. O cara é um canalha de marca maior. Para ele, qualquer coisa que use calcinha e sutiã está valendo. Não. Qualquer coisa que tenha *acabado* de começar a usar sutiã. No outono passado, um de seus melhores amigos — Ike Tucker — o encontrou dando uns amassos em sua irmã de 13 anos. Certo, ela talvez até já tivesse o corpo meio desenvolvido, mas ainda assim, *13 anos*? Nem preciso dizer que Ike deu uma surra nele. Na verdade, ele abriu a cabeça de Jason com um despertador. Teve que levar um milhão de pontos. Mas agora os dois são amigos de novo.

A questão é que, pela a cara dele, sei que Jason já está imaginando o que existe debaixo desse casaco roxo gigante. Um par de peitos roliços, talvez, ou, quem sabe, uma bunda gostosa? É um mistério, mas ele está mais do que preparado para a investigação.

— Ei, olha só — alerto, virando para trás —, Alisa Norman veio produzida hoje. Aquele suéter vermelho é de matar.

Jason se vira para onde Alisa está rindo com as amigas. Ela não está usando um casaco fofo e gigante.

— Delícia — comenta Jason. — Mas de que adianta? Aonde ela vai, Denver Quigley vai atrás.

— Hoje não — retruco. — Você não ficou sabendo? Eles terminaram. Ela o descartou como um cocô congelado num 747. Está na pista pra negócio.

— Não brinca?

— É sério.

E ele fica de pé ali, avaliando a situação. É impossível resistir ao suéter vermelho.

— Falo com vocês mais tarde. Acho que vou dar um pulo ali para parabenizar Alisa por seu bom senso.

— Boa, garoto — elogio.

É claro que Alisa não terminou com Quigley, e, na verdade, ele deve chegar a qualquer momento, mas isso me faz sentir culpado? Nem um pouco. Um cara como Jason Doyle sempre merece um olho roxo.

Capítulo 30

Aimee deve estar um pouco nervosa. Afinal de contas, vejo quando ela dá uma bicada na cerveja. Ela faz uma careta, como se tivesse engolido meio litro de água sanitária, mas pelo menos é um começo. Tento acalmá-la fazendo um resumo das pessoas na festa, mas, com todo mundo passando para bater papo comigo, inclusive três ex-namoradas, não consigo ir muito longe. O problema é que não sou um reserva quando se trata de festas. Não sou do tipo que fica na de fora. Gosto de estar no centro das atenções.

Aimee, no entanto, não tem a menor ideia das regras do jogo, muito menos de como jogar. Tento envolvê-la nas conversas, sem muito sucesso, nem mesmo quando Shawnie Brown, minha namorada do segundo ano do ensino médio, aparece. Shawnie é muito expansiva e aberta. Ela faz umas expressões faciais exageradas para pontuar suas histórias e adora quando a gente fala como se fosse da máfia italiana. É muito engraçado. Mas juro para você que, a cada segundo, Aimee parece encolher mais e mais dentro do casaco roxo gigante.

E, por fim, lá está ele — Cody Dennis, em toda a sua glória, com o olhar de cachorrinho pidão.

Na mesma hora, puxo Cody na nossa direção e o apresento a Aimee. Ele olha para o casaco, mas não faz nenhuma piada. Na verdade, praticamente não diz nada. Sou eu quem tem que manter as histórias rolando para que a conversa não congele em um longo e penoso trecho de tundra. E lá vou eu: falo sobre a festa na casa de Paxton, a outra no La Quinta Inn, e a mais irada de todas, a festa do lago no verão passado, até que terminam as histórias sobre festas e, por pura sorte, toco no assunto perfeito para uma conversa: minha pesquisa na internet sobre a Comandante Amanda Gallico e a série de livros *Planetas Brilhantes*.

Neste ponto, os olhos de Aimee se acendem com um brilho novo. Ela conhece todos os sites que li e me pergunta o que achei. Surpreendentemente, eu me lembro de bastante coisa e a impressiono com minhas teorias sobre a filosofia por trás da aventura da Comandante Amanda.

— Prosperidade interior. É essa a sacada. É só ver os Planetas Brilhantes. Chega de acumular poder. Chega de escravidão. Não precisamos disso. De nada disso. Só precisamos comungar com a natureza, sei lá, comer alfafa.

Ela adora a ideia.

— Você tem que ler os livros. Você meio que me lembra o Zoster. É o único que realmente entende a comandante. No terceiro livro, eles ficam presos juntos numa prisão em uma caverna shuxushiana e fogem para o submundo de Marmoth, que é de onde tirei a ideia para o tipo de fazenda que quero ter um dia. Vou te emprestar o livro. É um bom começo para quem quer conhecer a série.

— Ótimo — digo. E algo no jeito como seu rosto branco se ilumina de entusiasmo em contraste com o roxo do casaco me toca. É como se a onda da minha cerveja tivesse subido a um nível totalmente novo. Quase me esqueço de Cody de pé ao nosso lado, para não falar da razão para tê-lo arrastado até ali em primeiro lugar. — Desculpe, Cody. — Dou um tapinha em suas costas. — Não era minha intenção deixá-lo isolado em outra galáxia.

Mas ele não parece nem um pouco entediado.

— Que isso, cara. Sem problema. Sou ligado em ficção científica. Vocês já viram aquela coleção de graphic novels chamada *Touro solar*, de Lawrence Black?

Eu solto algo como:

— Acho que não.

Mas é claro que Aimee está toda:

— *Touro solar*, claro. Adoro *Touro solar*.

E lá se vão os dois, me deixando para trás dessa vez. Sei que deveria estar feliz. Foi exatamente para isso que trouxe Aimee à festa. Mas a verdade é que aqui em minha galáxia alheia a *Touro solar* está meio frio demais.

Ela ri para algo que Cody diz sobre uma lhama impulsionada a foguete, ele estica a mão e toca a ponta da manga do imenso casaco roxo. Ela se aproxima dele, o rosto ainda iluminado. É ridículo, mas minha vontade é de pular no meio dos dois, talvez levá-la para outro lugar. Porém, neste exato instante, Cassidy surge na clareira do outro lado do barril, parecendo uma deusa gorda da beleza, e sou transportado para outra galáxia ensolarada, bem longe de lhamas e de touros solares.

Capítulo 31

Digo a Aimee e a Cody que volto em um instante, mas eles mal reparam. Do outro lado, Cassidy está de pé sob um galho de um carvalho sem folhas. Ainda não me viu, mas sei que está procurando por mim. E então, Marcus West surge das sombras e passa o braço ao redor dela. Você alguma vez começou a acenar para alguém e então percebeu que, na verdade, a pessoa não estava acenando para você, e então você muda de ideia e coça a cabeça? Foi assim que eu me senti. Só que em vez de coçar a cabeça, mudei minha trajetória de Cassidy para o barril de cerveja.

De qualquer forma, preciso de um refil. Sempre preciso de um refil em uma festa como essa. Cerveja teor 3,2 barata. Na verdade, viro um copo e encho o segundo. Cassidy e Marcus agora estão conversando com outro jogador de basquete e sua namorada. Tudo bem, digo a mim mesmo. Não tem por que não ir até lá. É claro que ela viria com Marcus. Esta não vai ser a noite em que vamos reatar o namoro. Esta vai ser a noite em que ela vai perceber como é inevitável que a gente reate o namoro.

— E aí, gente? — cumprimento, aproximando-me do grupinho. — Qual é a parada? Ninguém vai beber?

— Eu não — responde Marcus. — Mas vi que você já pegou duas só para você.

— Só trouxe uma a mais, para o caso de alguém querer — retruco, com os olhos fixos em Cassidy.

— Claro. Obrigada — agradece ela, sem qualquer observação sarcástica sobre mim e as cervejas.

Agora, os amigos com quem eles estão conversando — Derrick e Shannon — já são outra história. Os dois me encaram como se eu fosse algum tipo de estrangulador famoso que acabou de aparecer com um buquê de rosas mortas no funeral da última vítima.

Porém, não estou aqui para criar problemas. Ao menos nada que seja muito óbvio. Só vou ficar por perto e deixar minha positividade nata ressonar, talvez solte uma piada interna aqui e outra ali, algo que só Cassidy e eu saberemos o que significa. Não preciso fazer grandes declarações. Não preciso arrumar briga ou me exibir ou chegar cavalgando um corcel branco. Só deixar o bom e velho Sutterman irradiar suas ondas positivas já vai ser mais que suficiente para fazer Cassidy relembrar o que está perdendo.

Não é preciso mais que dez minutos conversando para eu fazer todo mundo rir, até mesmo Derrick e Shannon. Eles ficam loucos com a história da época em que eu estava bem nos primeiros anos da escola e organizei uma corrida entre um schnauzer e um poodle e ainda cobrei ingressos. Veja bem, é difícil não se divertir comigo. Sei o que estou fazendo. Sou um cara engraçado. E espalho a prosperidade para todos e qualquer um.

É só acabar de contar a história e ouço uma voz por sobre meu ombro.

— Qual a graça?

É Denver Quigley. Ele é alto e tem os cabelos louros e espetados, e uma testa enorme de Neandertal. Nunca entendi o que Alisa Norman vê no cara, não tanto por sua aparência, mas porque o sujeito é tão interessante quanto 5 quilos de asfalto.

Então o encaro e respondo:

— Schnauzers.

E ele diz algo como:

— O quê?

— Schnauzers. É isso que é engraçado. É uma palavra hilária, você não acha?

Seus olhos são tomados por uma expressão opaca e de irritação.

— Tanto faz. Alguém viu Alisa por aí?

— Claro — afirmo. — Acabei de vê-la caminhando pela beira do lago com Jason Doyle.

Seus olhos se inflamam.

— Doyle? — Ele cospe o nome como se fosse leite estragado.

— Estavam só levando um papo amigo.

E Quigley fala:

— Bem, então talvez ele queira levar um sopapo amigo.

Ele começa a caminhar na direção da multidão, e Marcus o segue de perto, dizendo:

— Ei, Denver, tenho certeza de que não é nada de mais. Vá com calma.

Derrick e Shannon vão logo atrás, e Marcus se volta e diz a Cassidy para esperar, pois ele retornará em um instante.

Assim que eles desaparecem em meio à multidão, ela me lança um olhar fulminante.

— O que você está aprontando dessa vez?

— Eu? Não estou aprontando nada.

— E Jason Doyle estava mesmo com Alisa?

— Poderia estar. Parece que ele estava com uma ideia de que ela o tinha descartado como um cocô congelado num 747.

— E você teve alguma coisa a ver com isso?

— Você ficaria muito brava se soubesse que sim?

— Na verdade, não — diz ela e sorri. — Jason merece.

— Faço o que posso em nome da justiça. Mais uma cerveja?

— Claro.

Então agora somos só eu e Cassidy, do jeito que deveria ser. Caminhamos até o barril, e eu a atualizo sobre como as coisas estão indo bem entre Ricky e Bethany. Ela fica feliz por Ricky e tem que admitir que fiz uma boa ação ajudando os dois.

— Então, agora você acredita que eu só estava com Tara Thompson para ajudar Ricky? — É uma pergunta ousada, considerando a delicadeza do assunto, mas às vezes você tem que mergulhar de cabeça.

Ela me fita por um segundo e então faz que sim com a cabeça.

— É. Acho que sim. Mas não acho que fosse um sacrifício e tanto. Quero dizer, Tara é bem bonitinha.

— Bem, me deixe pensar, quem eu iria preferir? — digo, estendendo as mãos como uma balança. Cassidy é a mão com o copo de cerveja. — Desse lado, a bonitinha Tara. — E baixo de leve minha mão livre para indicar o peso da beleza de Tara. — E deste lado, a deliciosamente fantástica Cassidy. — E levo minha mão lá embaixo. — Acho que está bem óbvio, não?

Ela coça o nariz e balança a cabeça.

— Não ri assim pra mim. Você sabe o que acontece comigo quando ri desse jeito.

— Ah, eu sei que sou irresistível. — Abro o sorriso um pouco mais. — Não posso fazer nada.

Neste instante, ouvimos um grito do outro lado da multidão. Alguém está morrendo de raiva.

— Ih. Quigley deve ter encontrado Jason.

Em pouco tempo, sons de briga se seguem a outro berro furioso, e uma roda se abre no meio da multidão. Cassidy e eu contornamos o círculo para ter uma visão melhor, e, sim, lá está Quigley, mas não está batendo em Jason. Não reconheço o cara. Deve ser alguém de outra escola que não sabe dos perigos de se dar em cima de Alisa Norman.

Mas se não é Jason na mira dos punhos de Quigley, quem será? Lá está Alisa em seu perigoso suéter vermelho, e Derrick, tentando afastar Quigley, e Marcus, se colocando entre o grandalhão e o pobre coitado de outro colégio. Por todos os lados vejo gente rindo, gente assustada, gente gritando palavras de encorajamento. Mas nada de Jason. E nada de Aimee.

Quigley se solta de Derrick, e Cassidy grita:

— Marcus, cuidado!

Mas é tarde demais: ele dá um murro e erra o alvo, acertando Marcus bem no meio da orelha.

Cassidy exclama:

— Derrick, tira o Marcus daí, tira o Marcus daí!

E sai correndo por entre as pessoas.

Mas agora já está tudo bem: Derrick e Marcus conseguem segurar Quigley, e os outros garotos o estão levando embora. Cassidy segue Marcus de perto, pousando a mão com carinho em suas costas, acho que apenas para dizer que está ali e lhe dar apoio.

Taí um desenrolar que não havia previsto. Quero dizer, levar um soco na orelha em meio a um ato de heroísmo é algo que definitivamente vai atrair a atenção de Cassidy e desviá-la do fato de como sou divertido por pelo menos trinta minutos. Que belo banho de água fria.

Então, de repente, ouço uma voz em minha orelha.

— Acho que você estava errado sobre Jason Doyle. — É Shannon, que está de pé, perto de mim. — Parece que ele arrumou outra pessoa com quem flertar.

— Onde?

E ela aponta para um canto escuro na clareira, bem longe da briga. Jason está de pé sob um grande carvalho, sussurrando algo, os lábios a pouco mais de um centímetro da orelha de Aimee Finecky.

Capítulo 32

Certo, então o que tenho que apartar não é tão perigoso quanto Marcus entrar no meio de uma briga com Denver Quigley, mas só por isso se trata de um ato menos nobre? Diria que não. É provável que haja muito mais em jogo. Sei o que Jason tem em mente. Ele está pensando: "É hora de descascar essa uva gigante e provar um pouco desse suquinho doce e nerd." Pena que Cassidy não saiba o que estou prestes a fazer.

— E aí, cadê o Cody? — digo, no exato instante em que Jason se aproxima para cheirar o cabelo de Aimee.

— Ah, foi embora — responde Jason, marcando território. — Acho que não aguentou a competição.

Aimee está com cara de quem acabou de sair de uma montanha-russa e está prestes a vomitar.

— O que aconteceu? — pergunto a ela. — Bebeu outra cerveja?

Antes que possa responder, Jason se intromete:

— Acho que dei mais um copo a ela. — E sorri com malícia. — Estava precisando se soltar. Digo, socialmente.

Toco seu queixo com a ponta dos dedos e ergo seu rosto para que olhe para mim.

— Está tudo bem?

Aimee tenta um sorriso fraco.

— É... — começa ela, com seu jeito de responder monossilábico. — Não estou acostumada a beber.

— Você estava errado sobre Alisa e Quigley — afirma Jason. — Eles não terminaram coisa nenhuma. Acho que um coitado acabou de descobrir isso. — Agora seu sorriso é tomado de escárnio. Tenho certeza de que suspeita que aprontei para cima dele.

Então eu digo:

— Foi por isso que vim até aqui. A briga acabou. Mas Quigley não ficou satisfeito. Está perguntando sobre todo mundo que falou com Alisa antes de chegar aqui. E está anotando os nomes, cara.

Na mesma hora, o escárnio evapora do rosto de Jason.

— Espere aí. Eu só perguntei se era verdade que eles tinham terminado. Quando ela disse que não, caí fora no mesmo segundo.

— Tudo bem — falo, cheio de simpatia. — Tenho certeza de que Quigley vai entender. Você sabe como ele é.

Agora é Jason que parece prestes a vomitar.

— É, eu sei. Merda. — E então olha de lado para Aimee, rostinho pálido, batom nos lábios, casaco roxo gigante. — Sabe de uma coisa? Tenho que ir. Falo com você no colégio.

— Ei, Jason — grito, assim que ele vai embora. — Melhor pegar o caminho mais longo até o seu carro.

Ele me dispensa com um aceno, mas tenho certeza de que vai manter distância segura de Denver Quigley.

Aimee tenta uma versão um tanto desajeitada do velho sorriso "enfim sós", mas, para falar a verdade, não sei o que fazer com ela. Já a salvei das garras do tarado do Jason Doyle, e Cody Dennis foi um fiasco — o que me resta agora?

Depois da briga, a festa voltou ao normal, e lá está Cassidy, perto de um grupo de atletas. E está olhando direto para mim. Não sou capaz de dizer o que está se passando naquela mente feminina, mas Marcus caminha e passa o braço ao redor de sua cintura, ela retribui o gesto. No entanto, continua me encarando, então faço a única coisa em que consigo pensar: passar o braço ao redor dos ombros fofos de Aimee.

— Vamos caminhar pelo lago — sugiro, ainda fitando Cassidy. — A festa está fraca.

— Sério? As outras festas costumam ser diferentes?
— Não, são todas iguais.

Ao redor do lago, há uma rua de terra, e no caminho até ela pego um Keep Cooler de morango com Shawnie, não para mim, claro, mas para Aimee. Ela parece estar precisando.

— Hum, gostei disso — diz, depois de uma bicadinha. E dá um gole maior. — É bem gostoso.

Enquanto caminhamos sob uma lua quase cheia, continuamos a conversar sobre a Comandante Amanda Gallico e Zoster, o submundo de Marmoth, e Adininda, a bela sereia da segunda lua do planeta Kosh. Estou começando a achar que de fato seria legal ler alguns desses livros. Quero dizer, sou um leitor e tanto, mas em geral de coisas na internet, blogs, MySpace, revistas independentes e coisas assim.

Sempre leio biografias na internet — Dean Martin, Sócrates, Joana D'Arc, Rasputin, Hank Aaron, Albert Schweitzer. E, claro, adoro os nomes triplos — Edgar Allan Poe, Lee Harvey Oswald, Jennifer Love Hewitt. A vida das pessoas é interessante. Livros parecem algo fora de moda, mas, quer saber, posso fazer algo fora de moda se for legal.

Depois de terminar minha cerveja, tiro minha garrafinha do bolso interno do casaco.

— Então, se você pudesse participar de qualquer aventura neste planeta, e estou falando de uma aventura na vida real, o que seria?

Ela dá mais um gole no Keep Cooler e responde:

— Acho que deveria ter a ver com cavalos. Um dia, vou fazer uma trilha a cavalo pelas montanhas, como a serra do Sangre de Cristo, no Novo México.

— Nunca fui lá.

— Também não. Só vi em livros.

— Seria legal — comento, embora seja difícil visualizar uma rata de livros pálida cavalgando as montanhas de calça de couro e chapéu de caubói. — E aí, você iria sozinha?

— Não, levaria alguém comigo.

— Quem? Alguém como o tal do Zoster?

— Talvez. — Ela fita a rua, ao longe. — E você? Que tipo de aventura gostaria de viver?

— Ei, todo dia é dia de aventura para mim. Não sou do tipo viajante solitário. Mas já pensei em ir à Amazônia. Eu chegaria lá e lutaria contra as empresas e os tratores que estão desmatando a floresta e afastando os índios do seu Jardim do Éden e transformando-os em mendigos. É o que eu faria.

— Seria legal — elogia ela, mas fico com a impressão de que esperava que eu aderisse à ideia da viagem a cavalo, então acrescento:

— Já imaginou andar a cavalo na floresta tropical? Quero dizer, você não iria querer se despencar até lá para ter o pé comido por uma tarântula exótica. Não. O jeito é chegar com cavalos a bordo de um barco e sair cavalgando pelas trilhas incas antigas e tudo mais.

Isso a anima um pouco.

— Aposto que dá para fazer. Aposto que eles têm montanhas com vistas que ninguém nunca viu na vida.

— Ah, seria panorâmico, não tenho dúvidas. Nunca se sabe, vai ver ainda existe algum vale secreto com pterodátilos voando e tudo.

— É. Seria uma viagem e tanto.

Nossos ombros se tocam enquanto caminhamos, e ela ergue os olhos e sorri.

Mais adiante na rua de terra, há um píer coberto onde as pessoas pescam, então caminhamos até ele e nos sentamos na mureta, de frente para a água. As estrelas estão brilhando e fazem cruzes de luz nas ondas negras e mansas do lago. Aimee está quase no final do Keep Cooler. Queria ter trazido mais uns dois. Quando ela termina, pego a garrafa e arremesso no latão de lixo a uns 6 metros de distância. Ela emite um barulho alto ao bater dentro da lata, e eu comemoro:

— E ele acerta uma de três pontos!

Como prêmio, dou um gole na garrafinha de bolso e, por incrível que pareça, ela pede para provar.

— Tem certeza? É bem forte.

— Só um pouquinho, para ver como é.

Aimee levanta a garrafa e bebe mais do que um gole, e, de repente, está tossindo e se engasgando, os olhos arregalados. Dou um tapa em suas costas, mas tem muito casaco ali para adiantar de alguma coisa. Por fim, ela se acalma e diz:

— Uau! Acho que desceu pelo lado errado.

— Avisei que era forte.

— Vou tomar cuidado da próxima vez.

— Da próxima vez? É assim que eu gosto. Você cai do bonde, mas logo fica de pé.

— Me dê um tempinho.

Seus olhos estão cheios d'água, mas ela está sorrindo, e não é o sorriso de quem havia pouco estava enjoada. Está se divertindo horrores.

Fitamos o lago por um instante.

— Sabe de uma coisa? Tem algo mais que eu gostaria de fazer. Não é uma grande aventura nem nada assim, mas representaria muito para mim.

— E o que é?

Ela olha minha garrafa.

— Posso dar mais um gole?

— Já?

Ela faz que sim. Dessa vez, é um gole pequeno. E quando isso não a faz engasgar, dá outro mais longo.

— Nada mal — comenta. — Desce queimando, mas não é ruim.

— Pois é, é gostoso. — Também dou um gole. — E então, que coisa é essa que representaria tanto para você?

— Bem, não é algo que já tenha contado a ninguém, nem à minha amiga Krystal. Mas o que realmente queria era ir morar com minha irmã em St. Louis e fazer faculdade no mesmo lugar que ela, na Universidade de Washington. É uma universidade muito boa.

Fico me perguntando por que o segredo. Parece algo perfeitamente normal de se desejar.

— Não vejo por que você não poderia ir. Tenho certeza de que suas notas são boas o bastante.

— O problema não são as notas. É a minha família. Minha mãe diz que tenho que ficar e ajudar com as entregas de jornal e as contas e tudo o mais. Ela já não é mais tão saudável quanto antes, com o coração e tudo mais. Daqui a uns dois anos meu irmão vai poder ajudar mais, mas até lá vou ter que ir para uma universidade pública aqui perto.

— Você está brincando, não está? — Fico encarando-a, espantado com o que está me dizendo, mas Aimee apenas fita as águas escuras. — Quero dizer, você é esse gênio absolutamente extraordinário, e a sua mãe vai fazer você estudar em uma faculdade pública qualquer? De jeito nenhum. Você tem que ir para St. Louis morar com sua irmã *agora*.

No entanto, ela me explica a situação. Ambith, a irmã, teve uma briga do outro mundo com a mãe quando se mudou para entrar na faculdade e agora as duas praticamente não se falam mais. Ambith conseguiu uma bolsa, mas ainda tem que trabalhar em horário integral para se virar. Então, dia sim dia não, a mãe de Aimee vem com o discursinho de como a família vai se arruinar se ela abandonar as entregas de jornal.

E ainda tem Krystal Krittenbrink, que está planejando ir para a Universidade de Oklahoma, que fica só a uns vinte minutos de distância, e, portanto, está contando que Aimee fique para continuar sendo sua melhor — e provavelmente única — amiga. É ridículo.

— Uau! Essas pessoas realmente montaram em você.

— Por que você diz isso?

— Elas fizeram você achar que é uma espécie de Atlas que tem que carregar o mundo inteiro nas costas. Mas você não é. Você é só você. E já tem os próprios problemas com que se preocupar. O que você tem que fazer é o seguinte: primeiro, tome outro gole do uísque, só um pouquinho.

— Por quê?

— Confie em mim.

— Tá bom. — Ela pega a garrafinha e dá um gole. — Uau! Essa desceu queimando de verdade.

— Certo, agora quero que você repita depois de mim: Krystal Krittenbrink, sua idiota, vê se não me enche.

— O quê?

— Apenas diga.

Ela faz uma tentativa, só que baixo demais e sem o "sua idiota", mas não vou deixá-la se safar assim tão facilmente.

— Não. Você tem que dizer com convicção, e tem que dizer o "sua idiota". Xingar é cem por cento necessário em uma situação dessas.

— Talvez seja melhor tomar mais um gole.

Passo a garrafinha para Aimee, que dá uma golada boa e então tenta mais uma vez. Agora, ela fala de coração, só que o xingamento ainda precisa ser trabalhado. Então digo para repetir, só que mais alto, e grito na direção do lago para demonstrar como ela deve fazer:

— Krystal Krittenbrink, sua idiota, vê se não me enche!

Ela tenta de novo, e eu insisto:

— Mais alto.

E dessa vez ela grita de verdade. E sei que está gostando porque nem preciso incitá-la a gritar uma segunda vez, e, por fim, sua voz sai como uma pedra imensa e pontiaguda que voa flamejando na direção do lago.

Em seguida, faço Aimee se expurgar de sua mãe e então de Randy, o namorado preguiçoso, inútil e viciado em Dr. Pepper da mãe. É o máximo. Estamos os dois berrando, um depois do outro.

— Krystal Krittenbrink, sua idiota, vê se não me enche!

— Randy, seu babaca, vê se não me enche!

— Mãe, sua mala, vê se não me enche a porra do saco!

Praticamente dá para ver os monstros sombrios que faziam peso em sua barriga sendo expelidos na fúria de cada esguicho do vulcão. Gritamos cada vez mais alto, até estarmos rindo tanto que mal conseguimos falar. Nunca a vi rir desse jeito antes. E é uma visão e tanto, tipo a Torre Eiffel ou a Maior Marmota do Mundo.

— É bom, né?

— Não — corrige ela. — É *ótimo*!

— E agora, só mais uma vez. Uma última pessoa.

— Quem?

— O cara que partiu seu coração.

— Que cara?

— Você está me dizendo que ninguém jamais partiu seu coração?

Ela fita a água e começa a mexer com os próprios dedos.

— Fala sério. Você não pode ter 17 anos sem ter passado por pelo menos uma relação desgastante e doentia.

Aimee leva um tempo antes de conseguir dizer alguma coisa.

— A verdade é que nunca namorei ninguém.

— Bem, não precisa ser nada de mais, nem muito profundo. Só quis dizer um cara com quem você tenha saído alguma vez.

Ela baixa os olhos para as mãos.

— Os garotos não pensam em mim desse jeito.

— Do que você está falando?

— Eles não me veem como namorada. Não me acham bonita nem nada assim.

Isso é pesado. Claro, ela não é uma máquina de gostosura, mas também não é uma gárgula.

— Você está maluca! Não reparou que tanto Cody Dennis quanto Jason Doyle estavam dando em cima de você logo agora?

— Não, não estavam.

— Estavam sim. Você é uma graça. Quero dizer, olhe só essas sobrancelhas bem-desenhadas e a boca fazendo beicinho. Você é sexy.

— Ah, tá bom. — Ela é incapaz de me olhar nos olhos. — Você só está dizendo isso porque é um cara legal.

— Eu, um cara legal? Você está brincando, né? Não tenho nada de legal. Estou falando sério. Quero dizer, se não estivesse falando sério faria isso aqui?

Ergo seu queixo e tasco um beijo ali mesmo. E não estou falando de um beijinho educado de amigo e cara legal. Estou falando de um beijo de língua longo e demorado, de arrancar os dentes, e com todos os adicionais incluídos.

— Uau! — diz ela, assim que me afasto.

— Eu que o diga, *uau*!

E só para ter certeza de que entendeu meu ponto, volto para outro beijo. O que mais posso fazer, deixar a menina aqui sentada em uma mureta sob o luar achando que está fadada a passar o resto da vida sem ninguém?

Capítulo 33

Ressacas são um negócio complicado. Uma espécie de pegadinha. Nunca se sabe ao certo como vão atacar você. Antigamente, gostava de ressacas. Não ficava com dor de cabeça, nem passava mal ou nada parecido. Pelo contrário, me sentia purificado. Libertado. Se na noite anterior tivesse ido a uma festa de verdade, me sentia como um sobrevivente, como um Robinson Crusoe depois de um naufrágio, arrastado até uma praia em um novo dia, pronto para a próxima aventura.

Atualmente, no entanto, minhas ressacas começaram a demonstrar um lado maligno. É o oposto da sensação agradável de libertação — em lugar disso, uma culpa vaga e estranha. Talvez seja só um fator químico, o cérebro velho falhando, as conexões entrando em curto. Ou talvez seja um resultado de não me lembrar exatamente tudo o que fiz na noite anterior.

Por exemplo, não sei dizer como entrei em casa sem que minha mãe e Geech percebessem que eu tinha saído. Em geral, explicaria isso com um argumento como ser o bêbado de Deus — que ele está me protegendo em minha singela intoxicação —, mas aí você começa a se perguntar o que mais pode ter feito na noite anterior, o que falou, o que fez e com quem. E então, de uma hora para outra, você acaba passando metade do dia se sentindo o próprio Anticristo quando na verdade não fez nada para ferir ninguém.

E é esse tipo de ressaca que tenho na manhã seguinte à da festa. Digo "manhã", mas já é mais de meio-dia quando acordo. Por alguma razão, assim que abro os olhos começo a me preocupar com Aimee. É ridículo. Não fiz nada além de tentar levantar o moral da menina. Ela gostou dos beijos. Disso não há dúvida. E, para falar a verdade, também não achei nada mal. Teria dado mais uns quando a deixei em casa, mas acabei tendo que segurar seu cabelo enquanto ela vomitava na porta de casa.

Mas o que aconteceu entre a hora em que saímos do píer e o momento em que nos despedimos ficou um tanto nublado. Tento me lembrar sobre o que falamos no caminho de casa, mas minha memória parece um relógio quebrado e faltando peças. Sei que combinamos de fazer alguma outra coisa juntos, mas não sei dizer o que era. Tenho uma desconfiança incômoda de que a chamei para a festa de formatura, mas pode ser só uma peça que a ressaca está pregando em mim. Quero dizer, por que faria uma coisa dessas? Ainda falta muito tempo para a festa, e é bem provável que eu já tenha voltado com Cassidy até lá.

E então outra lembrança me vem à cabeça, e, desta vez, tenho certeza absoluta de que realmente fiz isso. Eu disse a ela que a ajudaria nas entregas hoje de manhã. E não estava brincando. Realmente tinha intenção de acordar às 3 da manhã e dirigir até a casa dela com uma garrafa térmica de café instantâneo. Mas, aparentemente, não cheguei a ligar o despertador. Foi um erro normal. Poderia ter acontecido com qualquer um. Ainda assim, a ideia de Aimee sentada na porta de casa, me esperando no frio, é forte o suficiente para deixar até o papa se sentindo o Anticristo.

Em uma ressaca dessas, o melhor a fazer é tomar um banho, comer algo pesado e cheio de proteínas, tomar uma dose de uísque e ir até a casa de Ricky. Nada pode fazê-lo se sentir mais comum do que estar junto de seu melhor amigo. Com mamãe e Geech batendo perna na rua a tarde toda, não vai ser difícil escapar, exceto por um pequeno detalhe extraordinário. Quando ligo para a casa de Ricky, sua mãe diz que ele ainda não voltou da igreja com Bethany. Isso é demais. Ricky, na igreja? O que está acontecendo com o mundo?

Por sorte, ele liga de volta mais ou menos uma hora depois, e eu o convenço a ir até o shopping para ficar de bobeira. Não falo uma palavra sobre o lance da igreja. Não por enquanto. No caminho até o shopping, percebo que Ricky ainda não acendeu nenhum baseado. Quando toco no assunto, ele diz que está sem erva.

— Acabou? Desde quando você fica sem erva?

— Já falei, cara, estou diminuindo. De que adianta ficar doidão o tempo todo? Não tem mais graça. Perdeu a magia.

— Acho que é um jeito de se ver as coisas. — Estou começando a me arrepender de ter colocado Ricky na fita de Bethany.

— Além do mais, é meio cansativo ir para o cinema doidão e olhar para o letreiro e pensar que os horários das sessões é o preço do ingresso. Eu me lembro de ficar de pé lá, pensando: "Dez e quinze? Que tipo de preço é 10 dólares e 15 centavos?" Complicado demais.

— É, uma vez estava abastecendo o carro e pensei que o número de litros fosse o preço. Cheguei até a discutir com o cara do caixa. Foi muito engraçado.

— Mas não significa que eu não possa arrumar um pouco se você quiser.

— Não precisa. Você me conhece. Só fumo quando bebo. Além do mais, acho que já estou com ressaca o suficiente.

— Encheu a cara na noite passada?

— Não diria encher a cara. Só fiquei meio calibrado.

Capítulo 34

No shopping, pegamos dois cafés com leite e paramos perto da escada rolante para ver as pessoas passando. O problema é que tenho a sensação de que está todo mundo olhando para mim, em vez do contrário. Na verdade, não tem ninguém me olhando, é só essa paranoia assustadora de que não me encaixo, como acontece quando não bebo o suficiente antes de fumar um. Como se os outros fossem normais — cachorrinhos beagles ou dachshunds —, e eu fosse uma cruza gigante entre um terra-nova e um pônei. Praticamente posso ouvi-los pensando: "O que diabos esse pônei-terra-nova está fazendo aqui?"

— Não tem ninguém interessante hoje — comenta Ricky.

E eu respondo:

— Isso porque você não está doidão. Eu mesmo poderia beber alguma coisa.

— Achei que estivesse diminuindo.

— De onde você tirou isso?

— Você que falou. A gente estava conversando. Eu disse que só iria beber nos fins de semana.

— Hoje é domingo, cara. Oficialmente, ainda é fim de semana.

— Você me entendeu. Parar de exagerar. Tudo com moderação.

— Tudo com moderação? O que está acontecendo com você? Sem erva, frequentando igreja aos domingos. Escuta uma coisa, cara, nós nascemos para ser selvagens. Para desbravar o desconhecido de tapa-sexo e armados com zarabatanas e facas. E agora olha só para você. Daqui a pouco estou chamando você de pastor Ricky.

E você vai pregar sobre a ira divina. E vou dizer: "Conheci aquele cara em uma época em que ele achava que a única razão de ser da religião era nos transformar em zumbis."

Ele balança a cabeça.

— Cara, para que eu iria precisar de uma zarabatana? O que iria fazer, alvejar um hambúrguer no McDonald's? De qualquer forma só fui à igreja porque é o que ela faz.

— Podemos chamá-lo de "hipócrita", senhoras e senhores?

— Não enche, Sutter. Não sou hipócrita.

Mas não vou deixá-lo se livrar assim tão fácil.

— É, vai começar, *Madrugada dos mortos*, estrelando Ricky, o zumbi, cambaleando pelo shopping. Você vai ser aquele cara ali descendo a escada rolante, de sandália, meia e pochete, levando o filho em uma coleira.

Ricky dá uma risadinha, embora a piada seja sobre ele.

— Cara, você não sabe do que está falando. Em primeiro lugar, não tenho nada contra religião. Não é como se não acreditasse em algum tipo de Deus. É só que essa baboseira de "mais sagrado que tudo" me irrita. Além do mais, não estou em busca de salvação. Só fui com ela porque é o que se faz quando se namora. Sabia? Você senta lá na frente, no terceiro banco da igreja, e fica pensando em como todas essas pessoas estão desesperadas para se sentirem amadas. E vão acreditar em qualquer ladainha. Mas a sua namorada se amarra, e você gosta dela, então você vai. Isso se chama "abrir mão". O único jeito de conseguir algo que dure neste mundo é batalhando por isso.

— Certo. Então vai durar para todo o sempre — retruco, cheio de sarcasmo. — Mas não era você o cara da teoria de que tudo tem uma obsolescência programada?

— Isso não significa que desisti. É assim que funcionam os relacionamentos.

— Olhe só para você. Tem uma namorada há duas semanas e, de repente, é o Guru do Amor.

— Bom, pelo menos eu tenho uma namorada.

— Golpe baixo. — Afundo em meu assento.

— Foi mal, mas se você quer que a Cassidy volte, precisa mudar algumas coisas, cara.

— Muitas coisas. — Conto a ele sobre o e-mail de Cassidy e sobre nossa conversa na festa ontem à noite. — Está na cara, não está? Ela está a fim do Sutterman aqui.

— Está, é? Bem, então por que quando encontramos com Shannon Williams na igreja, ela disse que Cassidy foi embora com Marcus e que ela viu você caminhando para o meio do mato com uma menina em um casaco roxo gigante, que imagino que fosse Aimee Finecky?

— Ei, não importa com quem Cassidy foi embora ontem à noite. O que importa é com quem ela vai acabar ficando, e, no final da semana que vem, pode ter certeza de que vai ser comigo.

— E você está só usando Aimee Finecky para fazer ciúmes, é isso?

— Não, não é isso. Já expliquei a história toda.

— Ah, claro, você a está resgatando do buraco negro. Mas, cara, me deixa perguntar uma coisa: o que você vai fazer quando ela se apaixonar por você?

— Se apaixonar? — Dou um gole no café com leite. Está um pouco amargo. — Acredite em mim, cara, de jeito nenhum uma menina daquelas iria se apaixonar por um cara como eu.

Capítulo 35

Na escola, nos dois dias seguintes, não é como se estivesse tentando me esquivar de Aimee. Só não me esforço para encontrá-la. Afinal de contas, não fazemos nenhuma matéria juntos. Cassidy, por outro lado, vejo várias vezes — no estacionamento, na entrada do colégio, na porta do banheiro feminino. Apenas duas vezes ela está com Marcus, então conseguimos conversar direito, rir um pouco, tocar de leve no braço, nas costas, esse tipo de coisa.

Na quinta-feira, estamos completamente à vontade um com o outro. Praticamente íntimos.

— E aí — diz ela —, você vai ter que trabalhar hoje de tarde?

— Não, Bob me passou para três vezes por semana.

— Ainda está de castigo?

— Acho que não. Minha mãe e Geech não são de se ligar nessas coisas por muito tempo.

— Ótimo, porque preciso ir ao shopping e seria bom ter uma companhia. Quer vir comigo?

— Talvez, se você quiser mesmo...

Ela agarra meu pulso — com força —, e eu digo:

— Tudo bem, tudo bem, eu vou.

— Passa lá em casa às duas — decreta. — Mas não se atrase.

Certo, vou seguir o conselho de Ricky, pelo menos de leve. Ele diz que tenho que fazer algumas mudanças se quiser conquistar Cassidy de novo, então é isso que vou fazer. Juro a mim mesmo que vou chegar na hora para buscá-la, e, sabe de uma coisa?, eu chego.

Cassidy está uma delícia. Suéter branco de fio grosso, jeans azul, bota, argolas douradas. Essa sabe muito bem como impressionar sem parecer ter se esforçado. Entramos em várias lojas — Old Navy, Gap, uma loja local chamada Lola Wong's —, mas nenhuma delas tem o tipo de calça que Cassidy quer dar de presente para sua amiga Kendra.

Tenho que admitir, no passado, quando ia às compras com Cassidy, passava metade do tempo esperando no carro. Não consigo entender o fascínio que elas sentem por shopping. Por mim, só quero entrar, comprar o que estou precisando e sair. Mas não é assim que as mulheres funcionam. Para elas, é quase uma investigação policial. Nada pode passar sem ser inspecionado. Era melhor trazer o equipamento de análise da cena do crime.

Mas este é o novo e paciente Sutter. Entro em todas as lojas e olho todas as peças, assentindo e fazendo cara de quem está escutando — "hum", "claro", "certo". Até deixo que ela erga algumas calças diante da minha cintura para ver como ficam. Como se Kendra e eu tivéssemos o mesmo corpinho! Para mim, todas as calças são iguais, mas nenhuma delas é a que Cassidy está procurando. Por sorte, trouxe minha garrafinha de bolso.

Na verdade, é bom que tenhamos que ir a tantas lojas. Quero que a tarde dure. Dá a nós dois tempo bastante para umas bicadinhas no uísque e para afastar aquela situação desconfortável de dois ex-namorados tentando fingir que são só amigos. Quando saímos da Lola Wong's, estamos nos divertindo muito, rindo de tudo, até andando de mãos dadas.

Ela diz que se dane o shopping e que pode comprar a calça da Kendra depois, então encho o tanque, e saímos por aí. O destino não importa. Não temos obrigação de estar em lugar algum. A tarde é toda nossa.

Puxo o assunto de como nos divertíamos juntos, as festas, os shows, a casa mal-assombrada no dia das bruxas. Temos histórias engraçadas sobre tudo isso. Mas ela se empolga com uma lembrança em especial: agosto do ano passado, quando nos sentamos no capô do meu carro na chuva e ficamos assistindo aos raios enlouquecidos a oeste da cidade. Estavam vindo bem na nossa direção, mas não demos a mínima.

— Aquilo foi o máximo — diz ela, os olhos brilhando. — A sensação da chuva batendo na pele era tão gostosa. E os raios cruzando o céu inteiro. Melhor do que fogos de artifício. Deve ter sido perigoso, mas sei lá, era como se eu pudesse sentir a eletricidade correndo por minhas veias ou algo assim.

— Não foi perigoso. Estávamos imunes aos raios naquela noite. Protegidos por um feitiço.

— É verdade. Estávamos mesmo enfeitiçados. — Ela para por um segundo. — Não sei quantas vezes me senti daquele jeito, bem poucas. E todas elas foram com você.

Lanço meu sorriso irresistível em sua direção.

— Bem, você me conhece, o incrível Sutter, mestre do ilusionismo.

— Se é. — Ela ri e olha através do para-brisa. — Você tem uma magia. Posso sentir bem agora. É como se nada pudesse nos tocar, como se todas as coisas no mundo, os problemas, as responsabilidades desaparecessem. Estamos no nosso próprio universo. Sinto muita falta disso.

Aperto sua nuca de leve.

— Mas não tem do que sentir falta. Estamos bem aqui. Sem preocupações, sem medos, só uma grande tarde de quinta-feira nos envolvendo em seus braços.

Ela se inclina na minha direção e esfrega a cabeça em meu ombro.

— Isso mesmo. Tudo que existe é o agora. Não quero pensar em mais nada além disso. Tudo bem? Podemos fazer isso?

Acaricio seu cabelo com a bochecha e respondo:

— Ei, sou eu, Sutter. É claro que podemos fazer isso.

* * *

Quando chegamos à minha casa, o uísque da garrafinha já tinha acabado, e entramos na cerveja, mas nem temos muito tempo para isso. Não sei quantas vezes nos pegamos no sofá da sala, mas os beijos de Cassidy nunca foram tão gostosos quanto hoje. Suas mãos sobem por dentro de minha camiseta como doninhas selvagens, e as minhas fazem o mesmo sob seu suéter. Toda vez que começo a dizer algo, sua boca se fecha sobre a minha.

É difícil continuar beijando e subir a escada, para não falar de tirar as roupas ao mesmo tempo, mas, sabe como é, a gente faz o que pode. Ao deitarmos na cama, a sensação me invade como se meu peito pudesse se arrebentar em uma explosão de cores desconhecidas. Seu corpo nunca esteve tão bonito, exceto talvez quando o vi pela primeira vez.

— Você sabe o que sinto por você.

E ela responde:

— Não fala nada.

Então, algo muito estranho acontece. Suas mãos param de se mover e seu corpo fica rígido. Continuo beijando-a com vontade, mas ela não me beija de volta. É como gritar em um desfiladeiro e ficar esperando por um eco que nunca vem.

— O que foi? — pergunto.

— Nada. Continua.

— Como assim "continua"?

— Só continua. — Ela está deitada, absolutamente parada. Os olhos fechados, e seu corpo perdeu toda a energia.

Eu me apoio em um dos cotovelos e a encaro.

— Desse jeito eu não consigo.

Claro que parte de mim está pensando que *fisicamente* sou capaz de continuar, mas não tem a menor graça. Toda magia do sexo está em querer que a outra pessoa o queira *de volta*. É o que nos separa dos animais. Isso e cortes de cabelo.

— Você está pensando no Marcus? — Odeio ter que falar o nome de outro cara quando estou na cama com uma menina nua, mas é uma pergunta que tem que ser feita.

Seus olhos se fecham um pouco mais forte.

— Você está... apaixonada por ele?

— Não quero falar sobre isso agora. — Seu lábio inferior está tremendo.

— Basta um sim ou um não. Não estou pedindo uma tese completa.

— Não sei. — As lágrimas começam a escorrer. — Talvez. Estou muito confusa.

— E eu? E a nossa tarde juntos?

— Foi isso que me deixou confusa. — Ela para e funga. Isto está com cara de que vai ser um daqueles choros de verdade, com direito a cara vermelha e lamentos cheios de meleca. — A tarde foi o máximo. Foi mesmo.

— Mas?

— Mas é só uma tarde.

— Vai haver outras.

— Eu sei. E pode acreditar, não me divirto com ninguém do jeito que me divirto com você, mas não posso viver só de diversão. Também tenho meu lado sério.

— Ei, eu sou sério. Sou cem por cento sério sobre nunca ser sério. Isso é que é compromisso.

— Eu sei. — Apenas um leve sinal de sorriso no canto dos lábios. — Mas sabe como são as coisas com Marcus? Ele tem um plano. E não fica só falando sobre deixar uma marca no mundo, ele põe a mão na massa. É só que às vezes é demais. Quero dizer, Marcus já tem tudo planejado sobre como nosso relacionamento vai caminhar, e como posso ir para a faculdade no Novo México com ele, e depois de um ano vamos morar juntos e casar assim que nos formarmos.

— Casar? Ele já está falando de casar? Depois de quê, duas semanas? O cara não conhece a definição de *bizarro*?

— E às vezes ele me faz sentir como se fôssemos responsáveis por ajudar todos os mendigos, pobres, famintos e oprimidos da cidade. E você sabe como eu sou. Também me importo com isso. De verdade. Você já me ouviu falando sobre isso um milhão de vezes. Mas não dá para pensar só nisso o tempo todo. Às vezes tenho que relaxar um pouco, esquecer do resto e viver o *agora*.

— É claro. Todo mundo precisa disso. Se você ficar se preocupando com essas coisas o tempo todo, vai acabar com um aneurisma. O sangue jorrando pelas orelhas. Os médicos empurrando você em uma maca para a sala de emergência, gritando "urgente" e "parada cardíaca" e essas coisas. Você não iria querer isso, não é?

— Não. Mas também não quero só tardes de quinta-feira. Não quero só alguns momentos. Quero uma vida inteira.

— Cassidy, caso você não saiba, a vida é feita de tardes de quinta-feira. É só ir vivendo uma depois da outra e deixar o resto dar conta de si mesmo.

Ela abre os olhos e me lança um sorriso gentil. Posso sentir o amor em seu sorriso, mas não é do tipo que dura.

— Quem me dera fosse simples assim — diz. — Você não tem ideia de quanto eu queria que fosse assim.

— Mas pode ser. É só você acreditar.

— Acho que esse é o meu problema. Sou realista demais.

Posso ver aonde isso vai chegar — e não tem nada de "felizes para sempre". O melhor a fazer é me antecipar ao que ela vai dizer.

— Tudo bem. — Dou um beijo em sua testa e uma batidinha de leve em seu ombro. — Vamos ser apenas amigos então. Venha me ver quando estiver precisando rir. Pode viver sua vida *de verdade* com Marcus.

Ela ergue a mão e acaricia meu rosto. As lágrimas escorrem para os cantos de seu sorriso.

— Você é realmente especial, Sutter. Queria que só isso bastasse. De verdade.

Quero dizer a ela que basta. Quero jurar por tudo o que há de mais sagrado que é o bastante. Mas a magia da tarde foi por água abaixo.

Capítulo 36

Na sexta à noite, encho a cara com Jeremy Holtz e Jay Pratt, e saímos para quebrar umas paradas. Nada de mais. Uns enfeites de jardim, fontes para passarinho, vasos de planta. Em geral, são os dois que quebram a maior parte das coisas, mas eu destruo completamente uns dois arbustos. A sensação é maravilhosa.

Sábado à noite é dia de festa em hotel de beira de estrada. Mais ou menos uma vez por mês, pode ter certeza de que alguém vai alugar quartos vizinhos no mesmo motel para fazer uma festa de aniversário. Este sábado é a vez da amiga de Bethany, Courtney Lane. Elas jogam softball juntas. Não conheço a menina direito, mas Ricky me convidou para ir com ele e Bethany. Finalmente. Estava começando a me perguntar se ele não me queria perto da namorada. Ou então ele só ficou com pena de mim depois de eu ter contado o que aconteceu com Cassidy na quinta-feira.

Pessoalmente, sempre achei Courtney meio sem graça, mas a festa é em um dos motéis mais legais, perto do aeroporto, então existe uma mínima chance de ser divertido. Pelo menos vai ser interessante finalmente ter uma oportunidade de avaliar Ricky e Bethany como casal.

No caminho até o motel, primeiro, eles tentam me incluir na conversa, o que dura uns cinco minutos. E então Bethany começa com um papo de como seus pais estão aumentando a casa e de como vão decorar em estilo francês antigo ou algo assim. Sabe, o tipo de assunto tedioso que as garotas gostam de falar, mas que deixam os garotos com o olhar perdido.

O engraçado, no entanto, é que Ricky entra no papo rapidinho. E fica falando de como decoraria a própria casa e do tipo de móveis que compraria, e então Bethany vem com as próprias ideias. Não dá para acreditar. É como se estivessem praticando para o dia em que forem comprar uma casa juntos.

Para mim, Ricky está cometendo um erro dos mais primários. Toda vez que uma menina fala do FUTURO, tento mudar de assunto na mesma hora. Não converso mais sobre casas, casamento, carreira ou filhos. Esses assuntos são como areia movediça. Engolem-no antes que você perceba o que está acontecendo.

Uma vez, quando estava namorando Kimberly Kerns, ela me arrastou para um conversa "que tipo de casa você iria querer", e eu disse que queria morar numa casa na árvore. Por algum motivo, isso a deixou louca, como se eu estivesse sendo desrespeitoso ou algo assim. Foi ridículo. Quero dizer, você já viu algum daqueles condomínios maneiríssimos de casas na árvore que construíram na Costa Rica?

Enfim, é como se Ricky e Bethany tivessem se esquecido completamente de mim no banco de trás. Estão detalhando cada um dos cômodos de sua casa imaginária, descrevendo tudo, desde os quadros na parede até os descansos de copo. Como Ricky é meu melhor amigo, acho que é melhor eu mudar de assunto antes que eles comecem a falar do quarto do bebê.

— Que caixa é essa aqui atrás? — interrompo, me referindo a um pacote embrulhado no banco ao meu lado.

Ricky diz que é o presente que eles compraram para Courtney, e eu respondo.

— Era para trazer presente?

— Bem, é uma festa de aniversário — diz Bethany.

— É, mas em geral festas em motel são só para encher a cara.

— Bem, esta é para se divertir.

— E qual a diferença?

— Não se preocupe — interrompe Ricky. — Tenho certeza de que nem todo mundo vai levar presente. Você pode considerar que pagar a entrada já é o seu presente.

— O quê? Entrada? Presentes? Quem são essas pessoas, um monte de capitalistas?

Ricky dá uma risadinha, Bethany não. Mas é estranho. Por que eu deveria pagar entrada? Estou levando meu próprio uísque.

Tenho que admitir que este motel está um nível acima dos usados para esse tipo de festa. Tem uma boate no primeiro andar, uma piscina interna, uma sala de ginástica e um salão com mesas de sinuca, pingue-pongue e fliperama. As suítes vizinhas são bem sofisticadas. Muito maiores do que o normal.

Infelizmente, o clima de festa é quase zero. Quando chegamos, há apenas seis pessoas sentadas, conversando. Um alto-falante microscópico emite uma melodia tão baixa que mal dá para se ouvir. Num canto, presentes embrulhados, e, na cômoda, um grande bolo branco do Wal-Mart. E eles têm ainda dois isopores, um com cerveja e outro com Coca-Cola.

Isso mesmo — *Coca-Cola*!

Ainda bem que trouxe minha boa e velha garrafinha.

Já de cara fica óbvio que não vou socializar muito com Ricky. Ele e Bethany só têm tempo um para o outro. E ficam lá conversando, olhos nos olhos e não mais que uns poucos centímetros de distância um do outro. Estão até com as duas mãos entrelaçadas. De uma hora para a outra vão estar se chamando de "benzinho".

Meu problema com demonstrações públicas de afeto é que não é democrático. É como se tivéssemos aqui um casal, e eles fossem os reis de seu próprio mundinho, e ninguém mais está convidado. Meu universo é grande demais para isso. Quando estou sozinho com uma menina, aí é outra história, mas até lá, fico chamando e enturmando todo mundo. Venham, tragam seus primos e cachorros. Ninguém está excluído. Mas ali está meu melhor amigo, praticamente construindo uma fortaleza para nos afastar.

Mais pessoas chegam, mais casais. Um monte de jogadoras de softball e seus namorados. Até que Tara Thompson chega sozinha, e fica bem claro que tem alguma coisa acontecendo. É bem provável que o principal motivo por que Ricky me chamou foi para me colocar na fita dela. Gosto da Tara, claro. Ela é bem legal. Ficaria com ela na mesma hora se não fosse o desastre com Cassidy. Mas é isso que me deixa bolado. Ricky sabe disso. Já falei que nunca vou poder ficar com Tara. E ainda assim ele está armando contra mim.

Agora, não só a festa é caída, como é esquisita. Fico de pé perto de um grupo de garotos que, entre todos os assuntos possíveis, fala sobre tênis, enquanto Tara está sentada do outro lado do quarto com Courtney, lançando olhares a cada 15 segundos. Tudo que me resta é mergulhar na garrafinha de bolso.

Tudo bem, eu poderia falar com ela. Afinal de contas, é provavelmente a pessoa mais divertida aqui. Mas aí, eu a estaria encorajando. Quando sentamos para conversar no Jardim Botânico aquela noite, não tinha nada de mais. Eu tinha namorada. É como ter um campo de força à sua volta que mantém as expectativas amorosas a distância. Tara e eu podíamos falar sobre qualquer coisa. Podíamos até nos abraçar. Mas seria apenas como amigos.

Tento o quarto ao lado. É menos esquisito, mas o fator caído está nas nuvens. Está todo mundo sentado enquanto uma menina chamada Taylor alguma coisa toca violão e canta músicas religiosas. Ninguém parece pensar que se trata de uma estranha escolha de entretenimento para acompanhar a cerveja. E por mim, tudo bem. Até Jesus precisa se divertir de vez em quando. Só que é um pé no saco.

Naturalmente, me sinto obrigado a injetar um pouco de ânimo na situação. E assim, quando a música termina, fico de pé em uma cadeira e digo:

— Maravilha, Taylor. — E puxo uma salva de palmas. — Agora, me deixa tentar uma. Taylor, vê se você consegue me acompanhar com o violão.

E começo uma improvisação típica de Sutter Keely, algo com uma pegada caribenha.

Meu nome é Sutter Keely
Mas me chamam de Sutterman
Garota, não vacile
No amor sou um Titã

— Vamos lá, gente, todo mundo dançando! — E dou uma gingada sensual.

Vamos esquentar essa dança
Vem pra cá, minha boneca
Quero ver como você balança
Aqui na minha cueca
É, é, é,
Aqui na minha cueca

Bom, era de se esperar que todo mundo entrasse no clima e cantasse comigo, mas não. Eles soltam coisas do tipo:

— Saia daí, Sutter. A gente quer ouvir a Taylor tocar uma música de verdade.

— Você não tinha que estar na clínica de reabilitação?

Ricky e Bethany estão na passagem entre os dois quartos. Ricky está rindo, mas Bethany está com aquela cara, como se eu fosse um poodle e tivesse acabado de cagar no tapete.

— Ei — digo. — Só estava tentando ajudar. Não queria atrapalhar seu funeral nem nada disso.

Desço da cadeira, caminho até Ricky e aviso:

— Vou lá embaixo jogar um pouco de fliper. Quando você quiser ir embora desse mausoléu, é só me avisar.

Capítulo 37

Não sou muito de fliperama, mas qualquer coisa seria melhor do que essa festa de motel. Lá embaixo no restaurante, compro um 7UP e, assim que começo a caminhar na direção do salão de jogos, ouço uma menina gritando:

— Ei, Carmine!

Shawnie Brown, minha antiga namorada do tempo em que era ligado em morenas de olhos castanhos, está atravessando o saguão com três amigas. Carmine é o meu apelido de mafioso italiano que ela usa toda vez que nos encontramos. Na verdade, nós dois nos chamamos Carmine. Então, grito de volta:

— Ei, Carmine, e aí?

Ela diz algo para as amigas, e elas seguem para o elevador enquanto Shawnie vem na minha direção. Tem um andar muito sensual.

— Bravíssimo, Carmine. E tu, como estai?

— Tutto na mesma. Só tentando tomar distância dos patos de quella festa caída. Capisce?

— Io estava indo pra lá agora. Caída, é?

— Pode esquecer.

— Não, pode esquecer tu.

— Ah, vá benne!

— Não, vá benne tu!

Poderíamos continuar nessa para sempre, mas rimos demais.

— Mas, sério — diz ela, depois que acaba o ataque de riso —, a festa está ruim?

— Lembra daquela festa no segundo ano, na casa da Heather Simons, que os pais delas ficaram em casa?

— Tão ruim assim?

— Talvez não tanto, mas bem perto.

— Que desperdício. E eu estava começando a entrar no clima. O que você está bebendo, uísque com 7UP?

— Óbvio. Quer um gole?

— Claro. — Ela bebe um pouco e me passa o copo de volta.

Explico a situação da falta de cerveja lá em cima e sugiro que a gente compre um 7UP para ela tomar com um pouco do meu Seagram's.

— Tem uma mesa de pingue-pongue no salão de jogos. Topa uma partida?

Ela me lança um olhar de soslaio.

— Você sabe que vou destruir você, exatamente como nos velhos tempos.

— De jeito nenhum. Estou tomando esteroides. Minha cabeça aumentou três números de chapéu.

— Ainda assim, vou destruir você. — Ela ri.

Acontece que o único motivo por que Shawnie veio à festa de Courtney é porque suas amigas acharam que talvez viessem alguns garotos bonitos. O que é novidade, porque ela estava namorando um cara chamado Dan Odette há uns seis meses. Pergunto o que aconteceu, e ela responde:

— Ah, me encheu o saco. Muito possessivo.

— É sempre assim com esses maus elementos.

— E por que você não me avisou antes de eu começar a sair com ele?

— Teria feito diferença?

— Provavelmente não.

— Então somos dois solteiros na noite. Muito bom, né?

— E você não sente falta de Cassidy?

— Isso é passado.

— Continue repetindo isso pra si mesmo.

Depois de comprar um 7UP e calibrá-lo com uísque, seguimos para o salão de jogos. Ela não estava brincando quanto ao pingue-pongue. Perco as três partidas. Ela joga muito, e não importa quanto tenha bebido. O que não me incomoda, no entanto. Não sou desses machões que acha uma desonra perder para uma mulher. Estou brincando quando falo para irmos até a sala de ginástica para eu destruí-la no levantamento de peso, mas Shawnie aceita na mesma hora.

— Fica de olho enquanto eu levanto 4,5 quilos? — pergunta.

— Tá brincando? Vou ficar de olho enquanto você levanta 7 quilos e ainda vou ganhar depois. — O que, é claro, é um exagero. Shawnie não é uma fracote.

Os equipamentos são bastante bons. E como é sábado à noite, somos os únicos malucos na sala de ginástica, mas eles não têm pesos, só esteiras e ergométricas. Tudo bem. Nunca me faltam ideias.

Subo em uma das bicicletas e digo:

— Que tal uma corrida?

Ela ri e responde:

— Só se for agora.

É muito engraçado. Lá estamos, lado a lado, pedalando como dois Lance Armstrongs. Ambos narramos a corrida, e, claro, estou ganhando na minha narração, e ela na dela. Mas o problema é que pedalar — mesmo uma bicicleta que não sai do lugar — é um desafio e tanto depois de algumas doses de uísque. Pelo menos para mim. Exatamente quando estou me imaginando na reta final, meu pé desliza do pedal e eu caio no chão, batendo com a cabeça no guidom. E não estou falando de uma quedinha. Foi sério.

Shawnie, é claro, não consegue parar de rir. Estou sentado no chão, passando a mão na testa para ver se está sangrando, e ela está chorando de rir.

— Ei, eu me machuquei.

— Foi mal, mas você tinha que ter se visto. — Ela ainda está rindo quando vem me ajudar. — Sabe, tem algo em você de que sempre gostei. Você não fica com vergonha de nada.

— Vergonha é uma perda de tempo. Agora, onde fica a hidromassagem? Preciso de uma hidro. Estou machucado.

É claro que eles têm uma hidromassagem novinha em folha. E parece o lugar perfeito para curar todas as dores. Exatamente o que preciso.

Shawnie pergunta:

— Você não vai entrar, vai?

— Claro que vou.

— Deixa de piada.

— Vamos lá. Se eu vou entrar, você também vai.

— De jeito nenhum. Você não vai me fazer tirar a roupa.

Lanço meu olhar famoso, sobrancelha arqueada, e digo:

— Quem falou em tirar a roupa?

E, completamente vestido, entro devagar até as águas mornas e curadoras cobrirem meu peito.

— Você é maluco — acusa Shawnie.

— É, mas é por isso que você gosta tanto de mim.

— É verdade.

— Então, a rainha do pingue-pongue vai entrar na água ou vai dar uma de medrosa?

— Nunca fico para trás, Sutter. Você sabe disso. — E, na mesma hora, ela entra do meu lado. — Como está a cabeça?

— Nada mal. Para uma ferida fatal.

Ela me examina por um segundo.

— Só ficou vermelho. Aqui, me deixe passar um pouco dessa água mágica.

Ela ergue a mão e bate de leve com as pontas dos dedos na minha pele. A sensação é agradável, muito melhor do que o que senti destruindo aqueles arbustos com Jeremy Holtz.

— Melhor?

— Muito.

Ela encosta o ombro no meu.

— Sabe de uma coisa, Sutter? Você é o meu ex-namorado preferido.

Fito seus olhos castanho-escuros e meu estômago começa a se revirar. Shawnie é uma dessas meninas que você poderia não achar atraente a princípio — nariz grande e tal —, mas uma vez que começa a falar com ela, é como se seus olhos emitissem uma faísca imensa de alegria, e você leva um susto: "Nossa, como é bonita!" Além do mais, tem um corpo fenomenal.

— A gente se divertiu um bocado juntos, não é? — comento. — Lembra do show do Flaming Lips?

— Está brincando? Aquilo foi a coisa mais maneira do mundo.

E trocamos algumas histórias do dia do show — a multidão usando fantasias engraçadas, Papai Noel, Coelhinho da Páscoa, esqueletos de Dia das Bruxas; o disco voador imenso que pousou no palco; a iluminação; os balões cheios de confete; a banda muito doida, com Wayne Coyne andando em sua bola espacial de hamster por cima das pessoas, todo mundo de braços erguidos para segurá-lo. E, acima de tudo, a simples sensação de estar lá, a beleza incrível e selvagem de se estar lá. Era quase como se fôssemos a música, ressoando através da galáxia.

— Foi muito engraçado quando você resolveu se jogar na galera — diz Shawnie. — Mas aí eu demorei uns trinta minutos para achar você de novo.

— É, mas eu recompensei depois, quando estacionamos perto do lago. Lembra?

— Claro. Aquilo também foi incrível.

— E aqui estamos... solteiros de novo.

— É. Aqui estamos nós.

Sim, aqui estamos, olhando um nos olhos do outro, a água quente e as lembranças cálidas nos envolvendo, e sei que estamos pensando na mesma coisa. Eu me aproximo dela, e Shawnie fecha os olhos e abre a boca bem de leve, me convidando para um beijo. É bom. Seus lábios têm gosto de *gloss* de morango. Corro os dedos ao longo de seu pescoço, e é aí que acontece — ela começa a rir na minha boca.

Eu me afasto, e sua risadinha vira uma gargalhada, e é aí que percebo e começo a rir também. Ela tem razão. Isso é ridículo. Não dá para se pegar com alguém com quem você só conversa como se fosse um gângster italiano.

Ela aperta meu braço.

— Carmine, tu é il cara.

Dou um beijo em sua testa e devolvo:

— Não, Carmine, *tu* é il cara.

Ficamos ali um tempo, aproveitando o fato de estarmos perto um do outro. Então pergunto:

— E então, você acha que essa história entre Cassidy e Marcus vai durar?

— Achei que você tinha dito que isso era passado.

— E é. Só estou me perguntando quanto tempo eles vão durar.

— Sabe de uma coisa? — diz ela. — Não perderia meu tempo pensando nisso. Nós dois precisamos de alguém completamente novo.

— Bem, você não vai ter problemas com isso. Exceto que não há ninguém por aí que a mereça.

— É, tá legal.

— Estou falando sério. Você é divertida, tem um corpão e é cheia de personalidade. Que cara poderia ser bom o bastante para você?

— Tem razão. — Ela ri. — Mas acho que vou acabar dando uma chance para alguém de qualquer forma.

— O que houve de errado com a gente? Quero dizer, a gente se dá tão bem. Por que não demos certo como casal?

— Ah, você não vai querer remexer nisso, vai?

— Só estou me perguntando. Quero dizer, aqui estou eu, sozinho, sem namorada de novo. Talvez seja educativo entender o que aconteceu com a gente. O que foi que mudou?

Ela pensa por um instante.

— Acho que é mais uma questão de nada ter mudado. Nós continuamos sendo exatamente os mesmos que éramos quando tudo começou, entende?

— Na verdade, não.

— Era mais como se fôssemos amigos em vez de namorados. Até quando a gente transava, era como se fôssemos dois amigos brincando.

— E isso não é bom?

— Não, era bom. Era divertido. E sei que as meninas sempre dizem que querem que os caras sejam seus melhores amigos, mas em algum ponto queremos mais do que só isso.

— *Mais*? Está vendo, esse é o problema. É essa parte do *mais* que não entendo.

— Um dia você vai entender. Só precisa encontrar uma garota que desperte isso em você. Alguém completamente diferente de Cassidy.

— Já tentei. Chamei Whitney Stowe para sair.

— Não brinca? — Ela se afasta e me encara. — *Você* chamou Whitney Stowe para sair?

— Parecia uma boa ideia na hora. Ela tem pernas maravilhosas.

— Mas ela é uma daquelas garotas que, sei lá, têm uma programação para cada segundo da vida. Como você iria conseguir se encaixar nisso? Ela iria colocar uma coleira em você.

— É, acho que foi uma ideia errada.

— Só espere. Vai aparecer alguém, alguém que você jamais imaginaria, alguém que precise de você do jeito que você é.

— Você acha?

— Tenho certeza. E, além do mais, você precisa de alguém de quem consiga vencer no pingue-pongue de vez em quando.

— Ah, vá benne, Carmine!

— Vá benne tu!

Tenho certeza de que o papinho de mafioso encheria o saco de algumas pessoas, mas a gente nunca se cansa.

— Então — digo. — Carmine, ma que acha de voltar para quella festa e mostrar àqueles patos la nova onda molhada do momento?

Ela aperta meu joelho por sob a água.

— Boa, Carmine.

— Benne.

Capítulo 38

Isso é o que chamo de azar. O último tempo do dia acabou, estou no meio do estacionamento, a duas fileiras da segurança do meu carro e, de repente, vejo Krystal Krittenbrink vindo na minha direção. O que posso fazer, sair correndo? Seria esquisito demais, até para mim.

— Sutter Keely, preciso falar com você. — Seus olhinhos pretos se estreitam, e a boca de moeda de 10 centavos se enruga até ficar do tamanho de uma cabeça de parafuso. A blusa que está usando tem uma estranha gola de pelo, parece de alce. — Quem você pensa que é?

— Hum, o rei do México?

Ela para a um centímetro de mim.

— Aimee me contou sobre a festinha de vocês no lago.

— Ah, é, foi divertido.

— E agora você a está evitando.

— Não estou evitando ninguém. Passei 72 horas na cama com um caso crônico de elefantíase.

— Não vá pensando que vai se livrar dessa com uma piadinha.

— Ei, não estou tentando me livrar de nada. Não estou evitando Aimee. Além do mais, você não tem nada a ver com isso, então vê se não me enche.

— Hah, eu sabia.

— Sabia o quê?

— Eu estava dizendo a Aimee o que ela tem que fazer a seu respeito, e ela disse a mesma coisa. Vê se não me enche. Eu sabia que ela tinha tirado isso de você.

— Ela disse isso, é? Bom para ela.

Tenho que admitir que o fato de que Aimee tenha seguido meu conselho quanto a se impor diante das pessoas me deixa um tanto orgulhoso.

Mas Krystal retruca:

— Não, não é bom coisa nenhuma. Aimee não é grossa com as pessoas. Ela é uma pessoa doce e não precisa de um cara como você em cima dela igual a uma hiena para então cair fora quando não consegue o quer.

— Uma hiena? Acho que você anda assistindo demais ao Animal Planet.

— E do que você chamaria? Faz quase duas semanas que vocês foram àquela festa idiota, e você já ligou para ela ou a chamou para almoçar? Não. Você nem sequer falou com Aimee.

— E daí? Por acaso eu pareço o Senhor do Tempo? Não sou responsável por quanto tempo se passou. O único problema de Aimee é você achando que manda nela como se fosse o seu robô particular. Não tenho nada com isso.

Com essa, dou-lhe as costas e sigo na direção do carro. Tenho certeza de que Krystal continua lá, me comparando a algum animal selvagem africano, mas já não posso escutá-la.

O mais engraçado, no entanto, é que naquela tarde, no trabalho, enquanto passo o esfregão no piso, a voz de Krystal me vem em alto e bom som. Na certa está com ciúme de que Aimee tenha recebido atenção de um menino, mas, por mais que odeie admitir, ela não deixa de ter razão. Andei deixando o projeto Aimee meio de lado. Quero dizer, a ideia toda era lhe dar uma injeção de autoconfiança, uma boa dose de independência, mas agora ela provavelmente tem que passar quatro horas ouvindo Krystal dizer como ela foi idiota de ter ido à festa comigo.

E a verdade é que sinto falta de Aimee. Ela tem um jeitinho ao qual você acaba se apegando. Nada grande ou audacioso. É pequeno e frio, como um primeiro gole de cerveja em uma tarde quente. Se eu fosse seguir o conselho de Shawnie e arrumar alguém completamente diferente de Cassidy, não precisaria de outra pessoa que não Aimee Finecky. Sem dúvida, ela é diferente. Mas tenho que rir diante da simples possibilidade de sair com ela. Se Shawnie achou ridículo que eu tenha chamado Whitney Stowe para sair, o que acharia de mim e Aimee Finecky?

Mas, digo a mim mesmo, não faria mal algum dar uma passada na casa dela depois do trabalho e fazer uma visita, como amigo, pegá-la de surpresa antes que tenha tempo de passar batom. Podemos passar um tempo juntos. Não é como se eu a estivesse encorajando nem nada do tipo. Ela seria mais uma das minhas amigas mulheres. Ficar com ela iria muito além de minhas responsabilidades.

É o que digo a mim mesmo.

Quando chego à sua casa, a picape da família está estacionada na entrada de carros e praticamente todas as luzes da casa estão acesas. Ainda assim, espero um tempo até que alguém venha abrir a porta. É o seu irmão mais novo, e, assim que me vê, ele gira a cabeça, grita por Aimee e desaparece, me deixando de pé na porta.

Aimee grita de algum canto da casa, perguntando o que ele quer, e o irmão responde:

— Seu namorado está na porta!

E então ela diz:

— Quem?

— Não sei o nome dele. Aquele garoto que veio aqui há umas duas semanas.

— Ah, Deus, hum, manda ele esperar um segundo, já estou indo.

— Diz você mesma — retruca Shane, e alguém, que imagino que seja sua mãe, intervém:

— Bem, não o deixe esperando na porta de casa. Fale para entrar.

— Entra aí — grita Shane.

Quem poderia imaginar que Aimee é parente dessas matracas? É um espetáculo. A cena dentro de casa é fenomenal. A mãe e Randy, seu namorado empreendedor do eBay, estão largados no sofá com os pés na mesa de centro. A mãe tem o físico de um ovo com braços e pernas fininhos, e usa o cabelo numa versão feminina de mullet. Randy, o namorado, é basicamente uma morsa de moletom justo demais. E tem uma tigela de cereal de chocolate equilibrada na barriga.

— Você vê *CSI*? — pergunta a mãe, me examinando como se houvesse algo de errado comigo por vir visitar sua filha. — Temos 13 episódios gravados. Esse é dos bons. Doido e complicado.

— Mostraram uma cabeça decepada — acrescenta Shane.

E eu digo:

— Bem, estou vendo que você é um cara que gosta de uma boa decapitação. Quem sabe alguém não é vivisseccionado ao longo do episódio. Seria o máximo.

Randy não diz nada, mas deixa bem claro com um semicerrar dolorido dos olhos que toda essa conversa faz com que ele tenha que se concentrar no programa muito mais do que gostaria.

Continuo a discorrer sobre o horripilante tópico da mutilação, mas ninguém está mais prestando atenção em mim.

Enfim, Aimee aparece do quarto dos fundos. Está usando um suéter branco do Wal-Mart que parece arrumado demais para se usar dentro de casa, e o cabelo está todo espetado pela estática de quem se penteou em alta velocidade por sessenta segundos. Por sorte, no entanto, nada de batom.

— Sutter — fala. — Não sabia que você vinha.

— Bem, andei muito ocupado com os preparativos para o rodeio de jacarés.

— Sério, vai ter um rodeio de jacarés?

— Não. — Essa menina realmente precisa de ajuda no departamento de humor. — O problema é que aconteceu muita coisa nos últimos dias. Mas acabei de sair do trabalho e pensei: "Sabe de uma coisa? Não importa o quanto estou ocupado. Vou fazer uma visita a Aimee."

— Ei — reclama Randy. — Estamos tentando assistir ao programa aqui.

— Queremos conversar com seu amigo — acrescenta a mãe —, mas vamos esperar até o episódio acabar. Só mais alguns minutos.

Os olhos de Aimee se enchem de puro pânico. Ela parece pensar que a perspectiva de sua mãe me avaliando é o suficiente para me mandar de volta para o carro, para nunca mais voltar. Mas agora que estou aqui, vou até o final.

Portanto, ficamos ali, sob a sombra de uma planta de plástico, todos em silêncio, exceto pela equipe do *CSI*. Uns bons cinco minutos se passam. Todos, com exceção de Aimee, parecem ter se esquecido de mim. Sorrio para ela. Ela dá de ombros. Por fim, digo:

— Que tal irmos pegar uma Coca e uma batata fria ou algo assim?

— Hum, tudo bem, só vou pegar um casaco — responde ela.

Já imaginando o retorno da monstruosidade roxa e fofinha, digo que não precisa de casaco. Ela avisa à mãe aonde está indo, e a mãe faz que sim com a cabeça. Aposto que Aimee poderia ter dito que estávamos embarcando em um assassinato em massa pelo país que a reação dela seria a mesma.

Não tem problema. Sou muito sagaz de ter me safado do interrogatório da mãe e, melhor ainda, da possibilidade de ter que inventar algo para dizer para Randy, a Morsa de Moletom. A liberdade nos espera no Mitsubishi, junto com uma garrafa de 7UP.

Capítulo 39

Aimee pergunta aonde vamos, e sugiro um lugar chamado Marvin's Diner. Só porque a lanchonete não é um dos pontos de encontro do pessoal do colégio, como o SONIC, não significa que eu tenha vergonha de ser visto com ela. Só não estou na pilha de ter que lidar com um Jason Doyle dando uma de espertinho para cima de mim.

O Marvin's Diner fica na parte sudoeste da cidade, debaixo das torres de rádio. Dá para ver as luzes piscando nas torres a quilômetros de distância.

— Sabe o que isso me lembra? — pergunto a Aimee. — O lugar onde meu pai trabalha, o prédio Chase, no centro da cidade. Aposto que tem a mesma altura. O escritório do meu pai fica no último andar. Ele é executivo de negócios.

— Eu me lembro de você dizer isso antes. Mas achava que no alto daquele prédio tinha um restaurante ou uma boate.

— Ah, bem, é verdade. No *último* andar mesmo tem uma boate metida a besta. Estou falando do último andar de escritórios. Onde os grandes negócios de verdade acontecem.

Pegamos uma mesa no canto. O Marvin's é um dos meus lugares preferidos para comer e, acredite em mim, como minha família quase nunca come junto, já experimentei praticamente todos os restaurantes da cidade. Ninguém liga para quem você é no Marvin's. É o local perfeito para sair com a amante, tirando o fato de que é uma espécie de pé-sujo. Pedimos uma porção grande de batata frita ao chili com carne e dois 7UP, e, sob as luzes baixas do Marvin's, não há problema algum em turbinar nossas bebidas com um pouco de uísque.

Aimee dá um gole e exclama:

— Nossa, isso é forte!

E eu pergunto:

— Quer que eu peça outra bebida para você?

— Não. — Seus olhos estão levemente úmidos. — Tudo bem. Não tem problema.

A melhor coisa do Marvin's Diner é que eles têm um jukebox cheia de músicas de Dean Martin, então coloco algumas para tocar, e começamos a conversar. Só para quebrar o clima, começo inventando histórias sobre os outros fregueses no restaurante: a garçonete, o gordinho atrás do caixa (que pode ou não se chamar Marvin), o caixeiro-viajante solitário com uma mesa inteira só para si, e, o melhor de todos, o casal feio na mesa oposta à nossa.

Explico a Aimee como o relacionamento deles deve estar desgastado. De fato, os dois se odeiam, mas têm que continuar juntos porque mataram o ex-marido dela por causa dos 300 dólares da apólice de seguro. Agora, quando fica com raiva dele, ela lhe dá uma surra de limpador de para-brisa, e ele é bundão demais para revidar, então está lentamente envenenando-a com areia de gato no seu cereal matinal.

Em vez de dar uma risadinha, Aimee reage mais ou menos assim:

— Acho que você não gosta muito de casamento, né?

— O problema não é exatamente a ideia do casamento — digo a ela —, mas a ideia do "para sempre". É um conceito que eu não consigo enfiar na cabeça

— Ah, eu consigo.

— Sério? Mas o casamento dos seus pais não durou para sempre, não é?

Ela baixa o copo e fita o homem solitário da outra mesa.

— Meu pai morreu.

— Sinto muito.

— Não, tudo bem. Já faz muito tempo.

— O que aconteceu? — Às vezes, meu tato sai de férias. Hoje ele deve ter ido para o Kuwait ou algo parecido.

— Meu pai era um cara legal. Adorava animais, era praticamente um ativista. E inteligente. A gente lia livros sobre física e Aristóteles só por diversão. Amava Van Gogh. Ele lia em voz alta para mim, e eu achava a coisa mais maravilhosa do mundo. Mas tinha um problema.

Ela faz uma pausa, e eu digo:

— Pode me contar. Sou do tipo que não julga ninguém.

Ela começa a enrolar uma mecha de cabelo no dedo e então confessa:

— Bem, o problema é que ele era viciado em cheirar vapor de gasolina. E guardava galões imensos de combustível no galpão que ficava nos fundos da nossa antiga casa.

Tudo o que consigo pensar é: "Meu Deus, o cara se explodiu!" Posso até vê-lo dando uma inalada e então acendendo um cigarro, e *bum*! Mas não é nada disso.

O que de fato aconteceu é que a gasolina foi matando as células sanguíneas de seu cérebro até que, um dia, a irmã mais velha de Aimee, Ambith, entrou em casa e o encontrou caído na porta do galpão, duro feito pedra. Aneurisma.

— Meu Deus! É uma morte terrível. Já vi na TV. Não o negócio da gasolina, mas o aneurisma.

— É. — Ela dá um gole na bebida e desta vez não faz careta. — Mas quando eu me casar vai ser diferente. Já pensei em tudo. É o que se deve fazer. Não dá para mergulhar numa coisa dessas de olhos fechados.

Bom, sei muito bem que, quando se está com uma garota, o melhor é evitar o assunto casamento, mas estou disposto a falar de qualquer coisa que nos afaste da história do falecido pai cheirador de gasolina, então pergunto qual é a sua ideia de casamento.

— Bem, quando eu me casar, vamos morar em uma fazenda de criação de cavalos.

— Certo. E você vai trabalhar para a NASA.

— Isso. — Ela sorri ao ver que me lembro.

— O cara vai ter que trabalhar para a NASA também, tipo um astronauta ou um contador?

— Deus, não. Não temos que ter os mesmos interesses. Não acredito nisso, que o homem e a mulher tenham que ser parecidos. Acho que é muito melhor quando eles se completam. Quando os dois têm dimensões diferentes que se agregam.

— Gosto da ideia. Bem legal.

E esse marido em potencial parece — não sei ao certo — uma mistura entre Peter Parker, do *Homem-Aranha*, e Han Solo, de *Star Wars*, com uma pitada de um daqueles poetas românticos de antigamente, só para temperar.

A fazenda é quase tão inverossímil quanto o cara, uma espécie de planeta ideal fantástico. Pores do sol roxos, canteiros de jacintos, narcisos e flores de cenoura selvagem, um riacho de águas claras cortando o vale, um grande silo vermelho do tamanho de um foguete espacial. E cavalos. Dezenas deles — alazões, negros, cinzentos, pintados e malhados —, cavalgando por toda parte, como se cavalos nunca se cansassem.

Parece o sonho de uma menina de 9 anos, mas o que posso fazer, explicar a ela que não é viável? Ou dizer "Olhe, discos voadores e marcianos não existem, nem Papai Noel, você jamais vai ter uma fazenda ou um marido desses"? Não quero destruir os sonhos de ninguém. O mundo real já faz isso bem o bastante sem a minha ajuda.

Além do mais, não importa se é real. Quando se trata de sonhos, nunca importa. Eles não passam de boias salva-vidas a que se agarrar para não morrer afogado. A vida é um oceano, e quase todo mundo está agarrado a um tipo de sonho para se manter na superfície. Eu estou só nadando cachorrinho por minha conta, mas a boia de Aimee é lindíssima. Estou encantado por ela. Qualquer um ficaria se visse o jeito como seu rosto se ilumina enquanto se agarra aos seus sonhos com toda a força.

Capítulo 40

O tempo voa, e, quando vemos, o Marvin's está fechando. Compramos mais dois 7UPs para viagem e, ao chegarmos ao carro, ela me deixa completar seu copo com uísque de novo. Nenhum dos dois está a fim de voltar para casa, mas não temos muito mais o que fazer em um dia de semana. Além do mais, adolescentes têm horário para entrar em casa, se você é do tipo que se liga nessas coisas.

E, assim, acabamos estacionados na porta da casa de Aimee, conversando e bebendo. As luzes lá dentro estão apagadas. Conto a história da separação dos meus pais, da chegada de Geech e de como minha irmã colocou silicone e traçou Kevin, que se pronuncia *Quivin*. Nunca vi ninguém ouvir com tanta atenção. É como se eu estivesse servindo um vinho muito raro e valioso, e ela não quisesse desperdiçar nem uma gota.

Cassidy nunca foi assim. Sempre me ouviu com um sorriso superficial no rosto e uma das sobrancelhas ligeiramente arqueada, como se estivesse à espera de uma piada ou pegadinha.

Por fim, há uma pausa, o que sempre pode ser perigoso quando se está conversando com uma menina.

— Então — diz Aimee com cara de quem está prestes a mergulhar de cabeça pela primeira vez na vida. — Você estava falando sério quando me disse aquilo no dia em que voltamos para casa da festa, na semana passada?

Ih...

— Não sei. Falamos de tanta coisa, e eu estava meio bêbado. Para falar a verdade, acho que não me lembro de tudo que disse naquele dia.

— Você não se lembra?

— De tudo não. Mas tenho certeza de que estava falando sério na hora. Sou muito honesto quando estou bêbado.

Ela dá um gole do uísque.

— Você se lembra de ter me convidado para a festa de formatura?

— Ah, isso. Claro que me lembro. Está brincando? Não esqueceria algo assim.

Ela fica quieta por um instante e então continua:

— E você ainda quer ir? Quero dizer, sei que a gente estava bebendo e tal, então se você não quiser ir, vou entender.

Aimee não consegue me olhar nos olhos. Seu salva-vidas boiou para longe, e ela está solta no mar.

— Do que você está falando? É claro que ainda quero ir. Não teria chamado se não quisesse.

— Sério?

Ela ergue o rosto, e seu sorriso é o suficiente para eu não me arrepender de nada.

— Claro. Venha aqui.

Pouso a mão em sua nuca e me aproximo para um beijo. Estava imaginando um beijo rápido — só um selinho para deixar claro que estou falando sério quanto à festa de formatura —, mas ela quer mais.

Não sei. É tão estranha a sensação de tê-la em meus braços. Ela parece tão entregue. Como se tivesse certeza de que tenho algo importante de que ela precisa.

Tiro seus óculos e os coloco no painel do carro, e quando me dou conta, estou enfiando as mãos por dentro de seu suéter, ao longo de suas costas. Ela suspira quando beijo seu pescoço, e quando coloco a língua em sua orelha, todo o seu corpo treme.

Ela me afasta, e tenho certeza de que vai dizer que estamos indo rápido demais, mas não é nada disso.

— Sutter... — Aimee não consegue olhar além do meu queixo.

— O que foi?

— Nada. É só que... isso significa que estamos namorando?

Essa me pega de surpresa.

— O que você acha? — pergunto, para ganhar tempo. Afinal de contas, era exatamente isto que vinha jurando que não iria fazer.

— Não sei — admite ela. — Nunca tive um namorado antes.

— Bem, então agora você tem.

As palavras saem da minha boca como se as estivesse planejando há um mês, mas o que mais eu poderia fazer? A menina precisa ouvir isso, e, para falar a verdade, a sensação é bastante boa.

— Sério? Você quer que eu seja a sua namorada *de verdade*?

Eu poderia fazer uma piada sobre namoradas de mentira, bonecas infláveis com cabelo de plástico e a boca aberta, mas não é hora disso.

— Sério. Minha namorada cem por cento de verdade. Se você topar.

— Sim — responde ela. — Eu topo. — E leva a boca até a minha.

Não tenho dúvidas de que poderia abrir sua calça jeans e ir até o final ali mesmo, mas não seria direito, não com Aimee.

Além do mais, quando tento mudar de posição, aperto sem querer a buzina do carro, e uns cinco segundos depois uma luz se acende dentro de casa. Dez segundos depois, a mãe dela está de pé na porta de casa com as mãos nas cadeiras.

Aimee passa uma mecha de cabelo por trás da orelha. Ela parece uma menina que acabou de acordar de um sonho bonito.

— Almoço amanhã? — pergunta.

— Claro.

Capítulo 41

E sabe de uma coisa? No dia seguinte, estou lá. Bem na hora. E chego bem na hora para o nosso encontro de sexta à noite também. E para o cinema no domingo à tarde. É claro que Ricky está pasmo com o desenrolar dos acontecimentos.

— Cara, o que você está fazendo? Avisei que essa menina iria se apaixonar. Você perdeu a coragem? Não podia simplesmente ter dito que é só um amigo ou um benfeitor ou sei lá o que você é?

— Ei, já passou pela sua cabeça que posso estar a fim dela?

— Não.

— Bem, é porque você não a viu de verdade. Você tem que conversar com ela para vê-la de verdade. Ela emana pureza de espírito, cara. Além do mais, só estou oferecendo uma experiência do que é ter um namorado. Quero dizer, não dou mais que um mês para Aimee se cansar de mim e descobrir que estaria muito melhor com o trombonista da banda do colégio ou algo assim.

— E se ela não se cansar de você?

— Cara, estamos falando de mim. Conhece alguma garota que não se cansou de mim?

Ele assente.

— Tem razão. E quem sabe ela não vai ser uma boa influência para você?

— É, tá bom.

Não sei do que Ricky tanto reclama. Desde que conheceu Bethany a gente não faz mais quase nada juntos. Exceto por aquela festa caída no motel, ele não saiu comigo nem uma vez depois que começou a namorar. Tenho outros amigos, claro, e nas semanas seguintes me revezo entre as sextas com Aimee e os sábados com gente como Cody Dennis e Brody Moore. Até chego a sair para mais uma noite de bebedeira com Jeremy Holtz e seu grupinho de arruaceiros, mas tenho que pular fora de fininho quando eles inventam de roubar a igreja episcopal.

Depois disso, começo a me perguntar por que simplesmente não saio só com Aimee. Posso até me ver passando ambas as noites do fim de semana com ela. É muito divertido vê-la aprendendo a ser espontânea. A verdade é que ela é muito mais do que os livros de ficção científica, a NASA e as fazendas de criação de cavalo. Na verdade, temos algumas coisas em comum.

Por exemplo, ambos gostamos mais de música antiga do que da porcaria que eles tocam na rádio hoje em dia. Sou fã de Dean Martin, e Aimee adora a música hippie dos anos 1960. Ela tem a trilha completa do filme *Woodstock*. E canta para mim uma música chamada "Where Have All the Flowers Gone", e, tudo bem, sua voz é meio fina, mas ainda assim ela fecha os olhos e canta do fundo do ventrículo esquerdo. Há que valorizar isso. Por uns dois minutos e meio, me sinto o completo hippie.

Aimee é diferente das meninas com quem estou acostumado a sair. Ela não se cansa de minhas histórias e piadas, nem espera que eu seja capaz de ler sua mente. Não quer que eu me vista melhor ou faça luzes no cabelo ou dê uma de sério. Não sou um acessório para ela. Sou uma necessidade. Sou o cara que vai tirá-la de seu casulo. Ela não precisa que eu mude quem eu sou — ela precisa que eu mude quem ela é. Pelo menos até que suas asas de borboletas se fortaleçam e ela possa voar por conta própria.

E quem diria que essa menininha de 1,60m e óculos pudesse beber o tanto que bebe. Uísque não é a praia dela, mas Aimee curte tomar um Keep Cooler. Então resolvo inventar e compro uma garrafa de vodca sabor cítrico e misturo com suco de maçã com cranberry, e ela diz algo como:

— Uau, é o melhor drinque de todos os tempos!

É muito engraçado: uma tarde, estamos no mercado depois de encher a cara, e com quem encontramos senão Krystal Krittenbrink. Estamos no corredor de guloseimas, pilhas de Twinkies e docinho de coco, e Krystal pergunta:

— Aimee, você não viu o aviso na entrada do mercado? É proibido entrar com animais de estimação.

Claro que está falando de mim. A piada é velha, e não ligo nem um pouco, mas Aimee não perde tempo e retruca:

— Krystal, ninguém avisou que se comer outra caixa de Ding Dongs sua bunda vai explodir?

Certo, também não é a coisa mais original de se dizer, mas é bem ousado em se tratando do histórico de Aimee com Krystal.

— Você está bêbada? — pergunta Krystal, depois de se recompor da surpresa de ver a dócil Aimee cheia de coragem.

— Sim, estou — responde Aimee, toda orgulhosa. — Estou caindo de bêbada.

Krystal me fita nos olhos.

— Genial. Espero que esteja orgulhoso. Se continuar assim, quem sabe você não consegue transformá-la numa idiota igualzinha a você.

Ela se vira e sai pisando duro, e Aimee desata a rir.

— Olhe só aquela bunda enorme rebolando. Aposto que deve chegar a 7,8 na escala Richter. Provavelmente nove na escala de Mercalli modificada.

Ela segura meu braço, se apoia em mim e praticamente dobra ao meio de tanto rir. Também estou rindo, mas a verdade é que não posso deixar de me sentir um pouquinho mal por Krystal. Ninguém gosta de ver alguém perder um amigo. Mas ela está errada quanto a eu estar tentando mudar Aimee. Se fosse isso que estivesse tentando fazer, diria para trocar os óculos por lentes de contato ou para parar de usar as camisetas com estampas de cabeças de cavalo.

Uma coisa é certa, nunca a forcei a ficar bêbada. O que posso fazer se ela gosta? Quero dizer, o que tem para não gostar?

Capítulo 42

Agora, só porque estou saindo com Aimee, não significa que não possa falar com outras meninas. Você sempre vai me ver no corredor, entre um tempo e outro, conversando com Angela Diaz ou Mandy Stansberry ou alguém assim. E, claro, tem a imitação de mafioso e as brincadeiras e piadas que troco com Shawnie. Não há nada de errado com isso. Somos amigos.

Aimee não liga, mas não tenho certeza se ficaria na boa com minhas saídas para beber com Cassidy nas tardes de quinta, como temos feito. Não rola nada de mais, mas devo admitir que tenho com ela uma conexão mais complicada do que com as outras meninas. Os velhos sentimentos que tínhamos um pelo outro ainda estão lá, prontos para virem à tona.

Como tudo o que fazemos é conversar, você poderia pensar que eu deveria contar a Aimee, mas acho que ela ainda não está segura de si o bastante. Não tem por que complicar as coisas por nada. Suponho que Cassidy também não tenha contado nada a Marcus, mas acho que quando se trata de garotas, nunca se deve confiar demais em suposições.

Numa sexta à tarde, depois do último tempo, estou saindo pela porta da frente do colégio quando Derrick Ransom grita meu nome.

— Sutter. Ei, Sutter, Marcus está procurando você.

— Marcus? Para quê?

— Pergunte para ele.

Não gosto da expressão no rosto de Derrick. Parece feliz demais, de um jeito maldoso.

— Bem — digo, caminhando em direção ao estacionamento —, ele provavelmente vai ter dificuldade de me encontrar.

— Por quê?

— Porque viajei para Liechtenstein ontem.

Não sou do tipo que perde tempo esperando o mal me atacar com suas garras negras e retorcidas, mas naquela tarde, no trabalho, não consigo deixar de me perguntar o que Marcus quer comigo. Será que descobriu sobre as tardes de quinta com Cassidy? Ou, pior, será que Cassidy pirou e contou da vez que nos pegamos e quase transamos? Nenhuma das opções parece boa para o Sutterman.

Já vi o que acontece quando o ciúme envenena o coração. Penso em Denver Quigley. Basta ver um cara conversando com Alisa Norman para sair distribuindo porrada. Antes de Alisa, quando estávamos no primeiro ano do ensino médio, ele quase matou Curtis Fields por descer a 12th Street com Dawn Wamsley. Não tinha nem uma semana que Quigley estava namorando Dawn. Quero dizer, a menina descartava os caras como se fossem absorvente usado. Ainda assim, lá estava Quigley dando uma de gorila com o próprio amigo.

Enquanto dobro algumas camisas, visualizo um filme em minha cabeça estrelando Sutter Keely, o Selvagem, campeão mundial de kickboxing. E lá estou eu, girando e me esquivando, movendo-me com a agilidade de um felino, derrotando Marcus com uma única e brutal voadora no queixo — *iiiáááá*!

Mas não ajuda muito. Nunca fiz uma única aula de kickboxing na vida, e Marcus é tão alto que eu provavelmente iria distender a virilha só de tentar acertá-lo em qualquer ponto acima da cintura.

O que é suficiente para me deixar deprimido, e nunca fui de ficar deprimido. Era algo de que me orgulhava. Uma espécie de medalha de honra. Mas, ultimamente, não sei, é tão esquisito, às vezes é como se houvesse uma fissura se abrindo em minha barriga, a mesma que senti quando Cassidy me disse o que queria que eu fizesse por ela, e eu não estava prestando atenção. Só que dessa vez é mais como se eu estivesse viajando no momento em que o Ser Supremo me disse o que fazer da vida, e agora fosse tarde demais para perguntar o que era.

Às vezes, o sininho no alto da porta toca, e não posso deixar de me virar para ver se é o fim chegando. Depois da terceira vez, Bob me pergunta se estou esperando alguém, então explico a situação:

— Tem algo de errado em querer sair com a minha ex-namorada? — pergunto a ele. — Será que mereço um olho roxo por causa disso?

Ele pensa por um instante. O cara é o máximo. Trata você como se sua vida significasse alguma coisa para ele, como se, por você, valesse a pena franzir a testa.

— Não. Você não é uma pessoa ruim, Sutter. Você é um cara legal. Só não tem um conceito muito bem definido das consequências.

Preciso admitir que Bob tem razão. Mas também sempre carreguei isso como a Medalha de Honra.

Depois das sete e meia, o sininho na porta da frente para de tocar — outra noite fraca —, mas logo antes da hora de fechar a loja, um carro entra no estacionamento. Os faróis se apagam, mas ninguém salta. Daqui não consigo ver se é o Taurus de Marcus.

Às oito horas, trancamos as portas e apagamos as luzes. O carro ainda está lá fora. Em geral, saio primeiro e deixo Bob encerrando a papelada da loja, mas hoje, não tenho pressa.

Bob diz:

— Se quiser, saio com você.

O que soa muito como algo do jardim de infância. No entanto, não seria de todo mal se ele ficasse de olho pela janela para interromper qualquer coisa antes que Marcus comece a girar aqueles braços compridos.

— Tudo bem — garante Bob. — Se quiser que eu vá até lá, acene com a mão para baixo. Se estiver tudo bem, dê um tchau com a mão bem no alto.

Capítulo 43

Nada acontece até o momento em que estou quase chegando ao meu carro, e então, lá está ele, Marcus, saltando de seu Taurus.

— Ei, Sutter. Cara, preciso falar com você.

— Hum, tudo bem, se não for demorar. Tenho que ir a um banquete na polícia daqui a trinta segundos. Eles provavelmente vão mandar um carro me buscar se estiver atrasado.

Nenhum sorriso.

Recosto casualmente contra a lateral do meu carro, tentando transmitir um pouco de calma para a situação. Marcus, no entanto, não segue meu exemplo e fica de pé bem na minha frente, desconfortavelmente invadindo uns 5 centímetros de meu espaço pessoal.

— O que está rolando entre você e a Cassidy? — Com Marcus não tem esse negócio de meias palavras.

— Como assim? — E só consigo pensar que nem transei com ela e mesmo assim estou encrencado.

— Ouvi dizer que você tem saído com ela pelas minhas costas toda quinta-feira.

Perguntar quem falou isso para ele não parece uma boa tática, então digo algo como:

— É, a gente tem saído. Somos amigos, sabia?

— Sabia. Só quero saber o quão amigos.

Bob ainda está junto da janela, mas ainda não pude avaliar a situação bem o bastante para saber como acenar para ele, se com a mão abaixada ou erguida.

Olho Marcus nos olhos.

— Cassidy e eu somos bons amigos, cara. Bem chegados. O fato de não estarmos mais namorando não muda isso.

Ele desvia os olhos, e é nesse instante que percebo. Não está aqui para me trucidar. Está aqui porque está machucado. A insegurança atingiu Marcus West bem em seu âmago. De repente, qualquer ciúme que me restava evapora, e percebo que sou eu quem está no poder aqui. E posso girar a faca e enfiá-la ainda mais fundo em seu coração ou tirá-la da ferida. Em se tratando de mim, fico com a segunda opção.

— Ei, Marcus, cara, Cassidy e eu sempre seremos amigos. Mas a questão é a seguinte: podemos ser amigos, e estou saindo com outra pessoa.

— É, mas todo mundo sabe que você largaria Aimee Finecky na mesma hora se pudesse voltar com Cassidy.

— Talvez as pessoas achem isso — retruco, mais do que um pouco incomodado. — Mas é só porque não conhecem Aimee. Ela é a minha namorada agora, e Cassidy é a sua. Caso encerrado.

— Não tenho tanta certeza. — Sua voz de barítono falha no meio da frase. Mal posso acreditar, o cara está beirando as lágrimas.

— Mas é assim que é — reafirmo. Como posso ficar chateado quando o cara me olha nos olhos com uma expressão tão patética no rosto? — Escute, não tem nada acontecendo entre nós, exceto que a gente se diverte juntos, relaxa um pouco do estresse da rotina. — É claro que não falo nada dos sentimentos remanescentes da época em que estávamos namorando.

Marcus fita as próprias mãos. Está girando incessantemente a corrente do chaveiro.

— Bem, é aí que está o problema. Ela não devia ter que procurar outro cara com quem se divertir. Eu quero poder ser esse cara. A pessoa que a faz rir.

Olho para a janela de Bob e mando um aceno com o braço levantado.

— Marcus, você *pode* ser esse cara. Quero dizer, por que ela não poderia se divertir tanto comigo quanto contigo, só que de maneiras diferentes?

Ele balança a cabeça.

— Não, cara, eu me conheço, e não sou nem um pouco divertido. E Cassidy precisa se divertir. Sei pelo jeito como ela fala de você. Mas não sei como fazê-la rir, nem nada assim. Não consigo ser engraçado como você.

Que estranho. Marcus sempre pareceu tão descolado e tranquilo. E agora está se torturando porque não é engraçado. Isso é que é amor.

E assim, eu digo:

— Ei, cara, você é Marcus West. Um sujeito cheio de moral. Que põe a mão na massa. Você não fica sonhando acordado, você vai lá e faz. E se a nossa geração fosse mais como você, talvez a gente pudesse mudar o mundo.

— É, mas o mundo iria ser um tédio.

— Você não é um tédio, Marcus. Você é um cara interessante. Cheio de opiniões e causas e tudo mais. E sei que está caidinho pela Cassidy, não está?

— Estou, cara. Estou mesmo.

Fico morrendo de pena do cara, mas também estou fazendo isso por Cassidy. Se ela precisa de outro namorado agora, poderia ter escolhido alguém bem pior do que Marcus West.

— Escute, Marcus. — Teria dado um tapinha em suas costas, mas seria estranho, considerando sua altura. — Eu vou te dar um conselho. Em primeiro lugar, ela gosta de você. Foi a própria Cassidy quem me contou, então pode ter cem por cento de certeza.

— Ela falou isso para você?

— Falou. — Admitir isso dói mais do que esperava, mas é por uma boa causa. — E mais. — Estou empolgado agora. — Ela também curte as suas causas. Cassidy sempre caía de pau em mim por causa disso. Mas talvez você não precisasse salvar o mundo o tempo todo. Quero dizer, do jeito que o mundo está maluco, só de pensar em todas essas guerras, campos de tortura e prédios explodindo já é de enlouquecer.

— Ei, eu não estou tentando salvar o mundo. — Nunca vi tanta sinceridade no rosto de uma pessoa. Na verdade, nunca vi muita gente com mais de 9 anos demonstrar sinceridade no rosto. E ele continua: — Ninguém é capaz de salvar o mundo sozinho. Só estou fazendo a minha parte. Puxei isso da minha mãe e dos meus irmãos e da igreja que a gente frequenta. Sabe, é só começar com as coisas pequenas no seu próprio universo e deixar o bem se espalhar a partir daí. É isso que estou tentando fazer.

— Bem, talvez seja um pouco demais para alguém como Cassidy, que está muito mais acostumada a falar de fazer essas coisas do que de fato tomar alguma atitude.

— Mas eu achava que ela gostava de me ajudar. Quero dizer, ela não tem que fazer tudo o que faço. Cada um na sua. Para falar a verdade, eu mesmo às vezes fico meio estressado. É muita pressão. Às vezes é como se tivesse um arame dentro de mim, esticado ao máximo e prestes a rebentar, mas não consigo pensar em um motivo para parar.

— Bem, diga isso a ela. Não dê uma de machão que não divide os problemas com a namorada. Sente e converse, abra seu coração. E, cara, não faça tantos planos, só deixe as coisas acontecerem. Além do mais, não tem nada de errado em beber uma cerveja ou outra de vez em quando. Talvez até um pouco de uísque.

— Não sou disso.

— Era só uma ideia.

Ele me examina por um instante.

— Agradeço muito que você tenha conversado comigo assim, Sutter. É um grande gesto da sua parte. Acho que sempre fui igual aos garotos, achei que você era uma piada, mas não é verdade. Está muito longe disso.

— Espere aí. Quem acha que eu sou uma piada?

— Só estou dizendo que você é muito mais do que demonstra. Você tem coração, cara.

— Ah sim, eu tenho isso. Tenho um coração do tamanho de uma tuba.

— Sabe de uma coisa? Aposto que se quisesse, você também poderia ser um cara que faz diferença no mundo.

— Vou deixar essa parte para você, Marcus. Afinal, você tem tudo sob controle. — Estendo a mão, e ele a aperta calorosamente. Voltou a ser o Marcus West que conheço.

— Por que você não dá uma passada na casa da Cassidy? — sugiro a ele. — Tenho certeza de que ela adoraria encontrá-lo agora.

Ele sorri.

— É, acho que vou fazer isso. Obrigado de novo. Você é um cara legal.

Ele caminha devagar e entra no Taurus. Bob está na janela novamente. Que cara fantástico. Aceno mais uma vez com o braço erguido para deixar claro que está tudo bem. O fim passou direto dessa vez.

Mas, enquanto dirijo, não posso deixar de repassar a conversa em minha cabeça. Não há dúvida. Entreguei a ele o segredo para conquistar Cassidy. Pelo menos por uns dois meses. É o máximo que dou até o relacionamento deles ruir sob o peso da imensa sinceridade de Marcus.

Capítulo 44

Aimee ainda não cansou de mim, e não posso dizer que seja uma coisa ruim. Gosto de verdade de sair com ela. A menina topa praticamente tudo o que quero fazer. O problema é que, agora que todo mundo sabe de minhas tardes com Cassidy, tenho que explicar isso a ela antes que ela ouça pelos ouvidos de outra pessoa. Krystal Krittenbrink iria adorar essa fofoca.

A hora do almoço parece um bom momento para contar a novidade. É mais difícil uma discussão sair de controle dentro de um McDonald's do que se estivermos sozinhos em casa. É claro que Aimee nunca me deu o menor motivo para eu achar que é do tipo barraqueira, mas nunca se sabe o que pode acontecer.

No entanto, acontece que sou gênio. Começo contando sobre como deixei bem claro para Marcus o quanto Cassidy gosta dele. E então, casualmente, menciono um ou outro elogio que Cassidy faz a respeito de Aimee toda vez que a gente sai para beber nas quintas-feiras. E é verdade, Cassidy já disse que acha Aimee um doce. Ainda assim, a parte do "beber nas quintas-feiras" não escapa a Aimee.

— Achei que você tinha que trabalhar nas tardes de quinta — diz ela.

— Eu trabalho, mas só no final do dia. E nunca é demais dar uma calibrada antes do trabalho.

Ela encara seu hambúrguer.

— E onde vocês bebem?

— Lugar nenhum. Só ficamos no jardim.

— Da casa dela?

— É. Na verdade, a gente estava combinando de sair os quatro juntos: eu, você, Cassidy e Marcus. — Talvez não seja exatamente verdade, mas é algo que poderia acontecer a qualquer momento, além de trazer o assunto de volta para um clima mais positivo. — O que você acha? Podemos fazer isso algum dia?

— Hum, claro, acho que tudo bem.

— Ótimo. Quer um pouco das minhas batatas?

— Quero.

E foi isso. Nada de acusações, lágrimas, escândalo. Está tudo certo. Por enquanto.

Na certa a situação teria sido muito mais emotiva se estivéssemos fazendo sexo, mas, sabiamente, tenho mantido distância nesse departamento para as coisas não ficarem ainda mais estranhas quando tudo acabar. Por enquanto, ficamos só nos amassos e nos beijos de sempre, dentro do carro, na porta de casa. Acho que nunca vamos avançar muito mais que isso com a ameaça constante de a mãe de Aimee ou de Randy, a Morsa, nos pegarem em flagrante a qualquer segundo.

Veja bem, concordo com o que Cassidy diz: uma vez que duas pessoas fazem sexo, estarão para sempre atadas por uma linha astral. Não sou especialista nessas coisas de astrologia, mas ela definitivamente tocou em um ponto quando disse isso, e a última coisa que quero é ver Aimee presa a uma linha pegajosa quando chegar o momento de dizer adeus ao Sutterman.

Só que não é fácil. Já contei até um milhão, listei quase todos os presidentes dos Estados Unidos e visualizei reprises do meu filme preferido, *Debi & Loide*, só para tentar conter o tesão na hora do amasso. Sei que disse a Ricky que ela jamais poderia ser uma gostosa, mas o corpo não mente. A cabeça sim, mas o corpo não. E a dor que sinto no saco toda vez que volto para casa está aí para comprovar.

Mas meu maior desafio ainda está por vir. Dois dias depois da nossa conversa sobre Cassidy, no McDonald's, Aimee me vem com a pergunta que não quer calar. Shane, seu irmão mais novo, vai passar a noite na casa de um amigo, e a mãe e Randy vão sair para mais uma rodada noturna nos cassinos indianos. Será que não quero dormir na casa dela e a ajudar com as entregas de jornal no dia seguinte?

Talvez o momento da pergunta tenha sido só uma coincidência, mas não consigo deixar de imaginar se Aimee não está tentando levar o nosso relacionamento para dentro do quarto para competir com Cassidy. É claro que só porque vamos passar a noite juntos não significa que temos que transar, porém, com certeza vai ser muito mais difícil me segurar. Mas você me conhece — sempre pronto para um desafio.

Quando a grande noite chega, faço o de sempre, digo à minha mãe que vou passar a noite na casa de Ricky. Então junto um monte de filmes, pizzas, salgadinhos, molhos, Twinkies, uísque, 7UP, vodca e suco de maçã com cranberry. É claro que quando chego à casa de Aimee, ela colocou uma música lenta dos anos 1960 para tocar e acendeu um monte de velas pela sala de estar, então já estou começando o desafio no superdifícil nível dez.

Temos três filmes dentre os quais escolher, duas comédias e uma ficção científica meio paradona. Nada romântico demais. Definitivamente nada de cenas de nu. Começamos com a ficção científica, o que funciona bastante bem, já que, com Aimee me explicando o filme o tempo todo, não sobra muito tempo para discutir a relação. Esse é o meu medo: ser arrastado para um daqueles papos "Para onde estamos indo?".

O mais estranho é que realmente gosto do filme e dos seus comentários, principalmente depois que ela toma algumas doses de vodca e fica mais espirituosa. É uma daquelas histórias que se passam em um futuro próximo. O totalitarismo impera. Metade dos personagens parece refugiados de uma boate de punk-rock dos anos 1970, e a outra parece nazistas espaciais. Uma das mulheres até que é bem gostosa para uma menina careca.

Aimee diz que os temas são simples: Adeus individualidade, adeus diferenças. O futuro uniforme e sem personalidade está próximo, e as sementes já foram plantadas. Ela já leu ou assistiu a bilhões de histórias parecidas. Segundo ela, é isso que as pessoas temem, porque acham que é o mesmo que morrer, e a morte é a principal usurpação da identidade.

— *Você* acha que a morte é isso? — pergunto.

— Não — responde ela. — Acho que quando morremos, não perdemos a identidade, ganhamos outra muito, muito maior. Do tamanho do universo.

— É a melhor notícia que ouvi o dia todo — digo a ela, e fazemos um brinde às nossas identidades universais.

No filme, há uma menininha punk-rock com seu pai punk-rock. Acho que o ator que faz o cara já foi alguém importante. E é triste, de certa forma, ver estrelas de cinema envelhecerem debaixo de seus cabelos bonitos. Mas é a única parte do filme que parece novidade para Aimee. Ao final, ela admite que o personagem a lembrou de seu pai porque os dois se entendiam como ninguém mais.

Foi o pai dela quem a fez descobrir a música dos anos 1960. Ele até cantava para ela. E lia também, mesmo quando ela já tinha idade para ler sozinha. Ele adorava um autor chamado Kurt Vonnegut e um outro chamado Isaac Asimov. Tenho certeza de que escreviam histórias de ficção científica. De noite, ele lia um capítulo de cada vez para ela e explicava a filosofia por trás da história.

— Ele colocava o cinzeiro vermelho no parapeito da janela e soprava a fumaça do cigarro para fora para eu não respirá-la. E usava um boné velho e surrado do St. Louis Cardinals voltado para trás, e às vezes ria tanto do que estava lendo que mal conseguia continuar.

— Gosto dele.

— Era um sonhador.

— Não tem problema algum em ser um sonhador. Gosto de ouvir os sonhos dos outros. Meu pai, por exemplo, não sei se tinha sonhos. Era igual a mim. Todo segundo na vida é um sonho para caras como a gente.

— Bem, ele deve ter sido ambicioso para acabar trabalhando no topo do prédio Chase fechando tantos negócios importantes.

— O quê?

— Ué, você não me falou que ele trabalha no prédio Chase?

— Ah, sim, claro, claro. Acho que eu estava viajando, pensando em como ele era. Cara, ele era engraçado. Mas agora ele é um workaholic.

Ela se aproxima e pousa a mão na minha perna.

— Talvez a gente devesse visitá-lo um dia. Adoraria conhecê-lo. Afinal de contas, você já conheceu toda a minha família, e eu não conheci ninguém da sua.

— É, a gente vai ter que fazer isso um dia.

— Quando?

— Não sei. Algum dia.

— Que tal amanhã? Quero dizer, se não for muito em cima da hora.

— Melhor não. — Fito a TV, muito embora o filme tenha acabado. — Além do mais, ele provavelmente vai estar no escritório, virando a noite.

— Mas no domingo à noite?

— Foi o que eu disse, o cara é um workaholic.

— E que tal isso: a gente o surpreende no trabalho. Podemos levar uma pizza.

— Não acho boa ideia.

— Sempre quis conhecer a vista do alto de um daqueles prédios.

— Que merda. — Puxo minha mão das suas e a encaro. — Dá para parar com essa história de conhecer meu pai? Não vai acontecer, tá legal?

Aimee fica vermelha e se encolhe. Parece até que lhe dei um tapa ou algo assim. Mas, sério, a menina não consegue parar.

— Desculpa — diz ela, a voz falhando.

— Ah, você não parava de falar. Não gosto de ninguém me pressionando, sabia?

— Eu sei, eu sei, fui uma idiota. Não sei o que tem de errado comigo.

Eu juro, é como se ela fosse encolher até sumir no buraquinho entre as almofadas do sofá.

— Ei. — Dou um tapinha em sua perna. — Não é tão ruim assim. Só estava me deixando um pouco irritado.

— Não, eu sei. Estou agindo igual à minha mãe, e disse que jamais faria isso. Mas acho que quando a sua família é cheia de problemas, você acaba meio problemático também. — Ela está fungando agora.

— Você não é problemática. Venha aqui. — Passo o braço ao seu redor. — Sou só um pouco sensível quando se trata do meu pai sabe, o cara passa mais tempo trabalhando do que comigo.

—- Sinto muito. — Ela limpa as lágrimas no meu ombro. — Sou tão idiota. Devia ter percebido.

Aimee não consegue parar de pedir desculpas, então faço o que tenho que fazer. Dou um beijo nela. E mais outro e outro, até que as fungadas acabam e ficamos os dois atracados no sofá, as mãos debaixo das blusas, e ela diz:

— Estou tão feliz de ter conhecido você.

E eu respondo:

— Também estou muito feliz de ter conhecido você.

E as palavras se perdem em meio a mais beijos.

Capítulo 45

Beijo sua boca, suas pálpebras, suas sobrancelhas, sua testa, suas orelhas, seu pescoço, até os seios por sobre o tecido da camiseta. Rolamos para um lado, depois para o outro. Eu por cima, então ela por cima, então ambos ficamos de lado, e o sofá é tão pequeno que ela quase cai no chão. Aperto-a junto de mim e digo:

— Não fique com medo. Não vou deixar você cair.

E ela pergunta baixinho:

— A gente pode ir para o meu quarto? Tem mais espaço na cama.

— Claro — respondo, preparando-me para uma sessão completa da edição estendida de *Debi & Loide*, contar até um bilhão e talvez até visualizar um sapo sendo dissecado. Qualquer coisa que me impeça de ir longe demais com essa menina.

Quero dizer, se ela começa a chorar só porque a mandei calar a boca, o que vai acontecer quando tiver que largar o cara com quem transou pela primeira vez?

É estranho estar em sua cama no meio de um quarto cheio de livros de ficção científica e desenhos da Comandante Amanda Gallico a cavalo. Seria de imaginar que é o lugar menos sensual do mundo, mas não é bem assim. Na verdade, é incrivelmente íntimo, como se estivéssemos sozinhos na nossa própria cápsula espacial, desbravando o universo.

— Gosto tanto de você — diz Aimee, por entre beijos.

E sei que quer dizer "amo" em vez de "gosto", não porque me ame de verdade, mas simplesmente porque é o que quer dizer. Mas é claro que não consegue. Não sem que eu tenha dito o mesmo antes.

— Estou falando sério, gosto muito, muito de você.

— Você é maravilhosa. De verdade.

— A gente pode tirar a roupa?

O que vou fazer? Dizer *não*? Não existe filme engraçado o suficiente, nem número grande o suficiente, nem sapo morto feio o suficiente para interromper as coisas agora.

— Claro que pode.

Minha boca está tão perto da sua que é como se as palavras caíssem uma por uma dentro dela como moedas em um poço dos desejos.

Esta parte é sempre esquisita. Tiro as roupas dela? Ela tira as minhas? Ou cada um tira a própria roupa? Quero dizer, quem quer ter que lidar com as meias de outra pessoa? Então fazemos um pouco de cada.

Tenho que reconsiderar tudo o que disse sobre essa menina não ser gostosa. Sem a camiseta com cara de cavalo e a calça jeans genérica e frouxa, Aimee tem um corpo absolutamente fenomenal. E não estou falando de curvas voluptuosas. É a pele que é absolutamente imaculada. Alabastro sob o brilho do relógio digital.

— A nudez cai como uma luva em você — elogio.

Aimee não é tímida com as mãos, então também não sou. Estamos a todo vapor quando, de uma hora para outra, ela se senta e diz:

— Espere bem aqui. Volto em um segundo.

"Merda!", penso. Será que mudou de ideia depois de me deixar no estado em que não tem mais volta? Mas então Aimee volta até o quarto e sobe na cama com uma camisinha que pegou na cabeceira da mãe.

— Só para garantir — explica.

A menina pensou em tudo.

Cassidy sempre gostava de ficar por cima, e acho uma delícia, mas, com Aimee, imagino que o método tradicional vá ser melhor.

Podemos inventar outras coisas depois. Agora, só tenho que conduzi-la. E penso que talvez seja até melhor que ela esteja fazendo isso comigo. Assim, vai poder ganhar um pouco de experiência com um cara que só quer o seu bem. Nada de preocupações. Só pontos positivos.

No meio da coisa, olho para seu rosto. Sua expressão é sublime, os olhos fechados, os lábios movendo-se de leve com cada suspiro baixinho que solta. Parece uma santa rezando. De repente, sinto todas as camadas que cresceram encobrindo minha própria pureza sendo removidas. Quanto mais rápido nos mexemos, mais camadas desaparecem, até que o momento mágico me inunda, e não há nada além de eu mesmo, tão imaculado quanto seu corpo, reluzente e glorioso.

Capítulo 46

Ficamos deitados em silêncio por um bom tempo, aliso seu cabelo, até que ela diz:

— Você é incrível. Foi como se fôssemos uma mesma alma mesclada em uma coisa só.

Beijo sua testa e comento:

— Obrigado. Acho que deve ser muito fácil parecer incrível para alguém na primeira vez.

Aimee não responde, e eu digo:

— Esta *foi* a sua primeira vez, não?

Zero resposta.

— Aimee?

Por fim, ela solta:

— Não exatamente.

— Como assim? Achei que você tinha dito que nunca teve namorado.

Mais uma vez, ela hesita, os olhos fechados, o queixo voltado para baixo. É bizarro — sinto uma onda de energia negativa se espalhando por minha barriga enquanto espero a resposta dela. É como se eu estivesse com medo do que ela está se preparando para me dizer.

— Não quero que você me odeie.

Beijo sua testa.

— Isso nunca vai acontecer. É impossível odiar você.

— Promete?

— Juro por todos os Seres Supremos juntos.

— Sem brincadeira.

— Não estou brincando. Prometo que não vou odiar você.

Ela suspira profundamente.

— É só uma coisa que aconteceu — diz. — Quero dizer, não planejei nada.

— Ei, eu entendo. Eu mesmo não planejo praticamente nada.

— Acontece que, quando tinha 14 e não sabia nada sobre estar com garotos, o filho de Randy passou a noite aqui em casa.

— Meu Deus, o filho de Randy, a Morsa?

— É — confirma ela, com uma voz de quem pede desculpas. — Minha mãe arrumou o sofá para ele dormir, mas, em algum momento depois que todo mundo já tinha ido para cama, ele veio até o meu quarto e perguntou se podia dormir comigo. Disse que o sofá era pequeno demais e que estava machucando suas costas.

— Que mentira deslavada.

— Achei que não teria problema. Afinal, éramos praticamente parentes. Então ele entrou debaixo das cobertas e ficou bem perto de mim. E começou a me dizer como a minha cama era confortável e como meu corpo era quente, e depois falou que ficou me observando durante o jantar e que gostava do jeito como eu comia.

— Ele disse que gostava do jeito como você comia?

— É. Eu estava imóvel, deitada de barriga para cima, e ele colocou a mão na minha barriga e brincou com o nariz no meu cabelo, me dizendo como eu era bonita. Eu só fechei os olhos e tentei fazer meu coração bater mais devagar, mas não conseguia. Nunca alguém tinha se interessado por mim, e ele parecia interessado de verdade.

— Tenho certeza de que estava.

Aimee faz uma careta.

— Não, não estava. Talvez só para aquilo, mas não por mim. Eu devia ter percebido. Quero dizer, que cara de 20 anos se interessaria por uma menina de 14?

— Caraca! É sério? O cara tinha 20 anos? Que tarado!

— Bem, a questão é que tinha esse cara mais velho, e achei que talvez ele visse algo em mim que nenhum dos garotos do colégio via. Que ninguém via. E chegou até a dizer que me amava, coisa que não ouvia desde que meu pai tinha morrido. Eu me senti especial. Como se fosse a Bela Adormecida acordando com os beijos dele. Mas não sabia bem o que fazer, só fiquei deitada e deixei que ele fizesse tudo, então comecei a chorar, e ele tapou minha boca com a mão. Depois que terminou, voltou para o sofá, e no café da manhã, nem sequer olhou para mim. Nunca mais apareceu. Acho que mora no Colorado agora.

— Que filho da mãe. Não acredito que a sua mãe continuou com Randy depois disso.

— Eu não contei a ela.

— O quê? Você deveria ter contado. Isso é estupro presumido.

— Nunca falei disso para ninguém. Até agora.

— Nem para Krystal Krittenbrink?

— Só para você.

Ficamos deitados em silêncio. É difícil pensar em algo para dizer. Depois de um tempo, sinto suas lágrimas em meu ombro.

— Não chore — digo.

— Você deve me achar uma pessoa horrível.

— Não acho você uma pessoa horrível. Por que você pensaria uma coisa dessas?

— Você nem consegue mais falar comigo.

Faço um carinho em seu cabelo.

— Só estou pensando. Tem uma coisa que também não contei a você, algo que nunca falei para ninguém. Mas você tem que jurar que não vai me odiar, igual eu prometi a você.

Ela jura.

— Sabe aquilo que falei sobre o meu pai trabalhar no alto do prédio Chase?

— Sei.

— Bem, eu estava mentindo. Menti sobre isso para todo mundo desde que entrei na escola. Até para Ricky. A verdade é que nem sei onde meu pai está. Depois que minha mãe o colocou para fora de casa, ele simplesmente desapareceu. Então comecei a inventar que ele era um superexecutivo. E fingi com tanta intensidade que quase comecei a acreditar na mentira, então talvez seja só uma meia verdade.

— Você nunca mais teve notícias dele?

— Acho que recebi um cartão de aniversário há muito tempo. Mas, basicamente, minha mãe o colocou para fora de casa e agora é exatamente isso que gostaria de fazer comigo. Mas assim é o mundo, sabia? Tudo é descartável.

Ela passa o braço ao redor de minha cintura e deita a cabeça em meu peito.

— Não se preocupe — fala Aimee. — Nunca vou descartar você.

Capítulo 47

As meninas têm uma ideia errada do que rola entre amigos. É como se a gente só falasse de esportes e pornografia, trocasse piadas obscenas e ficasse contando vantagem sobre nossas conquistas sexuais. Ou mentindo a respeito delas. Tudo bem, parte disso é verdade, mas se você tem um melhor amigo, pode ir mais longe. Pode destrancar todas as portas. Todas, exceto uma. Não posso contar a ninguém a história de Aimee e o filho de Randy, a Morsa.

Mas, acredite em mim, quando digo a Ricky que dormi com Aimee, não estou contando vantagem. Isso é para quem não consegue fazer sexo com certa frequência. Mas é decepcionante, porque Ricky não me entende do jeito que normalmente é capaz de fazer. Ele fica todo:

— Cara, achei que você tinha dito que não ia fazer isso com a menina. Que era só uma coisa superficial. E agora vocês estão transando?

— Não é nada disso. Não é só uma *transa*.

— Ah, não? Bem, porque foi o que me pareceu. Você é igual a um charlatão que sai por aí passando a perna nas pessoas. Sabe, um daqueles caras que promete colocar um telhado novo na casa de uma velhinha cega de 102 anos e desaparece com o dinheiro. É exatamente isso. Você está só enganando essa menina para sumir de uma hora para a outra. Isso não é direito, cara.

Digo a ele que não é nada disso. Explico toda a pureza do momento, e como ela parecia uma santa rezando, e ele retruca:

— Ah, sim, claro. Você só quer acreditar que ela parecia uma santa. Você está só fingindo para acreditar que foi tudo puro e inocente.

— E daí? Quem não precisa de um pouco de pureza na vida? É disso que estou falando. Foi uma coisa sublime.

— Beleza. Reverendo Sutter Keely, o homem capaz de salvar todas as almas do mundo, exceto a própria.

— Não enche, cara.

Estou começando a me perguntar se o motivo por que Ricky não é capaz de me entender é porque ainda não conseguiu nada com Bethany. Não me surpreenderia. O cara provavelmente ainda está na fase de ficar de mãos dadas no sofá da sala. O que para mim é bem caído. Se você tem que levar uma menina para a igreja no domingo de manhã, é melhor a estar levando para a cama no sábado à noite.

O que realmente me surpreende, no entanto, é a visão de Cassidy sobre a história toda. Lá estamos nós, curtindo nossas bebidas em uma espetacular tarde de quinta — Marcus e Aimee parecem não ligar para os nossos encontros amigáveis agora, ou pelo menos é o que dizem —, e testo minha teoria sobre a pureza com ela. Estava com medo que ela me descascasse por tirar vantagem de Aimee, mas sua reação é o exato oposto.

— Sabe, admiro você por sair com Aimee.

— Admira? Que palavra estranha.

— Não, o que quero dizer é que primeiro achei que você estivesse em crise por causa do final do namoro, mas agora entendo. Ano passado, Aimee e eu fizemos francês na mesma turma. Ela era tímida e tal, mas é uma pessoa profunda. Acho que me surpreendeu que você tivesse enxergado isso, mas quanto mais penso, mais sentido faz. Vocês fazem um belo casal.

— Como assim, ela é uma pessoa profunda, mas você não achou que eu pudesse enxergar isso? Você não imaginou que eu pudesse ser profundo?

— Não, você sabe que não é isso. Só achei que talvez você não notasse isso em uma menina que sai por aí com um casaco que parece uma bola de Natal roxa e gigante.

— Ei, aquele casaco está no fundo do armário agora.

— Ah, você entendeu. Uma menina sutil quando se trata do visual.

Bem, talvez ela não tenha usado a palavra "sutil" de forma negativa, mas, por algum motivo, isso me faz sentir na obrigação de proteger Aimee, e, de uma hora para outra, estou defendendo seu corpo de alabastro sob a luz do relógio digital.

Cassidy desvia o olhar na direção do jardim, como se, de repente, a fonte de passarinho fosse muito interessante.

— Bom, isso é ótimo — comenta, embora eu imagine que não está mais curiosa a respeito da minha vida sexual com Aimee do que eu a respeito da dela com Marcus. — Meu ponto é que fico feliz que vocês estejam juntos. Vai ser bom para você.

Por que todo mundo acha que preciso de uma boa influência?

— Quem sabe? — Ela me lança um sorriso dissimulado. — Talvez você vire alguém na vida.

— Ei — respondo com uma piscadela. — Eu já sou alguém. Sou uma maravilha absolutamente milagrosa.

Cassidy ri.

É estranho. Nosso relacionamento está fazendo essa metamorfose surreal bem na nossa cara. Os sentimentos que tínhamos um pelo outro não desapareceram completamente, mas parecem estar cada vez mais distantes. Tudo bem, digo a mim mesmo. Estou com Aimee agora. Cassidy é só mais uma de minhas ex-namoradas. Talvez ela seja mais como um tipo novo e mutante de amiga que nunca se viu antes, mas é só uma amiga.

Isso é bom, digo a mim mesmo. É um desfecho muito, muito bom. Podemos falar sobre qualquer coisa, e não há nenhuma das armadilhas com as quais se deve tomar cuidado quando se está namorando. Sim, digo a mim mesmo, isso é ótimo.

Mas, depois de sair de sua casa naquela tarde, sou tomado por uma vontade incontrolável de ficar gloriosa e totalmente chapado.

Capítulo 48

A festa de formatura está avançando na minha direção em velocidade máxima, fora de controle e com o farol alto aceso. Mas tudo bem. Tenho um plano. Antevejo uma réplica perfeita de um smoking ao estilo Dean Martin e uma limusine branca. Certo, vou precisar dividir a limusine com alguém, então corro direto para Ricky.

— Foi mal, cara. Não vai rolar. Bethany já marcou de dividir com Tara e Brian Roush.

— Roush? Você vai dividir uma limusine com Roush?

— É, ele convidou Tara para a festa, e você sabe como Bethany e Tara são. Se tivesse saído com Tara como falei, agora poderia estar tirando onda na nossa limusine.

— Mas ainda assim, se arrumássemos uma limusine bem grande, com certeza daria para encaixar três casais.

Ele franze o rosto.

— O que foi?

— É, bem, é só que você não é o cara preferido da Bethany.

— Eu? Qual o problema comigo? Achei que você tinha acabado de dizer que eu estaria na limusine se estivesse saindo com Tara.

— Pois é. *Se* estivesse saindo com Tara. Mas do jeito que vão as coisas, acho que ela tem medo de que você, hum, fique meio louco demais para o gosto dela.

— Louco? Eu não sou louco. Sou divertido.

— Certo. Então ela acha você meio divertido demais para o gosto dela.

Então é isso. Nada de limusine com Ricky. O que esse mundo fez com a lealdade? Afinal de contas, quem foi que armou para Ricky e Bethany ficarem juntos?

Como não sou do tipo que desiste facilmente, pergunto a Cody Dennis o que ele acha da ideia, mas, claro, ele tem medo demais para sequer convidar uma menina para a festa. Na verdade, tem medo demais até para *eu* convidar uma menina para ir com ele.

Então, penso em uma solução realmente fabulosa. Por que não usar a ideia de uma noite com os dois casais, eu e Aimee, Cassidy e Marcus? Os dois provavelmente precisam de um pouco de diversão em suas noites. Mas a ideia exige um plano delicado. Marcus não se importa que eu e Cassidy nos encontremos como amigos, mas isso não significa que vá ficar tão empolgado com a perspectiva de eu me juntar aos dois na noite da festa. Não, o jeito de mostrar a eles a beleza de minha proposta é primeiro convencê-los a uma simples ida ao cinema. Uma vez que todos perceberem como nos divertimos juntos, a festa de formatura vai estar no papo.

Cassidy acha a ideia genial, e Marcus concorda, mas dá para ver que o cara não é exatamente um tsunami de entusiasmo. Então, naquele sábado, vamos até um restaurante e pegamos uma sessão de *Lovestruck Fool* no multiplex de Bricktown. Na minha opinião, correu tudo perfeitamente bem, exceto talvez por um momento, depois do final do filme, em que Aimee deixou a garrafa de vodca cair e se espatifar no chão na entrada do cinema. Para mim, esse tipo de coisa é só engraçado, mas nem todo mundo tem o mesmo senso de humor abrangente que eu tenho. Marcus, aliás, nos fita de soslaio. Isso mesmo, *de soslaio*.

Então, no dia seguinte, ligo para Cassidy — ela atende o celular durante as entregas de alimento na casa de idosos com dificuldade de locomoção que faz com Marcus — e sugiro a ideia da festa de formatura, mas os dois já planejaram dividir uma limusine com uns amigos e seus pares.

— Mas nós nos divertimos tanto no cinema — digo. — Somos um quarteto fantástico.

E ela:

— Foi mal, mas já temos outros planos. O que você queria, Sutter? A festa é neste fim de semana. Todo mundo já se programou. Acho que você nem deve conseguir uma limusine a essa altura.

— Bem, então acho que é melhor alugar meu smoking amanhã.

— O quê? Você ainda não alugou um smoking?

— A minha ideia era alugar no dia da festa.

— Sutter, não vá estragar a formatura da Aimee. É uma noite muito importante para uma menina.

— Não se preocupe — falo, tranquilamente. — Vai dar tudo certo. As estrelas estão em alinhamento perfeito para um dia fantástico. Só tenho que fazer as coisas se encaixarem.

Capítulo 49

E as coisas até que se encaixam. A maioria delas. Não tenho problema algum em encontrar um smoking perfeito ao estilo Dean Martin. Alugar uma limusine sozinho sairia caro demais, mas e daí se eu tiver que ir com meu próprio carro? Você achou que iria pedir o de Geech emprestado? Nem em um milhão de anos. Não, o Mitsubishi está bom demais.

Só falta uma coisa: Aimee tem que dar um jeito de se safar das entregas de jornal na manhã seguinte à festa de formatura. Ela me pede para ficar do seu lado no dia em que confrontar a mãe, mas eu digo:

— De jeito nenhum. Isso é algo que você tem que fazer sozinha. Você precisa se impor com ela. De que outro jeito vai conseguir se desvencilhar da sua mãe e ir para a faculdade em St. Louis?

Para falar a verdade, não sei como ela tem dado conta do trabalho até agora. Temos saído direto, mas ela ainda acorda de manhã para fazer as entregas. Eu realmente queria acompanhá-la com mais frequência, além da vez que passei a noite em sua casa, mas sempre me esqueço de ligar o despertador, o que poderia acontecer com qualquer um. Não é minha culpa.

Enfim, poucos dias antes da festa, Aimee vem até a minha casa depois do colégio, toda animada. Ela conseguiu. Resolveu a situação com a mãe.

— Só falei que era a minha formatura, uma experiência única na vida, e que não iria estragar tudo por causa daquela porcaria de entrega de jornal.

— Estou orgulhoso de você!

— Eu também!

Ela pula em meus braços, e, para comemorar, pegamos a jarra de martíni que acabei de preparar e seguimos direto para a cama. Só depois do sexo de parabéns, nós dois deitados com nossas taças de martíni, é que ela me conta a história completa, o jeito como caminhou determinada, desligou a TV e falou tudo antes mesmo que sua mãe ou Randy pudessem abrir a boca. Nem sequer ergueu a voz ou ficou toda emotiva. Só colocou as cartas na mesa.

Quando a mãe tentou usar a desculpa de que ela e Randy talvez fossem ao cassino naquela noite, Aimee já estava com a resposta pronta. Tinha feito a entrega sozinha mais de trinta vezes no último ano sem jamais tirar um dia de folga. Portanto, iria tirar uma folga agora e mais uma no dia da colação de grau, e que isto estava fora de discussão.

É claro que não contou à mãe do nosso plano de passar a noite em um motel. Em vez disso, explicou que a escola estava programando uma série de eventos para depois da festa que, supervisionados por um responsável, iriam durar até o sol nascer. O que é verdade, mas só os absolutamente alienados participam disso. Não que eu não tenha me interessado pelo *laser tag*. Seria hilário demais jogar aquilo bêbado.

— Não cheguei a mentir — diz Aimee. — Só falei que a escola estava organizando os eventos. Não disse em momento algum que iríamos participar.

— É perfeito — garanto a ela. E estou sinceramente orgulhoso. — Você é minha heroína. Estou até pensando em levar você para dar um jeito na minha mãe um dia desses.

Ela fica em silêncio por um instante e então diz:

— Talvez fosse hora de você se impor diante da sua mãe também.

— Do que você está falando? Minha mãe não liga se eu passar a noite fora no dia da formatura. Ela mal notaria se eu sumisse por uma semana.

— Não foi o que quis dizer. Acho que você tinha que conversar com ela sobre seu pai. Você alguma vez perguntou o que aconteceu com eles?

— Nunca precisei. Ela sempre ficou muito satisfeita de me jogar na cara a história furada de que ele pulava a cerca o tempo todo.

— Talvez você devesse perguntar a *ele*.

— E como vou fazer isso? Pegar um elevador até o alto do prédio Chase? Ah, esqueci. Ele não trabalha lá.

— Então pergunte à sua mãe onde ele está. Está mais do que na hora de você conversar com ele e descobrir a sua versão da história. Eu iria com você.

Certo, acho ótimo que Aimee esteja se tornando mais segura, mas agora ela está começando a me encher o saco.

— Deus do céu, Aimee, qual é o seu interesse no meu pai?

— Você sabe, perdi meu pai muito antes de poder dizer a ele tudo o que gostaria.

— Olhe, estou muito feliz que você tenha batido o pé diante da sua mãe. Achei o máximo. Mas isso não significa que você possa consertar meu atoleiro com meus pais.

— Mas talvez ajudasse se você só conversasse com ele.

— Não, eu sei o que vai ajudar. Uma festa do cacete. — Saio da cama e pego minha calça, que estava pendurada no encosto da cadeira. — Que venha a festa de formatura. Todas as respostas estarão na terra da noite da embriaguez sem fim.

Capítulo 50

Minha gravata-borboleta, a faixa do smoking e o lenço vermelho no bolso do paletó estão no mais incrível estilo Dino. Com sua versão feminina de mullet brilhando sob a luz da TV, a mãe de Aimee abre a porta.

— Você está um perfeito cavalheiro — comenta, e então se vira para dentro de casa e grita: — Aimee, seu par chegou.

Ela não desce de imediato, e, assim, fico preso na sala, trocando olhares desconfortáveis com sua mãe e Randy, a Morsa.

E, então, Aimee aparece no corredor, e me dou conta de que adiou sua entrada triunfal para obter um efeito dramático. Na certa ficou praticamente um mês diante do espelho, ajustando cada detalhe, mas, estamos falando de Aimee: se arrumar não é exatamente sua especialidade.

É claro que está de batom de novo e, desta vez, passou até um pouco de sombra nos olhos. Acima de tudo — literalmente acima de tudo —, arrumou o cabelo em um penteado alto ligeiramente desequilibrado, no melhor estilo Torre de Pisa. E o vestido é de um tom meio vago de amarelo que não combina muito bem com sua pele. O tecido imitando seda até que dá um toque provocante e sensual aos seus quadris, mas o decote é praticamente inexistente.

O efeito do conjunto da obra em mim é uma vontade de querer abraçá-la e dar carinho e dizer que ela é coisa mais bonita de toda a galáxia. Quero dizer para não se preocupar com as piadinhas de tipos como Jason Doyle. Mas Aimee nem sequer entenderia a possibilidade de ouvir piadinhas.

Fazemos a troca da flor para colocar em minha lapela e do *corsage* que ela vai usar no braço, e sua mãe tira duas fotos usando uma daquelas câmeras descartáveis amarelas, e vamos embora. Sei que todo mundo vai jantar em um restaurante chique, como The Mantel ou Nikz at the Top, mas Aimee e eu não somos como todo mundo.

— Então — diz ela —, qual é a surpresa? Onde vamos jantar?

— Aguarde e confie.

Uns dez minutos depois, vemos as luzes das torres de TV, e ela pergunta:

— Espere aí, estamos indo ao Marvin's Diner?

— Resposta exata — anuncio, dando uma de apresentador de *game show* de televisão. — A senhora acaba de ganhar uma geladeira nova e um galgo de cerâmica!

— Não estamos arrumados demais?

— Não tem problema. O que importa é o valor sentimental: o local do nosso primeiro encontro.

— Achava que nosso primeiro encontro era a festa no lago.

— Quis dizer a nossa primeira refeição juntos.

— Comemos batata frita e chili com carne.

— Qual o problema? Não gostou da ideia?

— Não, não é isso.

— Quero dizer, este lugar é especial. É o *nosso lugar.*

— Sério? O nosso lugar?

— Claro.

— Então é perfeito — responde ela, sorrindo.

Uma vez que chegamos ao Marvin's, eu meio que esperava que os atendentes ficassem felizes de nos ver todos arrumados para a formatura, mas o caixa — que pode ou não se chamar Marvin — nos olha como se fôssemos loucos.

— Estamos indo para a festa de formatura — digo a ele — e não conseguimos pensar em nenhum estabelecimento mais esplêndido do que o Marvin's para marcar uma ocasião tão especial.

— Sério? — pergunta ele, com indiferença. Então se vira para Aimee: — E você topou?

— Claro. É o nosso lugar.

O cara deita a cabeça de lado.

— Certo. Só tente não sujar o vestido de chili com carne.

Pegamos nossa mesa preferida, e quando a garçonete chega, parece embarcar um pouco mais no clima.

— Que gracinha — comenta ela. — Vamos ter que preparar algo especial para vocês dois. Que tal um bife de frango empanado?

— Posso pedir uma porção de batata ao chili com carne para acompanhar?

— Hoje você pode tudo, meu bem.

Depois que fazemos o pedido, a garçonete some para dentro da cozinha, e eu pego um embrulho em meu bolso interno. Está embalado em papel vermelho e verde, e tem laço de fita vermelha brilhosa. Tudo bem, o papel de presente é uma sobra do Natal, mas ainda assim ficou bonito.

— Aqui. — Entrego o embrulho a Aimee. — Queria te dar algo pela noite de hoje.

Seus olhos se iluminam, e ela meio que brinca com a caixa.

— Não precisava.

— Eu sei. Mas me deu vontade.

Aimee abre a embalagem com todo o cuidado, como se não quisesse rasgar o papel para poder guardá-lo de lembrança. Por fim, puxa o papel, tira a tampa da caixa e olha lá dentro.

— É uma garrafinha de bolso — diz.

— Isso mesmo. Igualzinha à minha.

Ela coloca a caixa na mesa.

— Adorei.

— E, se você olhar com cuidado, vai perceber que já está cheia.

Está tudo perfeito. Batizamos nossas bebidas, a jukebox está tocando Dean Martin e o frango empanado e as batatas não poderiam estar mais gostosos. A garçonete até coloca uma vela em nossa mesa para dar um ar romântico. Se Aimee tinha qualquer receio a respeito do Marvin's, tenho certeza de que quando sairmos para a festa terá mudado completamente de ideia.

A próxima parada é o Remington Park, local da festa. Sim, trata-se de um hipódromo, mas eles também têm instalações excelentes e um salão de festas sensacional. O prédio em si parece um palácio, todo iluminado com uma luz dourada e painéis pendendo do teto. Há também uma entrada imponente com um toldo vermelho imenso que faz você achar que está entrando na cerimônia do Oscar. Coisa muito fina.

Lá dentro, o salão de festas está lotado de cadeiras estofadas e fileiras e mais fileiras de mesas com toalhas brancas organizadas em cinco grandes grupos. Em uma das laterais, janelas imensas — praticamente uma parede de vidro — nos permitem ver a pista de corrida, que está acesa para o nosso deleite. É claro que não vai haver corrida hoje, mas o jeito como a luz bate na pista marrom e reflete nos dois lagos ao norte do terreno é simplesmente magnífico.

Tenho que dar o braço a torcer ao comitê de formatura: o local é incrível. A decoração, por outro lado, é bem o que o tema *Puttin' on the Ritz* me fez esperar: cartolas, bengalas e tiaras recortadas de papelão, além de estrelas brilhantes e luas minguantes. Os enfeites são especialmente horrorosos. Sim, uma noite de gala e tanto. Aqui estamos, os reis e as rainhas da cafonice. A noite é toda nossa!

Como me perdi algumas vezes no caminho, Aimee e eu chegamos um tanto atrasados, mas, por sorte, Cassidy guardou um lugar para nós em sua mesa. Era o mínimo que poderia fazer depois de dispensar minha ideia de dividir a limusine. Ricky está em uma mesa do outro lado do salão, cercado pelos amigos de Bethany e

Tara. Nem poderia imaginar o que tem para falar com essas pessoas. Pelo sorrisinho sem jeito e contraído, diria que também está sem muita imaginação.

O ponche combina perfeitamente com a vodca de Aimee, mas não dá muito certo com meu uísque, então sou obrigado a disfarçar umas goladas direto da garrafinha toda vez que tenho uma oportunidade. O que não chega a ser um problema, mas esta deveria ser uma noite especial. Será que não poderiam ter arrumado um pouco de 7UP?

Também era para ter música ao vivo, mas em vez disso contrataram um DJ. E o cara se acha muito descolado. Chapéu torto. Óculos escuros esportivos. Cara, estamos dentro de um prédio e está de noite. Para que esses óculos escuros? Ele soa como alguém de Oklahoma tentando imitar o sotaque da Costa Oeste, e sua seleção musical é igual à que as rádios vomitam dia sim, dia não. Mas tudo bem. Trouxe minha arma secreta: *Dean Martin Essencial.* Só estou esperando a hora certa para colocar o CD.

Apesar da música horrenda, a pista de dança está lotada, e depois de me ouvir entretendo a mesa com algumas de minhas histórias hilárias, Cassidy e Marcus se misturam à multidão. Agora, acredite em mim, Marcus está cheio de pinta — smoking branco impecável, gravata e camisa pretas —, mas meio que parece uma garça na pista de dança, as pernas compridas rígidas e a cabeça balançando desajeitada para a frente e para trás. Cassidy, por outro lado, seria de se esperar que rebolasse demais, mas não, ela se move com uma graça fluida.

Sei que estou aqui com Aimee — e fico feliz por isso —, mas como posso deixar de admirar Cassidy? Ela está usando um vestido turquesa deslumbrante que se agarra a cada uma de suas curvas opulentas. O tom de azul ressalta a cor de seus olhos como se fossem dois diamantes, e sua pele perfeita brilha como leite. Enquanto Aimee tem que ficar ajeitando as alças do vestido para mantê-las no lugar, Cassidy está de tomara que caia. E o decote fenomenal fala por si só, como um milagre maravilhoso da engenharia anatômica.

— Ela dança bem — comenta Aimee.

— O quê?

— Cassidy. Ela dança bem.

— Ah, é, acho que sim. Não tinha reparado.

Ao final da música, Cassidy volta para a mesa, puxando Marcus pela mão.

— Por que vocês não estão dançando? — pergunta para mim.

— Você sabe que odeio esse tipo de música.

— E daí? Eu também. Mas não é você quem sempre diz "Aceite o diferente"? Levante daí e se divirta um pouco.

Ela não deixa de ter razão. Não sou do tipo que se preocupa com o fator descolado das músicas que ouço. Só gosto do que gosto. Além do mais, danço bem à beça.

— Vamos lá. — Seguro a mão de Aimee assim que outra música igualmente ruim começa a tocar. — *Odeio* essa música. Vamos nos divertir!

Mas minha mão encontra uma resistência inesperada.

— Não sei — diz ela. — Não danço muito bem.

— Ei, sou capaz de fazer qualquer um parecer um bom dançarino.

— Mais tarde, talvez. — E Aimee segura o copo como se dissesse "Preciso de mais alguns goles para levantar daqui".

Do outro lado, Cassidy segura meu braço.

— Você não se importa se eu o pegar emprestado para uma dança, não é?

— Ah, tudo bem — concorda Aimee. — Sem problemas.

Quando chegamos à pista, a situação é um tanto embaraçosa. Cassidy e eu nunca dançamos apenas como amigos.

— Então. — Ela levanta a voz para competir com a música. — Aimee está bonita.

— É.

— Você também não está nada mal.

— Você está linda.

Ela sorri e desvia o olhar.

Estamos mais à vontade agora. Não tem por que tentar esconder o fato de que ainda existe algo entre nós.

Eu a giro, e nós nos aproximamos, depois nos afastamos e nos aproximamos de novo, dançando com mais desenvoltura do que nunca. Só por um instante me empolgo demais e bato sem querer em Derrick Ransom.

— Preste atenção, Sutter — diz ele.

— Ei, o problema é essa pista. É pequena demais para meus passos fantásticos.

— É, tá bom.

A música termina, e começa uma lenta.

— Quer dançar mais uma? — pergunta Cassidy.

— Claro. Mais uma parece bom.

Faz muito tempo desde a última vez que a segurei desse jeito. E há tanto a que se apegar. O calor de sua presença é quase esmagador. Seu perfume se parece com ela — azul, branco e dourado. Isso não é hora de ficar de pau duro, mas a música mal chegou à metade, e minhas defesas estão caindo por terra.

— Espero que Aimee não se importe de dançarmos música lenta — diz ela.

— Qual o problema?

— Hum, não sei. Acho que eu me incomodaria.

— E o Marcus? Você acha que ele está legal com isso?

— É melhor estar.

— Para você é fácil.

— Como vão as coisas entre você e Aimee? — Seus lábios estão junto de minha orelha agora.

— Tudo bem.

— Você a está tratando direitinho, não está?

— Sir Galahad não poderia falar uma vírgula de mim no departamento do cavalheirismo.

Ela ri, e seu hálito é quente em meu pescoço.

— Reparei que ela usou uma garrafinha para batizar o copo de ponche. Você não a está transformando em uma bêbada, está?

Eu me afasto e a encaro no rosto.

— O que é isso? Você queria dançar ou me passar um sermão sobre Aimee?

Cassidy encosta a bochecha na minha.

— Dança — diz.

Ao final da música, Cassidy dá uma palmadinha em minha bochecha, e nós voltamos para a mesa. Parece que Marcus nem estava prestando atenção em nós. Está imerso em uma conversa com Darius Carter e Jimmy McManus. Aimee está sentada no canto com aquela expressão tensa no rosto de quem está tentando demonstrar que não se importa de ficar sozinha no meio de uma festa.

Dou-lhe um beijo na bochecha e pergunto como vai sua garrafinha.

— Ainda tenho um pouco.

— Um pouco? — Dou um pequeno gole em seu ponche. — Uau! Esta mistura é de alta octanagem. — Tento mais um. — Mas não está nada mal. Nada mal.

A festa gira à nossa volta. Entro naquele estágio maravilhoso da embriaguez em que você se sente conectado a tudo e a todos. São muitas as memórias que tenho dessas pessoas, incontáveis. Tantos amigos com tantas histórias engraçadas. Às vezes, só de pensar neles caio na gargalhada.

E então, existem as ex-namoradas. Estão lindas, todas elas. Depois de Cassidy, Shawnie provavelmente é a mais bonita, o jeito como seu vestido vermelho combina com o cabelo preto, a pele bronzeada e os olhos reluzentes. É bom vê-la tão feliz. Estava um pouco preocupado quando descobri que tinha começado a sair com Jeremy Holtz, mas os dois parecem bem juntos. Nem imaginei que Jeremy fosse sequer se importar de vir à festa, mas aqui está ele, e nunca o vi sorrindo tanto.

Essa é a minha gente. E estamos todos bem-vestidos e comemorando nosso elo em comum: a juventude. É disso que trata uma festa de formatura — um dia de São Patrício para os jovens. Só que não estamos brindando com drinques verdes nem expulsando cobras da Irlanda. Estamos brindando à clorofila em nossos corpos, assimilando a energia do universo. Ninguém jamais foi jovem como nós neste momento. Somos a Geração Mais Rápida Que a Velocidade da Luz.

Enfim, começa a tocar outra música lenta, e dessa vez Aimee não resiste. Ela praticamente derrete em meu peito enquanto deslizamos ao som da música. Comparada com Cassidy, é tão diferente tê-la em meus braços. Cassidy me traz algo de belo por fora. Aimee traz algo de belo das profundezas do meu ser.

— Não sei dançar como a Cassidy — confessa ela.

— É, mas você dança como a Aimee. E isso é perfeito.

Capítulo 51

Por fim, chega aquele momento na festa no qual não tenho qualquer utilidade — a coroação do rei e da rainha. Para mim, somos todos reis e rainhas. Por que você iria querer destruir essa união colocando duas pessoas acima de todas as outras?

Para fugir da bizarrice, levo Aimee para uma volta. É um prédio interessante de se conhecer, especialmente para alguém tão apaixonado por cavalos como ela. As paredes são decoradas com fotos de corridas e uniformes de jóqueis, e o saguão tem uma estátua de cavalo muito maneira. Há ainda algumas boates e restaurantes, além de um cassino, todos fechados a esta hora, mas é possível sentir o fantasma dos apostadores assombrando os corredores. Já assisti a duas corridas de cavalo e explico a Aimee como funcionam as apostas.

— Provavelmente perderia todo o meu dinheiro — diz ela.

— Mas não tem problema. Faz parte do custo de vir aqui. Quero dizer, não entendo nada de cavalos, mas isso também não importa. Só escolho o de nome mais patético, como Mandachuva ou Balacobaco, e aposto neles. Acho que também merecem uma torcida, entende?

— E se houvesse uma égua chamada Cassidy?

— Como assim? Cassidy não é um nome patético.

— Mas você apostaria?

— Por que a pergunta?

— Sabe, vi o jeito como você dançou música lenta com ela.

— Ei, ela me chamou para dançar, e não o contrário. E você disse que não tinha problema.

— Mas você deveria saber que tinha.

Ih, pronto. Aqui vamos nós: finalmente chegamos ao estágio do "você deveria ser capaz de ler minha mente".

— Como eu ia saber? Você tem que me dizer essas coisas. Telepatia não é um dos meus muitos talentos, sabia?

Saímos do prédio, e a lua e os holofotes iluminam o terreno bem-cuidado. Não dizemos nada por um tempo. Por fim, quebro o silêncio.

— Olhe, estou aqui com você. Cassidy está com Marcus. Somos apenas bons amigos. O que tenho que fazer para você ter um pouquinho de confiança no Sutterman?

Sentamos em um banco de pedra, e ela fita o jardim perfeito diante de nós e diz:

— Tem uma coisa que você poderia fazer.

— O quê? Faço o que você quiser.

— Sabe como você fica me dizendo que tenho que me impor com a minha mãe e largar as entregas para ir morar em St. Louis com minha irmã? Bem, acho que vou fazer isso sim. Minhas notas caíram um pouco ultimamente, mas tudo bem. Já perdi o prazo de inscrição para pegar as aulas do primeiro semestre, mas posso fazer um ano em uma faculdade pública em St. Louis. Já falei com Ambith, e ela disse que pode me arrumar um emprego na livraria em que trabalha como assistente administrativa.

— Um emprego em uma livraria? É perfeito para você.

— Pois é. Depois de trabalhar na NASA, acho que é o emprego dos meus sonhos.

— E você vai ter controle do próprio dinheiro.

— Eu sei!

É estranho. Era exatamente isso que queria que ela fizesse quando tudo começou, mas agora que está falando em ir embora, não quero que vá. Mas não posso falar isso para ela. Aimee precisa ir.

— Isso é ótimo — falo, tentando abrir um sorriso. — Não consigo pensar em nada melhor. A situação em que você está agora é simplesmente sufocante. É inaceitável. St. Louis vai ser fantástico. Se quiser, posso ajudar com a mudança. Não se preocupe. Sou o cara.

— Não era bem isso que estava pensando. — Ela respira fundo. — Estava torcendo para que você dissesse que iria se mudar para St. Louis comigo.

— Me mudar para St. Louis?

— Você também poderia entrar na faculdade pública, e nós dois teríamos um emprego e poderíamos arrumar um apartamento juntos.

Não era bem o que eu esperava, para dizer o mínimo. Sim, estou muito mais próximo de Aimee do que jamais achei que pudesse acontecer, mas você sabe como sou. Tenho um compromisso de evitar com todas as forças conversas sobre o futuro. Claro que sempre imaginei que um dia talvez pudesse morar com uma garota, quem sabe até casar, mas era mais como um menino que sonha que um dia vai ser capitão de um grande navio. Nunca foi uma realidade concreta para mim. E agora, Aimee me esfrega o assunto na cara com se fosse um robalo congelado.

— Uau! Morar junto, é?

— Minha irmã disse que posso morar com ela, mas tenho certeza de que se você viesse comigo, conseguiríamos arrumar um lugar no mesmo prédio. Não é caro.

— Você já pesquisou tudo.

— Não quero passar nem o verão aqui. Quero ir embora assim que as aulas acabarem.

— Está tudo indo bem rápido.

Ela fita os dedos.

— Você não quer ir? Quero dizer, você sempre me diz que tenho que me desvencilhar da minha mãe e me mudar para St. Louis, mas não quero ir sem você.

— É, mas morar junto? É um passo enorme. E pelo fracasso monumental dos meus pais nesse departamento, não acho que seja uma boa ideia.

— Talvez seja. — Ela pega minha mão e por fim me olha nos olhos. — Talvez seja exatamente isso que você precise para superar o que aconteceu com seus pais.

— Ah, eu já superei há muito tempo.

— Já? — Ela aperta minha mão com força. — Então por que você se irrita tanto quando falo do seu pai? Você sempre se fecha todo quando digo que devia procurar por ele. Acho que é exatamente disso que você precisa, encontrar seu pai e conversar. Se souber o que aconteceu de verdade, então vai poder cuidar para que não se repita conosco.

— Você acha?

Tenho que admitir que o assunto ainda me irrita, mas não posso transparecer agora que ela puxou minha orelha por causa disso.

— É, acho. — Acabaram-se as respostas monossilábicas. Sua voz é uma fortaleza de convicção. — Acho que vale a pena tentar qualquer coisa que possa nos manter juntos.

— Mas e se descobrirmos algo terrível, que ele é um serial killer, por exemplo, ou apresentador de *game show* na TV? Você ainda vai querer que eu vá para St. Louis com você?

— Vou querer você em St. Louis não importa o que aconteça. A questão é: você quer vir comigo?

É claro que eu devia fazer o que Ricky me mandou, criar coragem e simplesmente dizer não, não há qualquer possibilidade de eu encontrar meu pai ou de me mudar para St. Louis com ela ou de nós dois darmos certo a longo prazo. Mas não é Ricky quem está sentado aqui diante desses olhos azul-claros me implorando.

Então faço o de sempre: envolvo-a pelos ombros e a puxo para junto de mim antes de falar.

— Sim, quero. Acho que pode funcionar. Você tem razão. Morar junto vai ser o máximo. Na verdade, acho que é a melhor ideia da história do universo.

Capítulo 52

De volta ao salão, o clima da festa mudou. Ou talvez seja só eu, entrando no estágio seguinte da embriaguez — a calmaria, um vale entre dois picos. É algo que tem acontecido ultimamente. Antes, minhas bebedeiras eram formadas praticamente só de picos, mas acho que, a longo prazo, você tem que passar por um vale ou outro.

Olho ao redor e sou tomado por uma melancolia, um sentimento agridoce, só que muito mais acre do que doce. A beleza da decoração cafona se desgastou, e agora os enfeites são só patéticos. A purpurina está se desfazendo. O desespero se alastra pelo salão. Os sorrisos das pessoas parecem tão falsos quanto as luas de papelão.

Penso na gente como folhas de relva de um mesmo gramado. Crescemos juntos, lado a lado, sob o mesmo o sol, bebendo da mesma chuva. Mas você sabe o que acontece com folhas de relva — são cortadas quando atingem seu auge.

Um monte de gente já foi embora para alguma festa na casa de alguém. Não vejo Cassidy e Marcus em lugar algum. Nem Ricky. Mas a pista ainda está bem cheia, e talvez isso seja o pior de tudo. O que tem nessa porcaria de música que faz com que as pessoas nem sequer queiram levantar o pé do chão? Parece cuspida direto da máquina de extrair almas dos vampiros atômicos. Ainda assim, lá estão eles, girando e sorrindo e fazendo, aqui e ali, um biquinho sensual que aprenderam na televisão. Zach Waldrop tenta uma dança cômica para compensar a falta de ritmo. Mandy Stansberry, minha antiga namorada inconsequente do tempo do início da escola, rebola até o chão como se fosse a última diva adolescente da música pop que acaba de sair da forma. Ou seria diva adolescente da indústria pornô? Que diferença faz?

Não somos mais a Geração Mais Rápida Que a Velocidade da Luz. Não somos nem a Geração do Futuro. Somos os Garotos Que Já Estão Ficando Para Trás, e aqui estamos reunidos, para nos escondermos do futuro e fugirmos do passado. Sabemos o que vem pela frente — o futuro nos espera logo adiante, como um portão preto de ferro, e o passado está nos perseguindo como um dobermann selvagem, só que esse não está para brincadeiras.

Mas tudo bem. Não há o que temer. Sutter Keely é um veterano da embriaguez. Conheço seus estágios tão bem quanto os meses de verão. E a única coisa a fazer agora é atravessar esse vale em direção à próxima etapa: o estágio do "não tô nem aí".

Quando o DJ faz um intervalo, cutuco Aimee e digo:

— Sabe de uma coisa? Esta festa está mais morta que viva. Precisa urgentemente de um resgate, e sou o cara certo para a tarefa.

Sem mais explicações, pulo direto na cabine do DJ, para injetar um pouco de Dean Martin neste abismo.

Mas tem um problema: o equipamento é um tanto complicado, e já bebi um pouco, então abandono a missão original e acabo improvisando outra: colocar o próprio Sutterman para entoar os clássicos do Dino.

Dou dois tapinhas no microfone.

— Atenção, senhoras e senhores.

De algum lugar no meio da pista, alguém grita:

— Aê! Sutter!

— Só quero mudar um pouco o clima da festa. — E tento minha mais suave voz de barítono. — Dar um pouco de classe à nossa noite. Um pouco de estilo.

Começo com "You're Nobody 'Til Somebody Loves You", me entregando à música como o próprio Dino. Aperto os olhos e balanço o copo exatamente como ele.

— Uau! — exclama alguém a algumas mesas de distância.

Infelizmente, não me lembro da letra inteira, então, depois de alguns versos, tenho que emendar em "Ain't Love a Kick in the Head". Mas até isso é uma jogada de mestre. O *medley* perfeito. As duas músicas basicamente resumem a história do mundo. Na verdade, não são apenas músicas. São revelações. De uma hora para outra, a festa de formatura perdeu o quê de cafona, e uma boa dose de *profundidade* toma o salão.

No entanto, sempre tem alguém que não entende. Como o Sr. Asterchato.

Ele faz parte da unidade Gestapo da formatura, pronto para atacar qualquer um que desviar um milímetro sequer da autoestrada da monotonia. Assim que volto para uma segunda rodada do refrão de "You're Nobody 'Til Somebody Loves You", sinto sua mão apertando meu braço.

— Tá legal, já chega, Sr. Keely. Hora de voltar para a sua mesa.

— Mas é aí que está — digo, com toda a sinceridade. — É o evangelho segundo Dino.

— Vá se sentar! — exclama alguém da multidão, provavelmente a mesma pessoa que inventou o tema *Puttin' on the Ritz*.

— Não enche — entoo em minha voz grave de microfone.

— Já chega — insiste o Sr. Asterchato, puxando-me pelo braço.

— Mas, Sr. Asterchato — retruco, ainda na voz suave de barítono —, esta é a nossa última chance de sermos jovens, ou você esqueceu como é isso?

E devo dizer que tudo, inclusive a parte do "Sr. Asterchato", saiu pelo microfone. Ouço uns gritos aqui e outros ali, e mais uns dois "senta" mais baixos, e o Sr. Aster arregala os olhos.

— É isso — decreta ele. — A festa acabou.

Está com tanta raiva que juro que parece que seu cabelo está prestes a pegar fogo. Mas eu apenas digo:

— Beleza. Este defunto já estava a caminho do necrotério mesmo.

— Para fora, Sr. Keely. Não vou falar outra vez.

No caminho de volta até a mesa para buscar Aimee, mantenho perfeita dignidade. Certo, algumas pessoas gritam "Vá embora, seu retardado", mas quem se importa. Os que me entendem estão do meu lado.

— Boa, Sutter — comemoram eles. — Vejo você na outra festa, cara!

Aimee não fica decepcionada de ter que sair mais cedo. Quando chego à mesa, ela já juntou suas coisas. Assim que pisamos na brisa fria do lado de fora do prédio, damos longos goles em nossas bebidas. É isso aí, o próximo estágio da embriaguez se aproxima.

Capítulo 53

Temos um monte de festas entre as quais escolher, mas a maior parte de meus amigos vai estar na casa de Kendra, a melhor amiga de Cassidy. É bem provável que dure a noite toda, então temos bastante tempo para uma passadinha no motel. O plano é trocar de roupa, encher nossas garrafinhas e cair fora, mas Aimee mudou de ideia.

Enquanto estou vestindo minha calça jeans, ela sai do banheiro só de calcinha, caminha na minha direção e me beija no peito.

— Não precisamos ir a mais nenhuma festa — diz.

— Mas é a nossa formatura.

Ela corre o dedo ao longo de minha barriga.

— Podemos fazer uma noite muito especial bem aqui.

Sabe, Aimee ainda é uma aprendiz. Não entende ainda os estágios da embriaguez. Dou-lhe um longo e forte beijo e me afasto.

— Podemos ter uma noite especial aqui *depois* da festa. Agora, vamos, vá se vestir. Temos que estar lá quando forem estourar o champanhe.

— Mas a gente tem que ir à mesma festa que Cassidy?

— Você não está preocupada com isso, está? Olhe, ela é minha amiga. Você vai ter que se acostumar a encontrá-la de vez em quando. Vamos lá. Confie no Sutterman. A melhor parte da noite está só começando.

— Sério?

— Sério. Agora vá se vestir.

Este estágio da embriaguez é simplesmente fenomenal. Não é nem mais uma embriaguez. É uma onda. O mundo se abre para você, e é tudo seu, bem aqui, bem agora. Você provavelmente já ouviu a expressão "Tudo que é bom tem seu fim". Bem, este estágio nunca ouviu nada parecido. E ele diz: "Nunca vou acabar. Sou indestrutível. Vou durar maravilhosamente para sempre." E eu acredito, claro. Que se dane o amanhã. Que se danem os problemas e as barreiras. Nada importa exceto o Maravilhoso Agora.

Nem todo mundo consegue chegar a este estágio. Tem que ter prática e dedicação. É como aprender a pilotar um avião — é preciso acumular tempo de voo antes de poder voar sozinho.

E, acredite em mim, quando chegamos à casa de Kendra, estou pegando fogo. As pessoas se reúnem à minha volta, e faço piadas, brinco de mafioso italiano com Shawnie Brown, viro taças de champanhe de cabeça para baixo — coloco um tempero na diversão. Algumas pessoas colocam pilha para eu subir na mesa de centro e cantar mais umas músicas de Dino, e pode ter certeza de que não preciso de muita pilha. É assim que deve ser uma festa. Sem adultos por perto para nos calar a boca. Os pais de Kendra são o máximo. Deixaram a casa à disposição e disseram:

— Confiamos em você, meu amor, só não deixe ninguém entrar na piscina.

Certo. Boa sorte!

O único ponto negativo é que Ricky não está aqui. O ca pro-meteu que viria, mas onde ele se enfiou? Até onde sei, está com Bethany, jogando *laser tag* pago pelo colégio. Claro que Cassidy e Marcus já chegaram, e de vez em quando a pego de olho em mim, abrindo seu sorriso de Mona Lisa e balançando a cabeça. Sei que está pensando: "Por que fui trocar alguém tão incrivelmente divertido pelo Sr. Sóbrio conversando sobre política na cozinha?"

O que posso dizer? Todo mundo erra.

Em algum momento, me perco de Aimee. Na última vez que a vi, ela estava sentada na ponta do sofá com uma bebida na mão e um sorriso estranho no rosto, então fico satisfeito de que tenha se levantado e esteja se misturando às pessoas. Eu realmente tinha intenção de ver como ela está, só para o caso de estar presa, ouvindo o papo-furado de algum cafajeste como Courtney Skinner ou, pior, Jason Doyle, mas acabo me distraindo.

Acontece que, assim que começo a procurar por Aimee, Brody Moore me agarra pelo braço e sussurra uma ideia monumental em minha orelha.

— A piscina está chamando — afirma ele. — Basta um entrar primeiro.

Brody sabe muito bem que estou pronto para exercer meu papel e ser essa primeira pessoa.

— Para a varanda — digo. — Para o infinito e além!

Quando Brody e eu chegamos à piscina, já tem uma pequena multidão nos seguindo, e ergo as mãos e começo um coro.

— Pula, pula! Pula, pula!

O trampolim é baixo demais para o tipo de drama que a situação exige, então, claro, peço a dois garotos que me levantem até o teto da cabana próxima à parte funda. Ela fica longe da piscina o suficiente para que eu tenha que dar uma corridinha de impulso, o que só aumenta a diversão.

A multidão grita mais alto.

— Pula, pula! Pula, pula!

A ideia de que posso escorregar e bater com a cabeça no chão logo antes da piscina chega a me passar pela mente, mas se você for ficar se preocupando com todos os pequenos imprevistos, nunca vai alcançar nada na vida. E assim, sem titubear, dou três longos passos e pulo — completamente vestido —, puxando um fôlego delicioso, girando e dobrando o corpo, e quase consigo dar uma pirueta completa. Quando apareço para respirar, está todo mundo batendo palmas e gritando. Algumas pessoas na primeira fila ficam encharcadas, mas não estão nem aí.

— Marco! — exclamo.

— Polo! — responde Brody, antes de pular na parte funda.

A partir daí, é um vale-tudo. Deve haver uns vinte convidados na piscina, homens e mulheres, alguns ainda de traje esporte fino. A água se agita, as pessoas se revezam afogando umas às outras, as camisas e os vestidos das meninas se grudam magistralmente aos seus seios. Gritos e risos se espalham por todos os lados. Sentado na borda da piscina, observando a cena com as pernas vestidas de sapato, meia e calça balançando dentro da água, abro um sorriso imenso, digno do livro dos recordes, em êxtase pelo que acabei de conseguir. Nem ouço Cassidy chamando meu nome até ela estar logo atrás de mim.

Capítulo 54

— Sutter, você tem que ir lá dentro.

Olho para cima, e lá está Cassidy, de pé junto de mim, a luz da varanda refletindo em seu cabelo. Está linda.

— Não posso entrar. Estou todo molhado.

— Eu arrumo uma toalha.

— Qual é a pressa? — Fico de pé e começo a andar com ela na direção da varanda.

— Aimee está passando mal. Kelsey a encontrou caída no chão do banheiro. Ela vomitou na banheira.

— Meu Deus. Acho que a gente não devia ter comido toda aquela batata com chili no Marvin's.

— Ou quem sabe não devessem ter bebido tanto?

— Olhe, tenho uma ideia. Por que você não entra lá e trás ela aqui para fora. Talvez, se der um mergulho, ela se sinta melhor.

— Um mergulho? Sutter, ela não pode entrar na piscina. Vai afundar feito uma pedra.

— Ei, eu vou estar do lado dela. Aimee não vai afundar.

— Certo, exatamente como esteve a noite toda nesta festa? Você não passou um minuto com ela desde que chegou.

— E o que você tem a ver com isso? Não bastou me dizer como um namorado deve ser quando a gente estava junto? Agora você vai me dizer como devo ser quando estou namorando outra pessoa?

— Isso não tem nada a ver com a gente. — Ela para na minha frente e me agarra pelos braços como se quisesse enfiar um pouco de razão na minha cabeça. — Você sabe que me preocupo com você, e sempre vou me preocupar. Mas a questão aqui...

Cassidy não tem tempo de terminar. Aimee a interrompe. Estamos de pé perto dos móveis da varanda, a uns 10 metros da porta, e ela está vindo em nossa direção, levemente desequilibrada, mas ainda assim determinada.

— Ele não está nem aí se você se preocupa com ele ou não — diz, uns 15 decibéis mais alto que o necessário. — Você não é o namorado dele. Quero dizer, ele não é a sua namorada. Quero dizer... ah, você entendeu.

— Aimee — responde Cassidy —, eu só estava tentando fazer com que ele entrasse e ajudasse você.

Mas Aimee retruca:

— Eu sei o que você estava tentando fazer. — Seu rosto está muito pálido, mais do que o normal. Até o batom desapareceu. E tem uma pontinha de vômito na bochecha. — O mesmo que passou a noite inteira tentando fazer. Você estava praticamente fodendo com ele na pista de dança.

— Não foi nada disso — contesto, completamente embasbacado. Tudo bem, eu ensinei a ela o valor de um bom palavrão em determinadas situações, mas quem poderia imaginar que a palavra "fodendo" sairia de seus lábios com tanta naturalidade? — Foi só uma dança entre amigos — explico e tento segurá-la pelo braço, mas ela se solta de mim e vai na direção de Cassidy.

— Nunca mais quero ver você perto dele. Sua piranha.

E então, de uma hora para outra, Aimee pega impulso e dá um tapa no rosto de Cassidy. O embalo a faz perder o equilíbrio, e ela se espatifa contra a mesa de vidro da varanda, reduzindo-a a uma montanha de pedacinhos de quebra-cabeça.

Assim, aqui estou eu, uma menina com uma marca vermelha no rosto e outra caída em uma pilha de estilhaços de vidro. E qual delas eu acudo? Não sei se isso diz algo a meu respeito, mas corro na direção de Aimee.

Coloco uma das mãos em sua nuca e pergunto:

— Consegue se sentar? Você se cortou?

— Estou muito feia? Aposto que estou horrorosa.

— Venha, sente aqui nesta cadeira.

Levo Aimee até a cadeira e examino-a em busca de cortes. Só um arranhão no antebraço, nada de mais.

— Parece que você está bem — afirmo, e ela enterra o rosto em minha camisa molhada.

— Não, não estou nada bem. Sou tão idiota. Passei mal no banheiro. Meu cabelo está vomitado?

— Não, seu cabelo está com um cheiro delicioso — digo, mas a verdade é que a *fragrance de vômito* está um pouquinho forte demais.

Atrás de mim, ouço Kendra gritando:

— Sutter Keely! Quando me disseram o que aconteceu aqui, eu já devia saber que você ia estar metido na história. Espero que você saiba que vai ter que pagar por essa mesa, Sutter.

— Tudo bem — respondo, absolutamente calmo e cheio de dignidade. — É só mandar a conta.

Mas ela ainda não terminou.

— E quero você e essa sua namorada bêbada fora da minha casa. Agora! — Ela está fervilhando com a raiva e a convicção de uma mãe.

— Por quê? Já falei que vou pagar pela porcaria da mesa.

— Por quê?! — Ela examina a varanda e a piscina como se fosse alguém da seguradora que apareceu depois do Furacão Katrina. — Eu vou te dar dois bons motivos: Primeiro, você colocou todo mundo na piscina quando avisei que não era para mergulhar, e agora a sua amiguinha pinguça arma o maior barraco, bate na minha melhor amiga por motivo nenhum e quebra uma mesa de 200 dólares.

— Ei, é uma festa. Essas coisas acontecem.

— Não, Sutter. Uma festa é um lugar para se divertir. Você não sabe se divertir como uma pessoa normal.

— Eu? Você está de brincadeira? Olhe só as pessoas na piscina. Você acha que elas não estão se divertindo? Do que você acha que elas vão se lembrar mais, de jogar um jogo bobo na mesa de jantar com você ou de rir e nadar de roupa?

Antes que Kendra possa vir com uma resposta vazia, Cassidy se aproxima e segura meu braço.

— Sutter. — Ela me encara fundo nos olhos com sua melhor expressão de seriedade. Conheço bem a coisa. Não é um olhar maligno ou acusatório nem nada parecido. Cassidy está só deixando claro que o momento não está para piada. — É hora de levar Aimee para casa. Ela não quer ter que continuar aqui desse jeito.

E Cassidy tem razão, claro. Aimee está sentada, completamente pálida, como se fosse vomitar de novo a qualquer momento. Não é assim que ela quer ser conhecida, e não é assim que quero que as pessoas a conheçam.

— Ela normalmente não é assim — falo. — Só não está acostumada a tanta festa. Acho que precisa de um pouco de prática, sabia?

Cassidy me dá um tapinha nas costas.

— Leve-a para casa.

Aimee está tão inclinada para a frente na cadeira, que parece que vai cair de cara no chão. Em vez disso, vomita mais uma vez.

— Deus do céu! — exclama alguém. — Olhe só aquela máquina de vômito.

Eu me ajoelho ao seu lado e puxo seu cabelo para trás.

— Vamos, meu bem — digo baixinho. — Hora de ir embora. Você vai ficar bem. Vai dar tudo certo.

Capítulo 55

E assim, no final das contas, apesar da ressaca de dois dias, a festa de formatura foi um sucesso. Por dias seguidos, as pessoas vêm me parabenizar pelo meu *medley* do Dean Martin e minha quase perfeita pirueta de roupa e tudo na piscina de Kendra.

Mas, por outro lado, alguns babacas começam a chamar Aimee de Vomi-troll. Gente como Chad Lammel passa por mim e pergunta:

— Ei, Sutter, cadê a Vomi-troll?

Ou:

— Vomi-troll andou quebrando mais algum móvel de jardim?

Aimee conta que estava sentada na aula de inglês, e um garoto falou:

— Ei, Vomi-troll, vê se não quebra a carteira.

— Não se preocupe — digo a ela. — Que se dane esse cara. Vamos ver o que ele vai ter a dizer quando você for alguém importante na NASA e ele estiver trabalhando em uma fábrica de frangos, cortando cabeça de galinha para se sustentar.

Aimee, porém, não tem estado tão preocupada com a NASA ultimamente. Agora só fala em como vamos encontrar meu pai e nos mudar para St. Louis, como se fosse um pacote completo. Tinha esperanças de que fosse a vodca falando mais alto, mas não tive tanta sorte. Ela já avisou à irmã que vamos nos mudar.

Um dia, sentamos para almoçar no McDonald's, e a primeira coisa que diz é:

— Você já falou com sua mãe sobre procurar seu pai?

É o segundo dia seguido em que me pergunta isso.

— Não, acho que é melhor falar com minha irmã. Mas tenho que escolher uma boa abordagem. Não nos damos muito bem.

— Mal posso esperar para conhecê-lo. Acho que isso vai ser muito bom para você. Mas a gente não tem muito tempo. Ambith espera que a gente chegue logo depois da colação de grau.

— Não se preocupe. Eu disse que iria fazer isso, e você sabe como sou: sempre cumpro minha palavra.

Claro que a verdade é que, independentemente do que sinto por ela, ainda estou contando com que Aimee termine comigo. Os sinais estão começando a aparecer. Exatamente como todas as minhas outras namoradas, ela está começando a procurar por aquele *algo mais* em mim que eu aparentemente não tenho — o que quer que seja.

Mas se for para terminar antes do dia em que devemos nos mudar para St. Louis, o tempo está ficando apertado. Na verdade, agora que a festa de formatura passou, parece que o ano letivo praticamente acabou também. Estamos todos seguindo o fluxo, esperando pacientemente pela colação de grau.

Infelizmente, para alguns de nós, talvez a colação tenha que ser adiada um pouco. Não cheguei a contar a Aimee, mas o Sr. Asterchato está no meu pé. Segundo ele, *parece* que tenho que tirar pelo menos C na prova final para passar na matéria dele.

— E se você não conseguir — disse ele, muito sério e cheio de si —, parece que vai ficar de recuperação esse verão, rapaz.

Mais uma vez aquela história de "rapaz".

Acho que devia ter pedido a Aimee para fazer meus deveres de casa mais vezes, mas não queria correr o risco de que ela pensasse que era o único motivo por que estou namorando com ela.

De qualquer forma, me convenço de que vou ligar para minha irmã, Holly, e perguntar sobre o papai. Talvez me mudar para St. Louis não seja tão verossímil, mas comecei a me habituar à ideia de encontrar meu pai. Aposto que poderia conversar de verdade com ele sobre a vida. Enfim os homens da família Keely iriam estabelecer um vínculo. Posso até nos ver indo a um jogo de beisebol juntos de novo. Dessa vez, eu teria minha própria longneck.

No entanto, não é difícil encontrar desculpas para ainda não ter ligado para Holly — principalmente porque ela nunca chegou a me perdoar pelo incidente com o terno queimado —, mas hoje tenho uma desculpa legítima. Bob, meu gerente na loja de roupas, me pediu que chegasse algumas horas mais cedo. Enfim, não posso começar uma conversa longa e complicada sobre um pai desaparecido e então dizer: "Eu ligo mais tarde, Holly. Agora tenho que ir para o trabalho."

Quando chego ao Mr. Leon's, puxo o assunto com Bob, mas ele parece distraído e não me oferece sua sabedoria costumeira. Mais tarde, no final do expediente, descubro por quê. Bob me chama até sua sala e me pede que eu me sente.

— Sutter — diz, tamborilando os dedos na mesa diante de si. — Você sabe por que pedi que chegasse mais cedo hoje? — Ele não me dá uma chance de responder antes de continuar: — É óbvio que não estamos sobrecarregados. Na verdade, quase não temos mais trabalho. E esse é o problema. A matriz sabe disso, e eles me disseram que tenho que reduzir o número de horas a partir da semana que vem. Por isso, queria que você ficasse algumas horas a mais antes de termos que fazer isso.

— Quantas horas você tem que diminuir? Já estou trabalhando só três dias por semana, e não é nem um turno de oito horas. Estava querendo passar para cinco dias por semana nesse verão.

Acho que isso demonstra onde estou com a cabeça. Ainda estou pensando como alguém que vai continuar morando aqui, e não em St. Louis.

Bob baixa a cabeça e esfrega o dedão ao longo da beirada da mesa.

— E eu gostaria de te passar para cinco dias, Sutter. De verdade. Mas o problema é que, de acordo com a matriz, só vou poder ter um funcionário. Bem, nós dois sabemos que gosto de você e que os clientes gostam de você, a maior parte deles, então, por mim, eu ficaria com você.

— Que bom, Bob. Você não vai se arrepender.

— Espere um pouco, Sutter. Ainda não terminei. Pensei muito nisso, e a única forma de poder manter você aqui é se me prometer de verdade que nunca mais vai chegar com uma gotinha de álcool sequer. E estou falando de nunca mesmo. Caso contrário, não tenho outra escolha senão te dar as duas semanas de aviso prévio.

Neste instante, Bob me olha nos olhos. E há uma tristeza pesada sobre ele, como se fosse se decepcionar não importa o que eu faça, mentir ou dizer a verdade. Mas é claro que não posso mentir para ele. Estamos falando de Bob Lewis. O cara é legal demais.

— Bem, Bob — começo. — Agora você me pegou. Você sabe que não posso prometer isso. Gostaria de poder, mas não posso.

Ele continua a me encarar nos olhos por um longo tempo e então faz que sim com a cabeça.

— Agradeço sua honestidade, Sutter. Acho que, se fosse seu pai, tentaria dar um sermão sobre o que você está fazendo consigo mesmo, mas não é meu papel.

Estendo o braço e aperto sua mão.

— Bob, se você fosse meu pai, provavelmente não precisaria me dar um sermão sobre isso. Foi muito bom trabalhar com você.

— Ainda temos duas semanas de trabalho juntos. — Juro que ele parece prestes a chorar. — E depois, se algum dia você decidir colocar as coisas nos eixos, volte aqui, e a gente pode ver se arruma uma vaga.

— Pode apostar que sim.

Após isso, a situação fica bem desconfortável, então, em vez de ficar e conversar com Bob enquanto ele fecha o caixa, saio mais cedo. Claro que me sinto mal por ter sido demitido, mas teria me sentido muito pior se tivesse mentido. Na verdade, estou muito orgulhoso de mim mesmo, e, ao sair da loja, o ar parece até um pouco mais doce. Até eu notar o carro de Marcus estacionado ao lado do meu.

Capítulo 56

Meu primeiro pensamento é: "Ótimo, qual o problema dessa vez? Acabo de perder o emprego e, de alguma forma, Marcus está com ciúmes de novo?"

Mas à medida que me aproximo, não é ele quem salta do carro. É Cassidy. Pergunto o que aconteceu, e ela diz:

— A gente só quer conversar um minuto.

— A gente quem?

— Marcus, Ricky e eu.

Ela está com aquela expressão séria no rosto; o que será que fiz agora? Repasso minhas memórias recentes e não consigo pensar em nada. Na verdade, parece que, exceto por ter sido demitido, tenho sido um cidadão exemplar.

Sento ao lado de Ricky no banco traseiro, enquanto Cassidy e Marcus ficam na frente. Estão todos me olhando, e eu pergunto:

— O que foi? O que eu fiz dessa vez?

Eles trocam olhares entre si, e Ricky começa.

— Não é nada que você tenha feito. É mais uma coisa que gostaríamos que você pensasse em fazer.

Olho de um para o outro. Estão todos terrivelmente sérios, então solto:

— Deus do céu, isso não é mais um daqueles sermões "Estamos muito preocupados com o quanto você tem bebido", é?

— Não, cara — responde Ricky. — É mais um sermão sobre Aimee Finecky.

O que me dá um leve alívio. Odiaria ver duas pessoas com quem me diverti em níveis monumentais dando uma de orientador educacional para cima de mim.

— Olhem — digo. — Já falei que vou pagar pela mesa da varanda.

— Cara, não é com a mesa que estamos preocupados. É com a própria Aimee.

Olho para Cassidy. Seus olhos azuis praticamente me engolem.

— Fala sério. Cassidy, você sabe que Aimee não queria dizer o que falou para você na festa. Ela só estava meio alta. E se sente péssima por ter batido em você.

— Eu sei — responde Cassidy. — Ela já se desculpou. Não estou preocupada com isso.

— Bem, então qual é o problema?

Depois de um longo e desconfortável silêncio, Ricky anuncia:

— É só que a gente acha que não está dando certo.

— O quê?

— Você e Aimee, cara. Seu relacionamento não está dando certo.

— Ah, é? Então me diga uma coisa: desde quando vocês têm autoridade para dizer se os meus relacionamentos dão certo? Olhem só para vocês. Primeiro, o Sr. Só Tive Uma Namorada na Vida, depois a garota que terminou comigo por ajudar o primeiro a arrumar essa namorada e, por último, o cara que roubou *a minha* namorada. Me desculpem se não dou a mínima para o que vocês acham dos meus relacionamentos.

— Espere aí — protesta Marcus. — Eu não roubei a sua namorada.

— Ah tá. Então é o quê? Um aluguel, igual a pegar um livro na biblioteca?

— Não — responde Cassidy. — O que ele quer dizer é que *eu* o chamei para sair *depois* que nós terminamos.

— Ótimo. Perfeito, então. E quando foi isso, uns 15 minutos depois? Claro, está óbvio para mim agora. Isso te dá o direito de terminar os meus relacionamentos com todas as futuras namoradas que eu talvez venha a ter. Acho que devia ter lido as letrinhas do contrato.

— Espere aí, cara. — Ricky se inclina para a frente. — Não mude o foco da conversa. Isso não é sobre você, é sobre Aimee. É sobre o que está acontecendo com ela. O que quero dizer é que a gente sabe muito bem que não adianta dizer a você para pegar leve com a bebida, mas para ela está demais. Nunca a vi bebendo, e agora ela virou uma pinguça.

— Exatamente. Você nunca a viu bebendo. E sabe por quê? Porque ela nunca tinha ido a uma festa. Ela não tinha amigos, exceto uma que a tratava como um cachorro.

— E agora ela está derrubando garrafas de vodca no chão do cinema — diz Marcus. — Isso não condiz com o tipo de pessoa que ela é.

— Ah, é? E que *tipo* de pessoa ela é? Você olha para ela e vê uma nerd que devia se esconder no seu canto e nunca dar as caras? Porque eu vejo muito mais que isso. Eu vejo alguém cujos sonhos são tão grandes quanto o de vocês três juntos. Alguém que é capaz de se defender agora. Antes de sair comigo, Aimee deixava todas as pessoas em sua vida passarem por cima dela como se fossem a Rainha Vitória e ela fosse a capa de Sir Walter Raleigh.

— E você sabe o que eu vejo? — pergunta Ricky. — Eu vejo alguém que está sendo chamada de Vomi-troll na escola. Você acha que é o salvador dessa menina, cara? Dê um tempo. Você sai por aí agindo como se estivesse resgatando as pessoas só para não ter que lidar com os próprios problemas.

— Ah, é? E quais são os problemas com os quais eu tenho que lidar? Hipócritas moralistas feito você?

— Esperem um pouco — interrompe Cassidy. É mais um pedido que uma exigência. — Não vamos transformar isso numa briga. Gente, será que eu e Sutter podemos conversar sozinhos um instante?

Eles concordam e começam a saltar do carro, mas Cassidy acha que seria melhor se e eu ela saíssemos. Acho ótima a ideia. O clima dentro do carro está mais do que um pouco sufocante.

Caminhamos e nos recostamos lado a lado em meu carro.

— A noite está bonita — comenta ela.

E eu respondo:

— Já tive melhores.

— A ideia foi minha. Não desconte neles. Talvez tenha sido uma ideia idiota, mas sei que você realmente quer o melhor para Aimee.

— Mas você não acha que eu poderia ser o melhor para ela, é isso?

— Não, eu acho que poderia, se tentasse. Mas agora, não acho que possa.

— Então, de acordo com a sua sábia visão de mundo, você proclama que eu deveria terminar com ela.

— Não estou proclamando nada. É só um conselho. Só isso.

— Porque a estou transformando numa pinguça como eu?

— Não fale assim. Ela não é como você, Sutter. Ela não tem que ser extrovertida nem encher a cara com um monte de gente. Além do mais, você sabe que não vai ficar nessa muito tempo.

— E por que você diz isso?

— Por quanto tempo nós namoramos, oito meses? E durante todo esse tempo você deixou bem claro que não tinha planos para o futuro.

— Ei, eu não faço planos para nada.

— Eu sei. É disso que estou falando. Eu sabia que você nunca iria se comprometer de verdade com o nosso namoro, e, obviamente, o mesmo vai acontecer com Aimee. Então, só estou falando que você faria um grande favor a ela se terminasse antes de ela embarcar em algo do qual não consiga mais sair.

Por um instante, fico ali de pé, assistindo a uma embalagem de hambúrguer voar pelo estacionamento. Tem algo que Cassidy e os outros não sabem, algo que não posso contar a eles — a história do que aconteceu com Aimee e o filho de Randy, a Morsa. Mesmo que quisesse, como poderia simplesmente terminar com uma menina quando sei o que ela tem enterrado em seu passado?

Então digo algo como:

— Olhe, Cassidy, já que você tem todo esse vasto conhecimento enciclopédico sobre mim e os meus relacionamentos, então você sabe que não preciso terminar nada. Ela vai fazer isso quando estiver preparada. Vai cansar de mim, exatamente como você.

— Você não entende, não é? A menina te ama. E não vai terminar com você, não até que algo realmente ruim aconteça.

— Fala sério. Tudo bem, ela *gosta* de mim, mas não me *ama*.

— Isso é tão a sua cara. Não sei o que aconteceu, mas, por algum motivo, você nunca acredita que alguém possa amá-lo. Sua mãe, sua irmã. *Eu*. Quero dizer, se você não consegue acreditar que alguém te ama, como vai conseguir ir além dessa máscara de que "a vida é tão maravilhosa" que usa e conseguir finalmente se comprometer com alguém?

— Ei, não é uma máscara. E, aliás, ficou muito evidente o quanto você me amava pela facilidade com que me chutou para escanteio.

— Você acha que foi fácil? Você acha que não chorei? Ainda choro. Mas eu tenho que seguir com a minha vida, assim como você. E Aimee. Só que ela não consegue enxergar isso porque você se tornou o mundo para ela. Ela não é capaz de se imaginar indo a lugar nenhum sem você. Mas não consigo visualizar vocês dois seguindo na mesma direção. Você consegue?

— Consigo. Aliás, depois da colação de grau vamos morar juntos em St. Louis. — Certo, foi uma resposta meio impulsiva, mas não vou ficar aqui e deixar que Cassidy profetize a minha vida inteira para mim. — Já está tudo planejado. A irmã dela mora lá e está procurando um apartamento para a gente. Vamos arrumar um emprego e vamos entrar na faculdade. Acabei de dar meu aviso prévio para Bob.

Ela segura meu braço.

— Não brinca?

— Você vai ver. — Puxo meu braço de volta e abro a porta do carro. — Pode dizer àqueles dois que eles são uns babacas. A gente se vê na escola.

Capítulo 57

Estamos no meio da tarde, e Holly está toda arrumada com uma blusa de seda dourada, calça saruel preta e sandálias com tiras que sobem pelos tornozelos. Seria de se imaginar que está indo para um café da manhã com uma de suas amigas ricas, em vez de simplesmente entreter o irmão teimoso e ovelha-negra da família. Mas acho que é tão raro nos encontrarmos que ela quer fazer da coisa um evento.

Estamos no deque, de frente para a piscina. No mínimo ela acha que se ficarmos dentro de casa vou tacar fogo em alguma coisa. Na mesa, há uma travessa cheia de frutas e uma jarra de chá gelado, que, é claro, é desnecessária, pois trouxe meu 7UP.

Assim que nos sentamos, ela pergunta:

— Gostou da reforma que fizemos? — Mas não espera por uma resposta. — Primeiro, passamos um aperto com as pessoas que contratamos para fazer o serviço, mas depois, sabe, deixei bem claro o que queria e quando queria que ficasse pronto, e que se eles não gostassem eu simplesmente contrataria outra pessoa. Ah, eles resmungaram bastante, mas terminaram o serviço. Para mim, ficou perfeito.

— Ficou fantástico — elogio, em uma voz propositalmente empolada.

Tenho certeza de que Holly está tentando adiar o máximo possível a conversa sobre o papai, mas realmente não estou no clima de trocar amenidades.

Ela, no entanto, dá continuidade ao assunto.

— Kevin queria plantar uma macieira, mas bati o pé e disse que não era prático. Além do mais, não acho uma árvore bonita.

— Pois é — digo, avaliando o quintal. — Macieiras estão tão fora de moda. Enfim, como falei no telefone, queria conversar sobre o papai.

Tão rápido quanto trocar a TV de canal, Holly muda de anfitriã com travessa de frutas e calça saruel para a irmã mais velha.

— Ah, Sutter, não sei por que você quer desenterrar isso.

— Desenterrar? Fala sério, Holly, o papai não é algo a ser *desenterrado*. Ele era um cara legal. Você se lembra de como nos contava historinhas dentro da barraca de camping no quintal de casa?

— Isso era mais com você. Eu era meio grandinha para historinhas quando ele comprou aquela barraca velha.

— Bem, você se lembra da viagem que fizemos para o México? Papai falava um pouco de espanhol e fazia a gente abordar as pessoas com perguntas como "Onde fica o museu da fivela de cinto?" ou "Por que meu sorvete veio sem alcachofra?". Era muito engraçado. E a gente comprou aquelas marionetes mexicanas maneiras.

— As perguntas me deixavam com vergonha.

— Vergonha? As pessoas achavam graça. Eles adoravam a gente.

— Eles gostavam de você porque você era pequeno e bonitinho.

— Mas os caras se amarravam em você. Eles a achavam uma *muchacha* gostosa.

Ela sorri.

— Você acha?

— Tenho certeza. Vi o jeito como a olhavam quando você passava.

Não chego a falar que o sujeito de que me lembro era um *hombre* magrelo de uns 50 anos com mais cicatriz de espinha no rosto do que dentes na boca. Mas sei que Holly tem algumas boas lembranças do papai. Só preciso trazê-las à tona por ela.

— Uma das melhores coisas sobre o papai é que ele tratava todo mundo bem — acrescento.

— Isso é verdade. — Ela dá um gole em seu chá gelado. — Ele realmente sabia fazer amigos. Talvez não fossem as pessoas certas, mas ele era capaz de fazer qualquer um se sentir bem consigo mesmo. Pelo menos por um tempo.

Seu rosto é tomado por um ar pensativo.

— Eu me lembro de quando era pequena, antes de você nascer, e ele me levou para pedir doces no Dia das Bruxas. Estávamos sozinhos. Eu estava de princesa, com um vestido prateado comprido e cintilante e uma tiara prateada. Papai me disse que eu era a menina mais bonita que ele jamais vira. E disse que, naquela noite, eu era uma princesa de verdade e que podia fazer o que quisesse e que todos os meus desejos se tornariam realidade.

— Taí um exemplo de como o papai era. Ele tinha seus momentos de magia.

— O jeito como ele parecia conhecer todo mundo em todas as casas em que batemos, e como conversava com todas as outras crianças nas calçadas, eu realmente me senti especial. E pensei: "Eu *sou* uma princesa, e o meu pai é o rei dos Estados Unidos." Nós sentamos sob uma árvore e ficamos comendo doce por um tempo. Ele adorava Almond Joys. E me disse que nenhum monstro do Dia das Bruxas poderia nos pegar porque tínhamos uma aura mágica à nossa volta que transformava todo o mal que a tocava em coelhinhos.

— É! Ele também me disse isso.

— E então contei a ele qual era o meu maior desejo. Eu queria que, um dia, todos nós vivêssemos em um grande castelo branco. Eu tinha tudo na cabeça: hera nos muros, móveis dourados com almofadas de veludo vermelhas, galgos russos de cães de guarda. Ou qualquer outro cachorro grande. E você sabe o que ele disse?

— O quê?

— Ele disse: "Bem, você é a princesa, e os desejos das princesas sempre se tornam realidade."

— É a cara dele. Sempre positivo. Mas você certamente não esperava um grande castelo branco, esperava?

— Naquela época, claro que esperava. — Seu sorriso pensativo desaparece. — Mas depois eu teria me contentado só com a parte do todos nós morando juntos. Ah, como teria.

— É, eu também. — De repente, me sinto muito próximo de Holly.

— É por isso que nunca quis conversar muito com você sobre ele, Sutter. Não porque ele tenha nos decepcionado tanto, mas porque não quero que você fique igual a ele.

— Mas talvez não seja culpa dele o fato de não ter conseguido manter a promessa. Afinal de contas, foi a mamãe que gritou e berrou e o expulsou de casa.

Ela faz uma careta de quem acha que acabei de dizer algo idiota.

— Mas você sabe de uma coisa? Ele deu bastante motivo a ela para gritar e berrar. Você era muito novo para entender o que estava acontecendo, mas ela se abria comigo. Éramos praticamente irmãs naquela época. Mamãe me contou tudinho sobre como foi até o carro dele, estacionado bem na porta da nossa casa, e o encontrou montado em cima da vizinha do final da rua. Ele era assim, e isso é tudo o que preciso saber.

E, na mesma hora, a proximidade entre nós evapora.

— Como você sabe que é verdade? — pergunto. — É claro, ela pintou a história toda como se ele fosse o vilão. Mamãe fala mal dele em toda oportunidade que tem. Parece até que é o Osama bin Laden ou sei lá quem. Ao menos uma vez gostaria de ouvir a versão dele sobre o assunto.

— Para quê? Para que ele possa mentir para você como mentia para a mamãe? Como mentia para nós? Você se lembra de quando ele estava arrumando as coisas para ir embora e se sentou diante de nós na varada da frente e disse que não tínhamos com o que nos preocupar, que ele estaria do outro lado da cidade e que a gente poderia ligar a qualquer momento que precisasse dele? Pois bem, cadê ele agora?

— É exatamente isso que quero saber.

— O que eu estou falando é...

— Eu sei o que você está falando. Mas o que eu estou falando é o seguinte: já chegou a hora de eu encontrá-lo. Quero falar com ele, falar de verdade. Um cara precisa conhecer o pai verdadeiro, e não um padrasto robótico. Já tentei perguntar à mamãe onde ele está, mas ela fica só me enrolando. Não tenho com ela o mesmo relacionamento que você tem. Para ela, você deu certo na vida.

— Você está de brincadeira? Você é o menininho de ouro dela.

— Menininho de ouro? Ela não acha isso desde que fiz 6 anos. Agora é mais como se eu fosse uma geringonça quebrada ou algo que ela mal pode esperar para passar adiante numa venda de garagem. É por isso que estou aqui. Preciso que você pergunte a ela onde o papai está. Você é muito mais próxima dela do que eu. Para você ela contaria.

— Você também poderia se aproximar dela, Sutter. Ou de mim. Mas você sempre age como se não precisasse da gente para nada.

— Bem, estou aqui agora, não estou? E estou dizendo que preciso que você pergunte isso a ela.

Holly fita a casa.

— Ela não quer falar sobre isso, Sutter. E não acho que a gente possa culpá-la por isso. Depois de tudo que ele fez? O papai é um fracasso totalitário.

— "Totalitário" é um regime político.

— O quê?

— "Totalitário" não é superlativo de "total". É um regime político. Uma ditadura, por exemplo.

— Tanto faz. O que estou dizendo é que, para a mamãe, o papai não passa de uma lembrança ruim, e não quero ser responsável por fazê-la passar por tudo isso novamente.

— É, bem, você deve ter razão. Tenho certeza de que tudo que aconteceu antes de nos mudarmos para uma casa grande com piscina é uma lembrança ruim para a mamãe. Mas e que tal assim: você pode ao menos conversar com ela por *mim*? Pode fazer isso? Você está me dizendo o que acha que eu deveria fazer. Que tal me ajudar com algo que eu ache importante ao menos uma vez?

Ela encara a travessa de frutas.

— Vamos lá — insisto. — Você poderia ligar para o trabalho dela agora mesmo. Dizer que Kevin está interessado em falar com ele sobre alguma coisa. Isso daria certo. Ela adora Kevin.

Holly se prepara para dizer algo, mas então morde o lábio como se estivesse tentando resolver um problema matemático complicado na cabeça. Por fim, ela confessa:

— Não preciso ligar para ela.

— Por que não?

Ela continua fitando a travessa de frutas.

— Porque sei onde ele está.

— O quê?

Afinal, Holly me olha nos olhos.

— Eu sei onde ele está: Fort Worth, Texas. Ele liga umas duas vezes por ano para a mamãe, bêbado e pedindo para ela voltar com ele Como se isso fosse acontecer um dia.

— E a mamãe contou isso para você, mas não para mim?

— E ela tem culpa disso? Você sempre age como se o divórcio tivesse sido todo por causa dela. A mamãe provavelmente tem medo de que você fuja e vá morar com ele ou algo assim.

— Ah, claro. — Fico de pé e pego meu 7UP da mesa. — Ou talvez ela não queira que eu descubra a verdade sobre o que aconteceu. Mas ela não vai esconder isso para sempre. Eu vou descobrir. Nem que tenha que dirigir até Fort Worth.

Capítulo 58

Fort Worth fica a apenas três horas e meia ao sul de Oklahoma, talvez menos, na velocidade com que estou dirigindo. O dia está nublado e escuro, mas tudo bem. A 130 quilômetros por hora na rodovia, longe da escola, do trabalho e dos pais, não há como não se sentir livre e animado. Além do mais, estou empolgado com a ideia de finalmente rever meu pai depois de todos esses anos. Aimee na certa está duas vezes mais agitada que eu, muito embora estejamos faltando à colação de grau.

Não estava exatamente mentindo quando disse que teria que encontrar meu pai no fim de semana da colação. Sim, foi ele quem sugeriu a data quando nos falamos pelo telefone, não que soubesse que a cerimônia seria na sexta à noite. Tenho certeza de que se o tivesse avisado, teria escolhido outra data sem problemas, mas de que adiantaria? Não é como se eu fosse receber um diploma. O Sr. Asterchato cumpriu sua ameaça. Estou em recuperação.

Já a mãe de Aimee, ao que parece, não ficou muito feliz com a história. Não sei muito bem como Aimee explicou para ela, mas a verdade é que não acho que a mãe dela esteja muito satisfeita comigo de uma forma geral. O velho papo das más influências. Mas tudo bem. Não esperava outra coisa de uma mulher que está perdendo o controle que tem sobre a filha. E é exatamente isso que está acontecendo. Agora que Aimee tem alguma experiência em se defender, está se tornando uma especialista no assunto. É claro que algumas doses de vodca sempre ajudam.

Quanto à minha mãe, eu apenas disse que os eventos mais importantes seriam na semana que vem, e ela nem se preocupou em confirmar a informação. Vou ter bastante tempo para explicar o lance da recuperação depois. Também não falei nada sobre encontrar meu pai, e pedi a Holly para não tocar no assunto. Não preciso de mais um sermão da mamãe sobre como ele era ruim e como vai me contaminar só de falar com ele.

Mas odeio o fato de Aimee estar perdendo sua colação de grau. Ela trabalhou muito para conseguir esse diploma, e, sério, o que uma cerimônia tem a ver com isso? Será que precisa mesmo desfilar em um palco com um monte de gente que nem sequer a conhece direito? Além do mais, seria pior ainda se ela soubesse que eu não estaria lá.

A música está nas alturas e a paisagem passa por nós — as nuvens baixas, os campos de pasto, as montanhas Arbuckle do sul de Oklahoma. Aimee trouxe biscoitos e bebidas. Nada alcoólico. Claro, a gente talvez tome uma dose ou duas logo antes de encontrá-lo, mas é só isso.

— Você está nervoso? — pergunta ela.

E eu respondo:

— É esquisito. Acho que vai ser diferente revê-lo, mas você sabe o que penso disso.

— Aceite o diferente?

— Isso aí.

— Aposto que isso vai fazer o ano do seu pai — garante ela, esticando um pacote aberto de Bugles para mim.

Pego um punhado de salgadinhos e digo:

— Ele pareceu bem animado ao telefone. Meu pai sempre foi assim, entusiasmado com a vida. Eu me lembro de uma vez que fui com ele ao mercado, e ele deu ré e acabou batendo em um carro no estacionamento, mas não ficou nem um pouco chateado. Em vez disso, lidou com a situação como uma oportunidade de fazer amigos, entrou no mercado, pediu que o dono do carro fosse chamado na entrada da loja, deu o número de sua seguradora para a mulher e, de uma hora para a outra, os dois estavam rindo e conversando.

Parecia que ele tinha acabado de entregar a ela um cheque com o prêmio da loteria em vez de bater no seu carro.

— Mal posso esperar para conhecê-lo.

— E ele também.

Certo, talvez eu não tenha falado sobre Aimee para o papai ao telefone, mas depois de dez anos sem falar com o seu pai, é muita coisa na sua cabeça, não dá para lembrar todos os detalhes.

Na verdade, o telefonema correu muito bem. Primeiro, ele pareceu um tanto confuso sobre quem eu era — como se achasse que eu ainda deveria ser um garoto, e não uma espécie de adulto de 18 anos. Mas depois que se acostumou com a ideia, tivemos uma boa conversa, um tanto desconfortável, mas de um jeito legal.

Perguntou sobre a mamãe e sobre Holly e não reclamou das duas em hora alguma. Até lembrou que eu era da escolinha de beisebol e perguntou se eu ainda jogava. Tive que admitir que parei no final do ensino fundamental em busca de novos interesses, mas foi muito legal que tenha se lembrado de como eu era bom na defesa, mesmo sendo tão pequeno.

Não chegou a dizer que tipo de trabalho faz ou por que acabou em Fort Worth, mas pareceu gostar da vida que leva lá. Ainda gosta de ir ao estádio. Ainda não se casou de novo. Ainda conta piadas, embora agora, quando ri, tenha uma tendência a ter uma crise de tosse. Não perguntei a verdade sobre o que aconteceu entre ele e a mamãe. Vamos ter bastante tempo para isso em Fort Worth.

É quase hora do jantar quando Aimee e eu finalmente chegamos à cidade, e, depois de errar o caminho algumas vezes, enfim encontramos sua casa de dois andares. Ela não chega a ser velha nem nada assim — deve ter uns 10 anos —, mas tem uma aparência frágil, como se não pudesse resistir ao vento forte do Texas. A grama merecia um bom corte, e os arbustos estão fora de controle, mas e daí? Meu pai provavelmente tem mais o que fazer do que ficar cuidando do jardim.

— Acho que preciso daquela dose de vodca agora — diz Aimee.

Eu respondo:

— Passe o uísque, doutor.

Tomamos uma dose cada um e depois mais duas, por fim limpamos a boca com o enxaguante bucal.

— Certo — falo. — É agora ou nunca.

Aperto a campainha da porta da frente umas duas ou três vezes, mas ninguém atende. Tento bater, imaginando que talvez a campainha esteja quebrada, ainda assim ninguém aparece até que eu tenha batido umas cinco vezes mais ou menos. A porta se abre, e lá está meu pai, mas em uma versão menor do que eu me lembrava. Não é muito mais alto que eu, e o cabelo despenteado está repleto de fios brancos e precisando de um corte. A calça jeans está desbotada, e está usando uma camisa havaiana, só que, em vez de flores, é estampada com dados rolando. Ainda é bonito, mas de um jeito enrugado e envelhecido.

— Ah, oi, e aí cara — cumprimenta, com o carisma de sempre. — O que posso fazer por você?

Primeiro, acho que está brincando, mas não.

— Sou eu — digo. — Sutter.

É como se estivesse esperando que eu dissesse mais alguma coisa.

— Seu filho?

— Sutter! Claro. Nossa, como é bom revê-lo. Esqueci que você vinha nesse fim de semana. Quem diria? — Ele aperta minha mão com firmeza e entusiasmo. — E quem é essa beldade? — pergunta, estendendo a mão para Aimee.

Eu a apresento. Ela baixa a cabeça, envergonhada enquanto ele fala que a confundiu com uma estrela de Hollywood.

— Você puxou o pai — comenta comigo. — Um gosto irretocável com as mulheres.

Fico me perguntando quais as mulheres por quem ele teve um gosto irretocável. Na certa não pode estar falando da mamãe.

Ao que parece, meu pai já tinha marcado de encontrar a namorada atual em um lugar chamado Larry's. Segundo ele, achou que só viríamos no fim de semana que vem. Em geral, eu diria que um erro desses teria sido culpa minha. No entanto, tenho certeza que combinamos de nos encontrar hoje. Mas não tem por que discutir. Aqui estamos, e ele está mais do que satisfeito de nos levar para comer churrasco com sua amiga.

Meu pai decide que é melhor irmos em carros separados, então Aimee e eu nos ajeitamos no Mitsubishi, e ele entra em seu velho e surrado Wagoneer. Estamos todos animados. Só não consigo deixar de pensar que, com essa namorada por perto, talvez seja um pouco difícil levantar o assunto de por que ele e mamãe terminaram.

— Mais uma dose, doutor? — pergunta Aimee à medida que começamos a descer a rua.

— É para já.

Capítulo 59

O Larry's é um bar e churrascaria pequeno a uns dez minutos da casa do meu pai. Uma espelunca, ao que parece, mas, como se diz, são os lugares mais imundos que servem as melhores costeletas. Meu pai, obviamente, é freguês assíduo. Lá dentro, há cerca de 15 pessoas, e todas parecem conhecê-lo. Estão todos surpresos e encantados de conhecer seu filho. Sem dúvida as mulheres no Texas gostam de apertar bochechas.

Sua namorada, no entanto, não está tão feliz. Assim que passamos pela profusão de gente nos cumprimentando, ela sai do banheiro e desata a dizer que já está ali há trinta minutos e que está cansada do modo como ele a trata. Parece que o tempo vai fechar, mas eu já devia ter imaginado. Meu pai simplesmente abre um sorriso imenso e diz que se atrasou por causa de uma visitinha.

— Gostaria de te apresentar meu filho, o maravilhoso Sutter Keely. — E faz uma mesura exagerada na minha direção. — E, Sutter, esta é a Sra. Gates.

No mesmo instante, a Sra. Gates fica toda feliz.

— Seu filho? Por que não me falou que ele vinha?

Ela se aproxima, me dá um abraço desajeitado e um beijo na bochecha. Parece que já está levemente calibrada. Acho que posso gostar dela.

Sem dúvida, não é a mulher de 45 anos mais bonita do mundo, mas, ao seu jeito, é um espécime fenomenal: cílios postiços exuberantes, um quilo de delineador e, o melhor de tudo, os cabelos volumosos ao estilo texano, pintados de preto com uma mecha branca na frente, onde reparte a franja. É um tanto escultural, não chega a ser alta, mas um dia deve ter tido o corpo de uma Miss Universo. Mas a escultura está voltando à sua forma original de bloco de mármore. Enfim, é uma mulher grande. Daria um prejuízo e tanto acertá-la com meu Mitsubishi.

Pegamos uma mesa redonda perto da parede dos fundos, e papai pede churrasco e duas jarras de cerveja. A comida está deliciosa, porções generosas com bastante molho, picante e adocicado do jeito que eu gosto. Mas o melhor de tudo é que ninguém parece se incomodar que eu e Aimee nos sirvamos de cerveja. E ela está tão gelada quanto uma manhã de Natal — afinal uma cerveja com meu velho!

Ele se recosta em sua cadeira, acende um cigarro e começa a contar suas piadas e histórias, arrancando risos de todo mundo, até dos velhos hippies caipiras da mesa ao lado. A história que mais gosto é a de quando viajamos para um lago na época em que ainda estava tudo bem entre ele e a mamãe. Era como uma praia, com um pequeno píer, um escorregador, dois trampolins e um salva-vidas. Depois de passar um tempo tentando me ensinar a nadar, meu pai decidiu se exibir no trampolim mais alto, então me mandou ficar quietinho onde eu estava sentado. É claro que, em se tratando de mim, assim que virou as costas, lá fui eu tentar arrumar uma coisa com que me divertir.

Então papai mergulhou e, quando voltou, eu tinha sumido. Na mesma hora, entrou em pânico, achando que seu lindo filhinho tinha escorregado do píer e caído na parte funda do lago. Ele correu até o salva-vidas, mas tudo o que o cara fez foi ficar andando de um lado para o outro na parte rasa com um apito idiota na boca e um capacete ridículo de aventureiro brilhando ao sol.

O jeito como papai conta a história é hilário. Ele faz todas as vozes e os caras, até se levanta e imita o heroísmo fajuto do salva-vidas de meia-tigela e o momento em que reapareci, de olhos arregalados e completamente inocente, amarrando o cordão da sunga depois de uma visita ao banheiro químico. Todo mundo cai na gargalhada, exceto a Sra. Gates.

Ela fica toda sentimental com a história, sentada ali com os olhos cheios d'água e um dos cílios postiços pendendo meio torto. Está com um pingo grande de molho no queixo, que ninguém a avisa para limpar, e murmura:

— Seus filhos são lindos. Lindos de morrer.

Aparentemente, acha que Aimee é minha irmã.

Quanto a mim, me sinto radiante porque me lembro de quando tudo aconteceu. Mas meu pai não conta o melhor pedaço da história — a parte em que me agarrou e me sacudiu, dizendo para nunca mais sumir assim, porque o que ele iria fazer se eu tivesse me afogado? O que iria fazer sem o filho maravilhoso? Desde então, carrego a lembrança comigo como uma moeda da sorte.

Mais histórias do passado aparecem, todas tão panorâmicas e cálidas quanto o Pacífico. Quando lembro meu pai de como ele passava as noites de verão ouvindo Jimmy Buffett no quintal de casa, seu sorriso ganha um quê de melancolia.

— Foi uma época maravilhosa, Sutter — comenta, e eu me pergunto se sua voz não trai uma pontinha de arrependimento. Mas ele abre novamente seu sorriso animado. — Sabe de uma coisa? Esse jukebox tem Jimmy. Dá para ouvir o CD inteiro.

Depois de ligar a jukebox, ele volta para a mesa com as mãos estendidas na direção da Sra. Gates.

— Está com seus sapatos de dança? — pergunta, cheio de malícia, e ela responde:

— Ah, rapaz, pode apostar que sim.

— Vamos lá, Sutter — diz meu pai. — Vamos ver se você e Aimee conseguem acompanhar os coroas aqui.

Bom, com a música certa, não sou um dançarino de todo ruim, mas meu pai e a Sra. Gates dançam com um gingado texano que, além de não ser minha especialidade, não combina direito com a música. O que, no entanto, não vai me atrapalhar em nada. Topo qualquer coisa. E, surpreendentemente, Aimee também. Fico bobo. Quem é essa garota? O que aconteceu com a menina que praticamente tive que arrastar da cadeira para dançar na festa de formatura? Parece que o fato de eu ter seguido sua sugestão de encontrar meu pai turbinou sua autoconfiança.

Então lá estamos os quatro na pista de dança espremida, Aimee e eu esbarrando um no outro em uma demonstração espasmódica de falta de coordenação, enquanto papai e a Sra. Gates, bêbada que só, giram feito engrenagens de um relógio.

Com pena de nós, os dois decidem nos dar umas aulas. Trocamos de par para a música seguinte, e, de uma hora para outra, papai está girando Aimee como se ela tivesse acabado de se formar no Grand Ole Opry de Nashville. Por outro lado, quase derrubo a Sra. Gates no colo de um sujeito usando um cinto com uma fivela do tamanho de um prato de frios. Ela, porém, não liga.

— Você dança muito bem — elogia. — Muito bem mesmo.

E então, começa a tocar uma música lenta, e a Sra. Gates me aperta contra seu peito volumoso e planta as mãos nos meus bolsos traseiros. Seria preciso um coquetel molotov para me separar de suas garras. Do outro lado, papai está abraçado a Aimee, deslizando suavemente pelos cantos da pista. Envergonhados, sorrimos um para o outro, mas sei que ela realmente gostou do meu velho.

Sabe de uma coisa? Digo a mim mesmo. Não vou nem perguntar o que aconteceu com a mamãe. Melhor deixar as coisas correrem naturalmente e ver onde nos levam. Não preciso forçar nada. Hoje é um momento de se reencontrar, não de solucionar mistérios.

Mas quando voltamos à mesa para relaxar diante de mais algumas cervejas, Aimee vai e faz a pergunta que vira a comemoração de cabeça para baixo. No entanto, não posso culpá-la pelo que acontece em seguida. É uma pergunta sensata. A menina não tem como saber que está detonando uma série de explosivos bem no meio do Larry's Bar & Grill.

Capítulo 60

— Então, Sr. Keely — começa Aimee, ainda suando por causa de nossa fantástica atuação na pista de dança —, o que o senhor tem feito desde que saiu de Oklahoma?

Está vendo? Uma pergunta perfeitamente inocente e bem-intencionada.

Meu pai dá um início um tanto vago à resposta.

— Viajei um bocado — diz ele. — Para cima e para baixo, o país inteiro. Acho que nunca consegui ficar quieto. — E então, seu olhar brilha com um lampejo, e dá para saber que acabou de ter uma boa lembrança. — Um de meus lugares preferidos foi Key West, na Flórida. Cara, você tinha que ver aqueles pores do sol. Eram como um sundae de caramelo com calda de morango derretendo no oceano. O tempo corre diferente lá no sul, mais devagar, mais tranquilo. Aposto que se tivesse ficado, seria uns cinco anos mais novo. — Ele ri, mas acho que, de alguma forma, acredita nisso.

— Por que você foi embora? — pergunta Aimee.

A noite inteira, ela ouviu cada palavra que ele dizia com tanta atenção que seria de imaginar que Aimee esperasse que meu pai pudesse acidentalmente revelar o significado da vida a qualquer momento.

— Por que fui embora? — Ele dá um gole na cerveja. — Cara, é uma boa pergunta. Sabe, acho que tudo se resume ao velho dilema americano: o contracheque. Ou a falta dele. O sistema espera que você arrume um se quiser comer, beber e ter onde dormir. É o 11° mandamento, cara. Pagarás suas dívidas em dia.

Ele termina a cerveja e serve outra.

— Mas aposto que Sutter não está tão preocupado em por que fui embora de Key West, mas em por que fui embora de Oklahoma. Estou certo? — Ele me fita, uma das sobrancelhas arqueadas.

Tenho que admitir que a dúvida já me passou pela cabeça.

— E é uma pergunta justa — continua ele. — Não tenho dúvidas. Me deixe começar assim: Sempre quis estar lá por você e por Holly. Cara, como eu queria isso. Quero dizer, vocês dois eram mais importantes que tudo no mundo para mim. Mas, aparentemente, não fui feito para ser pai de família, pelo menos não do jeito tradicional. Sua mãe certamente não achava que eu servia para a coisa. E a situação ficou tão complicada entre nós que pareceu que seria melhor se eu não estivesse por perto. Pelo menos por um tempo. O problema é que, às vezes, *um tempo* pode se transformar numa eternidade antes que você se dê conta.

A resposta não chega a me convencer, mas não tenho tempo para deixá-la apodrecer em mim. Não ainda.

— Então — interrompe a Sra. Gates. — O que aconteceu entre você e a sua mulher? — A contribuição me surpreende. Pelo jeito com que estava encarando o tampo da mesa, achei que tinha apagado.

— O de sempre — afirma ele. — Diferenças irreconciliáveis. O problema é que ela queria um futuro, e eu não tinha um para oferecer a ela.

— Rá! — exclama a Sra. Gates. Ela joga a cabeça para trás, mas a mulher parece um boneco de mola, e sua cabeça volta para a frente de novo. — Até onde sei, "diferenças irreconciliáveis" significa que o marido e a mulher discordam em um grande ponto: ela acha que ele não devia traí-la, e ele acha que tudo bem!

Mantendo a pose, meu pai responde:

— Para os homens, é sempre um mistério o que as mulheres pensam.

E então, do nada, as seguintes palavras pulam de minha boca:

— Mamãe disse que você a traiu. — E elas parecem estranhas em minha língua, mas agora que comecei, tenho que continuar. — Ela sempre tentou colocar toda a culpa em você. Mas nunca acreditei nela. Achava que estava usando o argumento para fazer com que a gente ficasse do lado dela.

Pensativo, meu pai esfrega o dedo no topo de sua caneca de cerveja por um instante.

— Bem? — pergunta a Sra. Gates. — Você traiu?

Sem erguer os olhos, ele confessa:

— Talvez. Um pouco.

Acho que, no final das contas, é uma daquelas coisas a respeito da qual ele não pode mentir. Claro que soa mal, mas ainda estou tentando me convencer que, do jeito que a mamãe o tratava, ele tinha que procurar consolo em outro lugar.

— Olhem só para isso! — exclama a Sra. Gates. — Só um homem mesmo para vir com uma resposta dessas, vocês não acham? Como se trai só um pouco?

Meu pai abre um sorriso novamente, mas, agora, já não é um tão autêntico.

— Sabe como é — explica ele —, você sai para beber e se divertir, e uma coisa leva à outra. As meninas não significam nada. Você nem se lembra do rosto de algumas delas.

E eu pressiono:

— Algumas delas? Quantas foram?

A expressão em seu rosto é de quem está prestes a começar a contar, mas então ele desiste.

— Não é como se eu estivesse tomando nota — diz.

— Chega. Já ouvi o bastante. — A Sra. Gates dá um tapa no tampo da mesa. — Não sabia que estava me envolvendo com um estuprador em série!

— Ah, merda. — Meu pai me olha como quem pede desculpas. — Lá vai ela, exagerando de novo. Estava torcendo para que fôssemos capazes de passar a noite sem esse tipo de coisa.

Ela se inclina para a frente.

— Eu não sou uma *coisa*.

— Não foi o que eu disse. É só que, às vezes, você é um pouco, digamos, dramática demais...

— Eu não sou dram... dram... dramânica demais. Como você espera que eu reaja ao descobrir que você sai por aí transando a torto e a direito com mulheres que nem ama?

— Ei, eu nunca disse que não as amava. Tenho certeza de que amei todas, mesmo que só por 45 minutos.

— Rá! Quarenta e cinco minutos, é? Então me diga, quando os *meus* 45 minutos vão acabar?

Meu pai deita a cabeça de lado.

— Como eu vou saber? Nem tenho relógio.

Até eu sei que é a resposta errada a se dizer.

As sobrancelhas pintadas da Sra. Gates sobem tão rápido que parecem que vão pular do seu rosto.

— Bem, agora eu ouvi tudo! Seu traidor de uma figa. Me fazendo achar que queria que eu largasse o meu marido e meus dois filhos por você.

— Seus filhos? Seus filhos têm mais de 20 anos na cara. Além do mais, nunca falei que queria que você largasse ninguém.

O rosto dela está completamente vermelho, desde a raiz dos cabelos pintados.

— Então agora você acha que pode me jogar fora feito um osso velho e roído? Bem, eu vou te mostrar o que acho disso.

Ela pega um prato cheio de ossos de costeleta e os arremessa bem na camisa de dados de meu pai.

— Que merda é essa? — protesta ele, olhando para as manchas de molho na roupa.

Seria um ótimo momento para uma saída triunfal, mas a Sra. Gates ainda não terminou.

— Vamos ver o que as mulheres acham de você assim.

Ela balança o braço e derruba uma caneca cheia de cerveja no chão, estilhaçando-a em pedacinhos.

— Deus do céu, vá com calma — pede meu pai, e, um segundo depois, o dono do estabelecimento aparece e exclama:

— Porra, Tommy — Tommy é o primeiro nome do meu pai —, já falei que não é para trazer essa maluca aqui bêbada desse jeito. Agora tire-a daqui antes que quebre mais alguma coisa!

— Mas meu filho veio me visitar — responde meu pai.

— Não estou nem aí. As pessoas não vêm aqui para ver esse teatro.

— Você devia me pagar para vir aqui — declara a Sra. Gates. Ela se levanta e tropeça na mesa, derrubando a caneca de meu pai para junto dos estilhaços da dela.

— Vai, se acalma — recomenda meu pai a ela. Ele se levanta, joga uma nota de 20 na mesa e diz: — Sutter, acerta a conta para mim? É melhor eu ajudá-la.

E eu respondo:

— Claro.

Mas é óbvio que 20 dólares não são suficientes para pagar pelas costeletas e toda a cerveja que a gente bebeu, então Aimee e eu temos que completar. Quando terminamos, meu pai e a Sra. Gates já estão do lado de fora.

Está chuviscando agora, e sob o poste de luz do final do estacionamento, ela grita:

— Sai de perto de mim, seu carneiro em pele de lobo.

— O que é isso, cara? — diz ele. — Tente se acalmar. Você está levando as coisas para o lado errado.

Mas, obviamente, a Sra. Gates está no estágio errado da embriaguez. Em vez de se acalmar, ela roda a bolsa do tamanho de uma bola de boliche pela alça e acerta meu pai bem na cara.

— Não venha me dizer o que fazer! — exclama ela, girando a bolsa mais uma vez.

Meu pai, agora, está agachado, os braços esticados para se defender, mas, com aquela bolsa, ela é uma guerreira medieval, batendo nele de novo e de novo.

— E nunca mais venha me pedir dinheiro emprestado — diz, e pá!, a bolsa acerta o ombro de meu pai. — Você vai me pagar cada centavo do que me deve. Não pense que não. Você não vai me usar e fugir com meu dinheiro. — Pá, pá, pá.

Por fim, meu pai consegue segurar seu braço e espremê-la contra o porta-malas do carro dela. A mulher está ofegando e balbuciando:

— Seu inútil, filho da mãe. Sabia disso? Você é um inútil.

Sugiro que talvez a gente devesse colocá-la no Mitsubishi e levá-la em casa, mas meu pai diz:

— Obrigado, Sutter, mas acho que eu mesmo devo levá-la. Acho que vai ser melhor se eu conversar com ela sozinho.

— Quer que a gente siga vocês?

— Não, não precisa. Volte para a minha casa. Encontro vocês lá em trinta minutos.

— E você vai deixar o carro dela aqui?

— Não tem problema. — E sorri, como se fosse dar tudo certo.

— Daqui a trinta minutos na sua casa, então?

— Trinta minutos cravados.

Capítulo 61

Trinta minutos. Uma hora. Uma hora e meia. Nada do meu pai. A garoa vira uma chuva forte batendo no capô do carro. Rios gordos escorrem pelo para-brisa.

— Acho que ele não vem — digo e dou um longo gole em meu uísque com 7UP.

— Que pena que você não tem o número do celular dele.

— Não ia servir de nada. Não tenho mais telefone.

— Achei que você tinha comprado um novo.

— Perdi.

Cai um raio, e o trovão é tão próximo que parece que o céu está se abrindo bem em cima do carro.

— A chuva está apertando — comento. — Acho que é melhor a gente voltar para casa.

— A gente não precisa. Nós podemos esperar o tempo que você quiser.

— De que adianta? É o mesmo pai de sempre. Vai embora sem se despedir.

Giro a chave e começo a dirigir sem me incomodar em dar uma última olhada na casa.

Ficamos os dois em silêncio por um tempo. Não coloco nem uma música. É só o barulho dos trovões e o limpador de para-brisa jogando água de um lado para o outro. A essa altura, já tive bastante tempo para digerir o tão esperado encontro com meu pai. Que fiasco. Até entendo que ele tenha traído a mamãe. Ela podia ser muito chata. Mas o cara não parece ligar para nada nem ninguém além de si próprio. Deus do céu, nem se lembrou que eu vinha. E depois, toda aquela história malcontada de que queria muito estar lá por mim e por Holly. Mas e aí? Perdeu a noção do tempo? Não se perde a noção do tempo quando se ama os filhos de verdade.

E agora está passando a perna na maluca da Sra. Gates. Será que liga se ela terminar o casamento e fizer os filhos odiarem a própria mãe? Não. Ele não entende nada de família. Se entendesse, não teria me deixado na chuva, sentado no carro do lado de fora daquela casa desgraçada depois de eu ter dirigido até aqui só para encontrar com ele. Mas acho que meus 45 minutos de amor acabaram há muito tempo.

Peguei leve com ele todos esses anos. Inventei desculpas sobre como a mamãe o expulsara de casa e como era tudo culpa dela que ele nunca tenha ligado e nos visitado. Meu pai era um cara legal, disse a mim mesmo. Pelo menos eu tinha alguém que ainda se preocupava comigo — meu grande e majestoso pai.

Até parece.

Ninguém teve que expulsá-lo. Ele ficou muito satisfeito de nos abandonar. Na certa contraiu um monte de dívidas antes de sumir, deixou tudo para a mamãe pagar ou para pedir ao Geech que pagasse para ela. Não me admira o fato de que ela não suporte a minha presença. Eu a lembro demais do meu pai.

E é isso que é mais assustador. Talvez eu seja como ele. Talvez esteja no mesmo caminho fracassado.

Atrás de mim, um carro buzina. Acho que o Mitsubishi entrou uns 15 centímetros na outra faixa, e alguém lá atrás acha que é guarda de trânsito.

— Não enche — resmungo.

Tem um monte de motoristas mais perigosos que eu nas ruas — gente que atende o celular, meninas passando maquiagem, pessoas procurando a porcaria do CD que deixaram cair no chão.

A verdade é que se existe alguma coisa na qual sou bom é dirigir sob influência do álcool. Minha ficha é absolutamente limpa, tirando alguns arranhões de baliza e um poste de luz. Aquele lance com o caminhão de lixo foi com o carro da minha mãe e eu nem tinha carteira ainda. A polícia nem se envolveu. Não é como se eu saísse por aí arrastando uma criança de 4 anos no para-choque do carro. Então aquele cara pode ir se catar com a sua buzina. Ele tem muito mais com que se preocupar do que comigo.

Por fim, quando entramos na rodovia interestadual ao norte da cidade, Aimee tenta me fazer sentir melhor, dizendo como, na verdade, ela gostou dele e como é péssimo que a Sra. Gates tenha reagido do jeito que reagiu.

— Não entendo como ela pôde ter ficado tão brava com os casos do seu pai quando obviamente está traindo o próprio marido.

Só respondo algo como:

— Acho que é porque todo mundo é uma merda.

Não estou no clima para sentimentalismo. É um estágio excepcionalmente sombrio da embriaguez. Mais negro que a escuridão, como se Deus tivesse amaldiçoado seu próprio bêbado.

— Nem todo mundo é uma merda — contesta Aimee. — Você, por exemplo.

— Tem certeza? Você viu o tipo de sujeito que meu pai é: um belo de um mentiroso e um traidor. O tipo de cara que abandona a própria família como uma cobra troca de pele. Tem certeza de que não vou seguir pelo mesmo caminho? Dizem que a maçã não cai muito longe do pé. Você quer mesmo se mudar para St. Louis com uma cobra-maçã podre dessas?

— Você não é uma cobra nem uma maçã. E você não é o seu pai. Acho que é bom que tenha descoberto a verdade. Você pode aprender com os erros dele. Você não precisa ser como ele se não quiser. Todos nós temos liberdade de escolha.

— Liberdade de escolher o quê? Algum tipo de futuro novo e maravilhoso para mim? Você ouviu o que ele falou. A mamãe queria um futuro, e ele não tinha um para oferecer. Bem, eu também não tenho um para oferecer a você. É um defeito de nascença, entende? O garoto sem futuro.

— Não é verdade, Sutter. Você tem tantas opções.

— Não, eu não tenho. Vi tudo num sonho. O mesmo que sempre tenho. Eu e Ricky estamos brincando de um jogo que costumávamos jogar, tempos atrás, com um cachorro da vizinhança, um dobermann grande e preto. Só que no sonho, nós não fazemos amizade com o cachorro do jeito que aconteceu na vida real. Nem perto disso. Não, ele abre aquela boca imensa e pingando de saliva e engole Ricky de uma única vez, e então eu fico sozinho com o cachorro rosnando e latindo, me perseguindo ao longo da vala, até eu chegar a um muro de concreto. Não tem escapatória. E aí eu acordo. É brutal demais para o meu inconsciente. É sim a época do cachorro, só que dessa vez é uma época ruim. Mas é assim que a vida é. Exatamente assim. Você fica só correndo e correndo com um muro na sua frente e um cachorro preto rosnando no seu calcanhar.

Ela pousa a mão em minha coxa.

— Só parece que é assim agora. Você tem que se lembrar de manter as esperanças.

— Esperança? Tá de brincadeira? A única coisa que aprendi com absoluta certeza é que a esperança é inteiramente desnecessária. Não descobri ainda o que existe no lugar dela. Até lá, a bebida vai ter que dar conta.

Dou um gole no uísque com 7UP, mas ele desce errado. Nada ajuda. Sou uma mancha negra na chapa de tórax do universo.

Aimee fala:

— Sabe, seu pai provavelmente só se enrolou resolvendo alguma coisa para a Sra. Gates. Ela parecia ter algum tipo de problema mental. Tenho certeza de que ele realmente queria voltar e ficar com a gente. Se não fosse por ela, na certa estaríamos passando a noite com ele.

— Ah, claro. E se ele não tivesse traído a mamãe e abandonado os filhos, ainda seríamos uma família, e tudo seria ótimo, e eu seria presidente do grupo escolar de domingo, e você cavalgaria um cavalo branco até Plutão.

Aimee fica em silêncio por um momento. Talvez eu devesse me sentir mal por ser tão sarcástico com ela, mas não há mais espaço dentro de mim para me sentir ainda pior.

Por fim, ela diz:

— Eu sei que parece ruim agora, mas pais são apenas pessoas. Nem sempre sabem o que fazer. Isso não significa que não amem você.

— Não preciso da sua psicanálise, Dra. Freud Júnior.

Isso não a incomoda.

— E mesmo que não amassem, não significa que você tenha que desistir, entende? É como se você tivesse que fazer o amor funcionar onde pode. Comigo, por exemplo, porque eu te amo. Não precisa nem ter dúvida. Eu te amo.

— Fala sério, Aimee, que papo de novela. Você não me ama. Talvez você queira se convencer disso, mas isso não é amor. É mais como se você estivesse bêbada e se sentindo agradecida. Você só está feliz porque apareceu alguém que demonstrou algum interesse por você além de mais que um brinquedinho sexual por uma noite.

Ela se afasta e cruza os braços.

— Não fale isso, Sutter. Não tente estragar o que a gente tem dizendo coisas cruéis.

Mas agora já estou no embalo.

— Você não descobriu ainda? Não existe nenhuma Comandante Amanda Gallico. Nem Planetas Brilhantes. Não vai aparecer ninguém com a prosperidade interior. Tudo o que existe é a Santíssima Trindade dos vampiros atômicos: o deus do sexo, o deus do dinheiro e o deus do poder. O deus da alma magnânima morreu de fome há muito tempo.

Aimee descruza os braços.

— Mas nós podemos mudar isso.

Nego com a cabeça.

— É muito grande para ser mudado. Pesado e pontiagudo demais.

— Não, não é. Só parece assim agora porque você está com medo, mas todo mundo tem medo.

Eu a encaro feio.

— Com medo? Medo de quê? Não tenho medo de nada. Sou o cara que pulou de uma ponte de 300 metros de altura.

— Você sabe do que estou falando. Você... Ei, presta atenção!

— O quê?

— Você está invadindo a outra pista!

Capítulo 62

Mais uma vez, uma buzina grita por sobre meu ombro, só que agora é o motorista enfurecido de uma jamanta. Giro o volante para a direita, mas a pista está escorregadia por causa da chuva, e deslizamos feio sobre a água. O Mitsubishi derrapa descontroladamente na rodovia, primeiro para um lado, depois para o outro. O caminhão — de combustível — passa barulhento por nós, tão perto que parece que vamos ser engolidos por ele. Sem cinto de segurança, Aimee está ocupada tentando se encolher no chão, e uma manchete de jornal me vem à mente: IDIOTA SE MATA EM ACIDENTE TRÁGICO DE CARRO E INTERROMPE FUTURO BRILHANTE DA NAMORADA.

O tanque de combustível parece estar a 5 centímetros de distância. Estamos prestes a nos espatifar contra ele quando o carro começa a derrapar no outro sentido. Agora nossa única preocupação é a mureta de concreto. Tem uma logo adiante, à direita, mas apenas pega o carro de raspão antes de eu enfim recuperar o controle sobre o veículo e parar na grama alta e molhada.

De olhos arregalados e lábios trêmulos, Aimee me fita do chão do carro.

Tudo o que consigo falar é:

— Meu Deus!

— Tudo bem — diz ela. — Você está bem?

Não dá para acreditar. Ela deveria estar me dando um tapa na cara.

— Não, não estou nada bem. Você não está vendo? Estou longe de estar bem. Sou um desastre fodido!

Ela se ergue do chão do carro e joga os braços à minha volta.

— Estou tão feliz que ninguém tenha se machucado.

— Está brincando? — Solto os braços dela de mim. — Quase matei você, e você quer me abraçar? Você precisa se afastar o máximo que puder de mim.

— Não, não preciso — protesta ela, chorando. — Só quero ficar com você e tomar conta de você.

— Puta merda, então eu que vou me afastar de você. — Abro a porta e, furioso, saio pelo acostamento, a chuva me atingindo como pregos. — Pode dirigir sozinha de volta para casa — grito por sobre o ombro. — É mais seguro assim.

Mas é claro que não é o que ela faz. Em vez disso, Aimee salta no acostamento e grita para eu voltar. Continuo andando o mais rápido que posso. É como se pudesse fugir de mim mesmo, caso consiga andar rápido o bastante.

— Sutter — exclama ela. — Pare. Me desculpe!

Inacreditável. Ela está pedindo desculpas? Pelo quê? Eu viro para mandá-la voltar para o carro e me esquecer, mas não chego a ter uma chance. Um par de faróis a ilumina por trás. Tudo o que consigo dizer é:

— Aimee!

E ela perde o equilíbrio na direção da pista. Por um segundo, a luz me cega, e então ouço um baque terrível, e, quando me dou conta, ela está rolando pelo acostamento até a grama.

Minha pele parece pegar fogo enquanto corro em sua direção. A chuva quase me cega. Meu estômago parece um animal raivoso tentando fugir pelo meu peito e minha boca.

— O que foi que eu fiz? O que foi que eu fiz? — Nem sei se digo isso em voz alta ou não.

Ela está caída na grama, o cabelo ensopado, o rosto sujo de lama. Ou será sangue? Ajoelho ao seu lado.

— Aimee, meu Deus, Aimee, sou tão idiota, Aimee.

— Sutter. — Ela não abre os olhos. — Acho que um carro me acertou.

— Eu sei, meu bem, eu sei.

Alguma vez ouvi dizer que não se deve mover uma pessoa que sofreu um acidente de carro, algo sobre não danificar a coluna, então fico ajoelhado ao seu lado, com medo até de tocar seu rosto.

— Não se preocupe, vou chamar ajuda — garanto a ela, mas sou tão idiota que perdi meu celular e não tenho como chamar uma ambulância.

Ela abre os olhos e tenta se sentar.

— Fique parada — recomendo. — Acho que você não devia se mexer.

— Está tudo bem. — Ela deita a cabeça em meu peito. — Acho que estou bem. Só pegou no meu braço.

Olhando de mais perto, vejo que é só lama em seu rosto, então tento limpar com cuidado.

— Você pode me ajudar a voltar para o carro? — pergunta ela. — Vamos ficar encharcados aqui.

— Claro que posso, meu bem. Claro que posso.

Passo o braço por baixo dela para ajudá-la a se levantar, mas Aimee faz uma cara de dor e me pede para parar.

— O que foi?

— Meu braço. Acho que pode ter quebrado.

— Está doendo muito?

Atrás de nós, uma voz diz:

— Meu Deus, ela está bem?

É um cara com uma garota, uns dois anos mais velhos que nós, estudantes universitários, aparentemente.

O cara se explica:

— Ela simplesmente tropeçou na nossa frente. Não tinha nada que eu pudesse fazer.

— Foi só o retrovisor que a acertou — acrescenta a garota. Ela está segurando uma revista aberta sobre a cabeça para manter o cabelo seco, mas não está adiantando de muita coisa. — O espelho ficou destruído. Ela estava no meio da pista.

— Desculpa — diz Aimee.

E o cara responde:

— Não tem problema. Só espero que esteja tudo bem com você.

— Está tudo bem — garante ela.

Mas eu contesto:

— Acho que quebrou o braço.

— Ela tem sorte de não ter sido pior — comenta a menina. — O que vocês estavam fazendo?

Começo a dizer que não é da conta dela, mas Aimee me interrompe:

— Estávamos procurando uma coisa. Caiu um negócio do carro.

O rapaz quer saber se precisamos que eles nos levem para o hospital, mas digo que está tudo bem, podemos dar conta sozinhos. Ele parece aliviado, e a namorada aconselha:

— Vocês precisam tomar mais cuidado.

Ajudo Aimee a se levantar, e parece estar tudo bem com ela, exceto o braço esquerdo, mas não há nenhum osso para fora nem nada parecido. O cara nos segue até o carro e abre a porta do passageiro para Aimee. Sua namorada já está caminhando de volta para o carro deles.

— Tem certeza de que pode dirigir? — pergunta ele, logo que acomodamos Aimee no carro.

— Está tudo bem. Não me importo se tiver que andar a 15 quilômetros por hora. Não vou deixar que nada aconteça a ela.

Assim que sento no banco do motorista, digo a Aimee que vou levá-la para um hospital, mas ela se recusa. Está com medo de que me denunciem para a polícia e que seus pais fiquem sabendo.

— Posso esperar até amanhã para ir ao médico. Eu invento uma história para a minha mãe.

— Mas está doendo?

— Um pouco.

— Então é isso. Vou levar você para o hospital.

— Não, Sutter, nada de hospital. — Ela está segurando o braço, mas em seus olhos há apenas determinação em vez de dor. — Já falei. Amanhã eu vou. Não quero que nada atrapalhe a nossa ida para St. Louis.

— Tem certeza?

— Tenho.

Ela está suja e encharcada, mas nunca amei alguém tanto quanto a amo neste momento. E é por isso que sei que tenho que abrir mão dela.

Capítulo 63

Ricky está colocando camisetas em uma mochila, preparando-se para as férias com Bethany e os pais dela em Galveston. Está planejando tentar surfar e, claro, fazer o passeio de barco obrigatório com a namorada pelo golfo do México.

— Então — diz ele, dobrando outra camiseta — parece que seu pai se envolveu com uma mulher meio maluca.

— Acho que não tem nada de "meio" nisso.

— Bem, acho que é o que se pode esperar quando ainda se está procurando uma namorada aos 40 e tantos anos.

Deduzo que o comentário tenha sido direcionado a mim e ao meu histórico com as mulheres, mas tudo bem, eu mereço.

Ele coloca a camiseta na mochila.

— Mas o que não consigo acreditar é como você me enrolou com aquela história do pai executivo poderoso no alto do prédio Chase. Você ficou nessa conversa anos e anos.

— Não é minha culpa que você seja tão ingênuo. Você nem sequer se perguntou por que nunca o viu antes?

— Ei, não conheço nenhum executivo poderoso. Só achei que estava sempre envolvido em altas negociações.

— É. Era uma história idiota. Mas uma vez que você começa com algo desse tipo, acaba ficando preso.

— Acho que sim.

Dá para ver que Ricky está muito decepcionado comigo, e não o culpo por isso. Mas, quando você é um dos caras, não chega e simplesmente pede desculpas. Você tenta compensar de outro jeito, então eu falo:

— Sabe, toda essa situação com meu pai e o que aconteceu com Aimee me fez pensar... Talvez você tenha razão.

— Cara, eu sempre tenho razão. Você sabe disso.

— Estou falando sobre diminuir a bebida. Talvez seja mais divertido se eu bebesse só nos fins de semana.

— Se você for capaz.

— O que você quer dizer com isso?

— Nada. Só fico na dúvida sobre quem tem mais controle sobre a situação, você ou o uísque.

— Cara, sempre tenho tudo sob controle. Você me conhece, sou um músico virtuoso. E o uísque é o meu violino de um milhão de dólares.

— Certo. — Ele fecha a mochila. — Olhe, tenho que ir para a casa da Bethany. Se não o encontrar antes de viajarmos, mando um cartão-postal. Ou quem sabe um e-mail com uma foto minha pegando uma onda animal.

E é isso: ele segue o seu caminho, e eu, o meu. Em outros tempos, teríamos esmiuçado toda a história do meu pai até chegarmos ao cerne da verdade, mas agora é só:

— Até mais, a gente se vê.

Mas tudo bem. Tenho que ir até a casa de Aimee daqui a pouco. Vamos jantar no Marvin's esta noite. Venho adiando isso, mas agora chega de esperar. Hora de termos A Conversa.

Do jeito que as coisas estão, passei de semivilão para herói da família Finecky. Parece que Aimee disse à mãe que o pneu furou na rodovia, na chuva, e que, enquanto ela me ajudava a trocar, um carro invadiu o acostamento e a teria matado se eu não tivesse arriscado a vida para tirá-la do caminho. Ela explicou que foi só o espelho do lado do carona que a acertou, e que nem chegou a imaginar que o braço estivesse quebrado até acordar morrendo de dor no dia seguinte.

Por isso é estranho chegar à casa dela e ver todo mundo, até Randy, a Morsa, sorrindo para mim como se eu fosse o próprio James Bond. Na verdade, me sinto como um agente secreto infiltrado com segundas intenções. Não por causa da história do herói, mas pelo que tenho a dizer a Aimee.

No Marvin's, nada mudou — as luzes ainda estão baixas, poucos fregueses e ainda posso colocar Dean Martin para tocar na jukebox. Acho que a única diferença é a falta de uísque no 7UP. Talvez Ricky não tenha muita fé em mim, mas não bebi uma gota desde a viagem para Fort Worth — cinco dias inteiros.

Aimee está se divertindo, mesmo com o braço em um gesso elaborado que faz você se perguntar como ela é capaz de vestir uma camiseta. Por sorte, ela é destra, então ao menos não é tão complicado manejar um garfo. É só tomar o cuidado de não pedir nada que precise de faca.

A primeira vez que vi o gesso, cheguei a duvidar se ela poderia se mudar para St. Louis, mas Aimee disse que nada a atrapalharia agora. Perguntei se ainda iria poder trabalhar na livraria, e ela disse que é claro que sim. Só teria que ficar no caixa e ajudar os clientes a encontrar o que estivessem procurando.

— Pense só — disse ela. — Vai ser muito mais fácil do que tentar dobrar jornais.

— Acho que você tem razão.

— Pode apostar. — E sorriu. — Tenho absoluta razão.

Enfim, para Aimee, nossa ida ao Marvin's representa uma pequena cerimônia, um jeito de se despedir de nossas vidas em Oklahoma. E, sim, não deixa de ser uma cerimônia, mas uma despedida diferente.

No entanto, isso não é algo que se fale assim do nada. Você tem que ir devagar, então começo respondendo à pergunta que Aimee é educada demais para fazer: Meu pai já ligou para explicar o que aconteceu?

— Até onde sei, ele não ligou. Mas se ligou, e foi minha mãe quem atendeu, então tenho certeza de que ela não me diria.

— Talvez ele esteja com vergonha ou se sentindo culpado. Você devia ligar para ele.

— Acho que não.

— Você chegou a contar à sua mãe ou à sua irmã sobre o que aconteceu?

— Não. Minha mãe provavelmente iria parir um carro se descobrisse o que aconteceu. E Holly me ligou para perguntar, mas eu disse que tive que adiar a viagem. Não queria ouvi-las dizendo "eu te disse". Já é ruim o suficiente que ele seja do jeito que é. Não preciso das duas tripudiando sobre isso. Tenho certeza de que já acham que tenho o gene masculino fodido dos Keely. Só não quero que elas saibam que *eu* sei disso. De qualquer forma, chega de falar da minha família. É deprimente demais.

— Tudo bem. — Ela estica a mão boa e aperta meus dedos. — Eu vou ser a sua família.

Capítulo 64

A falta de álcool não parece incomodar Aimee nem um pouco. Na verdade, ela dá a impressão de estar aliviada. Mas é ótimo vê-la tão segura. Até toma a iniciativa e começa a contar uma de suas histórias. Antigamente, Aimee teria que tomar umas quatro doses antes de se soltar a respeito de algo tão pessoal, mas agora está absolutamente à vontade.

Esta noite, ela conta mais um de seus casos das entregas de jornal, e é um dos bons, sobre a vez que se deparou com umas garotas duronas. Reconheço a tática — me contar uma história para me fazer esquecer que não tenho uma família de verdade.

Aimee estava com 14 anos — ou seja, ainda tinha que fazer sua parte da rota a pé — quando se deparou com duas garotas de 15, usando calça baggy preta com correntes prateadas penduradas nos passadores. Tinham mais rímel nos olhos que a Cleópatra. Passaram a noite na rua e estavam obviamente chapadas — de água sanitária, até onde Aimee saberia dizer.

A princípio, ficaram dizendo coisas como:

— Olha só, é a Chapeuzinho Vermelho. O que você trouxe nessa cestinha, algum presente para a vovozinha?

A coisa parecia feia. Aimee as imaginou tomando a bolsa de seu ombro e espalhando os jornais pela rua, o que na certa é exatamente o que teria acontecido caso não tivesse se saído com a coisa perfeita de se dizer.

— Vocês viram aquele disco voador que passou aqui agora há pouco?

E elas:

— Disco voador? Que disco voador? Você tá chapada ou é só maluca?

Mas Aimee começa uma descrição detalhada do disco voador: luzes roxas piscando, o casco em forma de banana, um som misterioso como uma caixinha de música tocando uma canção desconhecida dos homens.

De uma hora para a outra, as meninas mudaram completamente. E olharam para o céu com uma expressão de assombro no rosto suavizando sua brutalidade. Aimee continuou inventando. Não era a primeira vez que alguém via aquele disco voador, acrescentou ela. Tinha visto reportagens no jornal. Pessoas haviam declarado que quem o via sofria mudanças positivas.

— É a música — explicou Aimee. — Faz com que as pessoas se sintam inteligentes, felizes e bonitas.

De repente, as meninas se tornaram suas melhores amigas. Ajudaram a terminar as entregas, na esperança de verem o disco voador, ouvirem a música e se transformarem em mulheres bonitas.

— Que mentira fantástica — digo a ela.

Aimee sorri com a lembrança.

— E nem parecia uma mentira quando estava contando. Mais ou menos uma semana depois, eu as encontrei no Little Caesar's. Não disseram uma palavra para mim. Foi estranho, não pareciam mais duronas. Pareciam só meio patéticas, pequenas e perdidas.

— Acho que precisavam de um disco voador em que acreditar.

— É. Por sorte, meu disco voador apareceu.

— Apareceu?

— Claro. É você.

— Ah, é?

— Olhe só como eu mudei nos últimos dois meses.

— É, mudou mesmo.

Não posso deixar de fitar o gesso gigantesco em seu braço. O negócio é tão grande que ela tem dificuldade de passar por portas.

— E agora estamos indo para St. Louis. Vamos mesmo fazer isso. Jamais teria coragem de dizer à minha mãe que ia me mudar antes de conhecer você.

— Sabe, tenho a sensação de que St. Louis vai ser o seu Planeta Brilhante. E você vai ser a Comandante Amanda Gallico do lugar.

— Achei que você tinha dito que não existem Planetas Brilhantes.

— Ah, aquilo? Foi só um momento de mau humor. Já superei. — Dou um gole em meu 7UP. O gosto é estranho, falta uísque. — Mas a questão é que eu queria conversar com você sobre essa história de St. Louis.

— Eu sei, você ainda está preocupado em dividir o apartamento pequeno da minha irmã com ela, mas são só por duas semanas. Ela já me arrumou aquele emprego, e tenho certeza de que vai conseguir algo para você também. Vamos ter o nosso próprio apartamento, alugar móveis e tudo. Mas não fale nada para minha mãe. Ela ainda não sabe que você também vai se mudar. Acha que vai só me ajudar com a mudança.

— É, não. Não é isso que está me preocupando. — Minha mão volta para o copo de 7UP, mas é só instinto Refrigerante puro não vai mudar nada agora. — Sabe, o problema é que tem uma coisa que não contei. É meio vergonhoso.

Aimee ainda está sorrindo seu sorriso pequeno, e me bate a ideia de que, na verdade, ela está embriagada, não de álcool, mas de seus sonhos e esperanças em torno de St. Louis. Não cortaria esse barato por nada no mundo, mas ela já não precisa de mim. Pode se dedicar a seus sonhos sozinha agora.

— O que aconteceu foi que, você se lembra de como eu não estava indo bem em álgebra? Bem, o Sr. Asterchato não deu folga. Tentei explicar que iria ter aulas de álgebra na faculdade, mas acho que ele resolveu me dar uma lição por achá-lo tão tedioso.

O sorriso desaparece.

— Então, isso significa que você não se formou?

— Mais ou menos. — Dou outro gole, mas claro que não serve de nada. — Ao que parece, se quiser um diploma, tenho que fazer recuperação.

— Recuperação — repete ela, os olhos azul-claros transparecendo sua decepção.

— É. E só começa daqui a duas semanas.

— Não tem problema — garante ela, forçando-se a manter-se positiva. — Tenho certeza de que você pode terminar o curso de álgebra de alguma forma em St. Louis.

— Não, já procurei saber. Tenho que fazer o curso na escola em que for tirar o diploma. — Certo, na verdade, não cheguei a procurar essa informação, mas faz bastante sentido.

Aimee, no entanto, não dá o braço a torcer.

— Bem, isso só significa que vou ter que ficar aqui e ajudar você com seus estudos. Podemos ir para St. Louis no fim do verão. Assim vamos ter mais tempo para nos organizar e planejar tudo.

— Não, nada disso. Sua irmã está com tudo preparado para vir nesse fim de semana e ajudar com a mudança, além do mais, ela já arrumou um emprego para você. A única coisa que faz sentido é você ir primeiro; eu fico aqui, termino a recuperação e trabalho no terminal de cargas de Geech para economizar um dinheiro.

Aimee segura minha mão.

— Não quero ir sem você. Ficaria perdida.

Eu a fito nos olhos, transmitindo confiança.

— Você não vai ficar perdida. Fala sério! Você vai se sair muito bem. E vai fazer o que sempre quis.

Claro que também estou pensando que ela vai encontrar o cara perfeito, um cientista equitador fora de série que vai enxergá-la como um fantástico planeta novo, cheio de maravilhas milagrosas. Mas eu sei que Aimee não pode aceitar a ideia neste momento.

E ela insiste:

— Quero fazer tudo isso com você.

E eu respondo:

— Eu sei, mas encare as coisas assim: que talento eu tenho em planejamento? Não muito, não é? Se você for primeiro, pode organizar tudo, fazer todos os planos. Eu ficaria incrivelmente grato se você fizesse isso por mim.

Uma vez que assimila a ideia, seu entusiasmo se reacende. Agora ela tem uma missão, algo que pode fazer por alguém. E não lhe faltam ideias. Ela vai aprender tudo de St. Louis, como andar na cidade e onde ficam as lojas de roupa masculina para que eu possa arrumar um emprego em uma delas quando chegar. E então decreta:

— Assim que economizar um dinheiro, vou alugar o nosso apartamento e começar a comprar coisas para ele. E vou pintar as paredes e tudo.

— Parece ótimo — afirmo. — Mas talvez você devesse esperar um pouco para alugar alguma coisa. Quero dizer, preciso que você faça os planos, mas eu também tenho que fazer alguma coisa. Você faria um favor enorme por mim se esperasse até eu mandar um dinheiro antes de sair alugando um apartamento e comprando coisas. Você tem que me deixar achar que também estou contribuindo, entende?

Ela sorri e aperta minha mão.

— Tudo bem. Acho que posso fazer isso por você.

Se sou um canalha por conduzir as coisas desse jeito, então, tudo bem, sou um canalha. Mas às vezes você tem que escolher entre honestidade e gentileza, e sempre tive um fraco pela gentileza. Além do mais, acho que ela tem que sair da cidade antes que eu possa dizer a verdade, ou nunca vai fazer isso. Vou esperar até que tenha passado um mês em St. Louis e já esteja trabalhando e com uma vida nova. E então vou escrever um longo e-mail. Ainda não sei o que vou dizer, exceto a parte de que não vou para St. Louis.

Está vendo, no final das contas tenho sim um futuro a oferecer a ela, só não é um que me inclua.

Quando a levo para casa, é difícil me separar dela. É claro que é meio esquisito abraçá-la com aquele gesso gigante no meio do caminho, mas não consigo parar de beijá-la. Nunca transamos sóbrios no carro antes — ou com ela usando um gesso —, mas posso muito bem ir até o fim hoje, não porque esteja com tesão, mas porque quero estar o mais próximo possível dela uma última vez.

Aimee, no entanto, me interrompe. Ela beija meu nariz e minha testa e diz que vamos ter tempo suficiente para isso depois.

— Minha mãe pode aparecer — diz ela. — E acho que quando estivermos em St. Louis vamos fazer amor em todos os cômodos da nossa casa nova.

Beijo-a uma vez mais por um longo tempo. E então nos despedimos.

Capítulo 65

Qual era a única coisa que Cassidy queria que eu fizesse por ela? Colocar os sentimentos de alguém antes dos meus pelo menos uma vez? Eu me pergunto o que ela acharia se pudesse me ver com Aimee esta noite. Sempre achei que ela pensava que eu era incapaz de amar alguém. Bem, ela teria que admitir que sou muito capaz agora.

E teve aquela outra coisa que ela falou, algo sobre como nunca acredito que alguém possa me amar. "Você nunca acreditou nisso", disse. Isso ainda me deixa cismado. Claro que acreditaria que alguém me ama — se essa pessoa me amasse. Mas parece que é impossível ter certeza disso.

Na mesma hora, descendo a 12th Street, decido ligar para ela com meu celular novo e prestes a ser perdido e conferir o que quis dizer exatamente. Ela provavelmente também vai estar interessada em saber o que aconteceu com Aimee, para não falar da nova política de álcool somente nos finais de semana.

Cassidy demora a atender a chamada. Parece que está na estrada com Marcus. Estão no Novo México, indo para Albuquerque, onde Marcus vai jogar basquete e fazer faculdade de administração pública ou outra coisa esquisita dessas.

— Ah, Sutter — suspira ela. — É tão bonito aqui. O crepúsculo está começando, e tem o planalto e cores tão maravilhosas que nunca nem vi na vida. Assim que entramos no Novo México, fiquei meio: "Uau! Agora entendo por que chamam esse lugar de Terra do Encantamento." A paisagem é quase espiritual.

— Bem, então acho que vai ser um bom lugar para visitar de vez em quando

Mas ela responde:

— Vou fazer mais do que só isso. Mudei de ideia. Vou fazer faculdade aqui. Marcus queria que eu viesse, mas eu não tinha certeza até agora. Vamos visitar o campus amanhã, mas já vi fotos e me apaixonei pelo lugar.

— Mas você já está com tudo resolvido para ir para a Universidade de Oklahoma há meses.

— Estava, mas tenho o direito de mudar de ideia se quiser.

— Mas já deve estar tarde para se inscrever em outro lugar agora.

— Não, não está. O prazo é até 15 de junho. Já confirmei.

— E os seus pais?

— Foram eles que me encorajaram a vir dar uma olhada. Você sabe como eles sempre acharam que eu deveria fazer faculdade em outro estado para ter uma chance de ver mais do mundo e tal. Além do mais, eles adoram o Marcus.

Que surpresa. Na certa os pais de Cassidy acham que Marcus é um grande avanço se comparado a mim. Mas não chego a falar isso.

— E a mensalidade? — pergunto. — Não vai ser muito mais caro pagar uma universidade em outro estado?

— Vou arrumar um emprego. Vale a pena trabalhar por qualquer coisa que você queira muito.

— É o que dizem.

— É como se estivesse começando uma nova etapa da minha vida, Sutter.

— Bom, isso é ótimo. Muito legal.

Qual a utilidade de argumentar com isso? Eu deveria estar feliz por ela. Somos apenas amigos, afinal de contas.

— Então, por que você me ligou?

Por um segundo esqueço o que ia dizer.

— Nada — digo. — É só que faz um tempo desde que a gente se falou.

Não há muito a dizer em seguida. Ela diz que vai me mandar um e-mail falando sobre a universidade, com fotos e tal. E vai me contar tudo sobre a viagem quando voltar.

— Ótimo. Que ótimo — comento.

De alguma forma, todo o meu vocabulário se perdeu, exceto pela palavra "ótimo".

Um segundo depois, ela se foi, perdida na noite encantada do Novo México. Cassidy se foi, Aimee logo irá também, e, de repente, sinto uma sede absolutamente gigantesca.

Capítulo 66

Sei que jurei que só beberia nos fins de semana, mas é verão. Enfim, que diferença faz entre um dia de semana e o fim de semana quando não estamos em aula? Desde que restrinja o álcool a pelo menos uma ou duas vezes por semana, vai dar tudo certo. Infelizmente, em um momento de irracionalidade, esvaziei minha fiel garrafinha no bueiro da rua de casa, mas não tem problema. Minha loja de bebidas preferida fica a poucos minutos de distância, e aí é só virar a esquina para comprar o garrafão de 7UP, só que, desta vez, vou pegar o tamanho família.

Sim, as ruas do bairro já parecem mais amigáveis. Carros buzinam de todos os lados. A noite é quente, e as meninas andam com as janelas abertas, os belos cabelos ao vento. Não iria ser o máximo se uma delas me mostrasse os peitos? Poderia até correr atrás dela desta vez.

— O verão pertence ao Sutterman — diria a ela. — Quer vir comigo?

Isso é que é encantamento. Que se dane esse negócio de trabalhar por algo só para vê-lo ir embora. Que venha a magia. É isso que digo. Que venha a magia e encha cada centímetro daquela fissura em meu peito. A Comandante Amanda Gallico tem sua nave espacial, eu tenho minha garrafa de uísque. E estamos ambos a caminho do mesmo planeta.

Nem sei por quanto tempo dirijo até chegar a um bar chamado Hawaiian Breeze. É um cubo pequeno de concreto lascado azul-bebê, com palmeiras pintadas nas paredes laterais. Um estacionamento de cascalho com quatro carros. Sempre quis entrar e ver como é por dentro. Não poderia ser muito pior que o Larry's de Fort Worth. Exceto pela ausência de um revólver ou de um canivete, aposto que me encaixo perfeitamente com o público.

Claro que não tenho idade para comprar bebida aqui, mas, penso, o que tenho a perder? Lá dentro, há um bêbado enrugado no bar e dois foragidos da polícia imensos jogando sinuca. O bartender parece uma versão drogada do Buffalo Bill usando uma camisa havaiana.

O bêbado enrugado não faz nada além de continuar fitando o balcão do bar, mas todos me olham com cara de "Quem é esse moleque e o que está fazendo em nosso santuário?" Buffalo Bill Drogado está prestes e me mandar cair fora, mas falo primeiro:

— Senhor — digo, abrindo meu famoso sorriso com uma brecha entre os dentes da frente. — Meu nome é Sutter Keely, tenho 18 anos e um coração partido, pois todos os meus amores ruíram diante de mim. Preciso muito de um uísque com 7UP.

Na mesma hora, a careta de Buffalo Bill Drogado se transforma em um riso desdenhoso e amarelo.

— Rá! Essa foi a melhor que já ouvi. — Ele se vira para os dois foragidos. — O que vocês acham? O garoto está com o coração partido. Merece um drinque?

O sujeito ligeiramente menos enorme assente:

— Com certeza. Uma bebida ao bom e velho Sutter. Sei o que é um coração partido.

O bêbado enrugado não faz qualquer comentário, exceto erguer o rosto pálido e uivar:

— Ihhh-raaaá!

— Um uísque com 7UP saindo — anuncia Buffalo Bill Drogado.

Quando me dou conta, estou bancando rodadas de uísque para todo mundo. Para quebrar o silêncio abafado, coloco todas as músicas de Jimmy Buffett do jukebox e conto a história de Cassidy, Aimee e do pai que me abandonou. Todos me escutam. Já passaram por isso, há muito tempo.

— Estou errado de desistir de Aimee assim? — pergunto aos rapazes, e o foragido ligeiramente menos enorme, o de bandana na cabeça, declara:

— Não, você não está errado, Sutter. Você é um herói.

— É isso aí — concorda Buffalo Bill Drogado, e o bêbado enrugado solta um:

— Ihhh-raaaá!

Os rapazes do Hawaiian Breeze me adoram. Sou o mascote deles. Você tinha que ver como seus olhos se iluminam quando conto a história do fiasco do jantar e como incendiei o terno de mil dólares de Kevin Pronuncia-se Quivin.

— Cacete! — exclama o foragido ligeiramente mais enorme. — Kevin. Que pessoa detestável.

— Suller — cospe o bêbado enrugado, em sua primeira tentativa com palavras de verdade até então. — Você é o cara. Sério. Você é religioso, Suller? Você tem jeito de religioso.

Considerando-se as circunstâncias, é uma pergunta esquisita, mas entro na onda.

— Claro que sou religioso. Sou o bêbado de Deus.

Ele joga a cabeça para trás e exclama:

— Ihhh-raaaá! — No segundo seguinte, está me segurando pelo braço e me encarando com os olhos embaçados e tristes. — Você tem a vida inteira pela frente — diz.

— E você também — respondo, mantendo o braço firme sob sua mão. É a única coisa que o impede de cair no chão.

— Não — retruca ele. — Todos os meus amigos morreram e minha vida acabou.

— Seus amigos não morreram. Nós somos os seus amigos.

— Ihhh-raaaá!

Quando a última música de Jimmy Buffett começa a tocar, estão todos se divertindo. Não há mais melancolia no Hawaiian Breeze. No momento em que digo que é hora de ir embora, ninguém quer que eu vá.

— Sinto muito. A noite me espera. Tenho outras aventuras pela frente.

Lá fora, a iluminação de rua brilha no estacionamento de cascalho. É como se eu estivesse em solo lunar. Com palmeiras pintadas ao fundo. A noite está linda. Sou tomado pela emoção de ter salvado as almas dos rapazes do Hawaiian Breeze. Talvez Marcus estivesse errado. Talvez uma única pessoa possa salvar o mundo. Aposto que eu poderia. Eu poderia salvar o mundo — por uma noite apenas.

E o que Cassidy sabe do que sinto? Claro que posso me sentir amado. Abro os braços e deixo o vento me acariciar. Amo o universo, e o universo me ama. É uma via de mão dupla, querer amar e ser amado. Todo o resto é palhaçada — roupas bacanas, Cadillacs verdes do Geech, cortes de cabelo de 60 dólares, rádios ruins, celebridades idiotas na reabilitação e, acima de tudo, os vampiros atômicos com seus extratores de alma e caixões enrolados na bandeira nacional.

Adeus, tudo isso, é o que digo. E adeus, Sr. Asterchato e a Maldição da álgebra, e criaturas como Geech e Quiiiivin. Adeus, bronzeado de aluguel da minha mãe e os peitos pega-marido da minha irmã. Adeus, pai, pela segunda e última vez. Adeus, brancos de memória e ressacas homéricas; adeus, divórcios e pesadelos de Fort Worth. Adeus, colégio e Bob Lewis e o Ricky que já não existe mais. Adeus, futuro e passado, e, acima de tudo, adeus, Aimee e Cassidy e todas as outras meninas que vieram e se foram e vieram e se foram.

Adeus. Adeus. Já não sinto nada. A noite é quase maravilhosamente pura demais para caber em minha alma. Caminho de braços abertos sob uma lua redonda e gorda. Ervas intrépidas despontam por entre as falhas da calçada, e as luzes coloridas do Hawaiian Breeze realçam um caco de vidro na sarjeta. Adeus, eu digo, adeus, enquanto desapareço pouco a pouco no meio do meio do meu próprio maravilhoso agora.

Este livro foi composto na tipologia Simoncini Garamond Std,
em corpo 11/15, e impresso em papel off-white
no Sistema Cameron da Divisão Gráfica
da Distribuidora Record.